Віктор Волкер

Дженніфер

Оселя скорботи

SPACE ONE

Чудеса навколо нас

УДК 821.161.1(477)'06-312.9=161.2
В67

Волкер, Віктор.

В67   Дженніфер. Оселя скорботи / Віктор Волкер.— Київ : СПЕЙС
ВАН, 2020.— 295 с.: іл.

ISBN 978-617-95032-7-6

Що робити, коли руйнується звичний світ, а в новому тебе переслідують кошмари?

Якщо ти бачиш те, чого не бачать інші, — це божевілля? Чи, може, збожеволів увесь світ?

Юній Дженніфер Паркер, батьки якої загинули у автокатастрофі, звідки чекати захисту і допомоги? Її переслідують жахливі видіння, внаслідок чого вона опиняється в психіатричній лікарні. Але лікування не дає полегшення.

Разом з новими друзями — такими ж пацієнтами клініки — вона намагається вибратися на свободу. Однак зробити це нелегко, і покинути лікарню їй вдається тільки за допомогою таємничої жінки.

Щоб не стати наступною жертвою, вона має здолати багато випробувань, а щоб врятувати своїх друзів — зустрітися віч-на-віч зі своїми кошмарами.

УДК 821.161.1(477)'06-312.9=161.2

Усі права захищено.
Повне або часткове відтворення матеріалів книги
можливе тільки за письмової згоди правовласника.

© Віктор Волкер, 2020
© «СПЕЙС ВАН», 2020

ISBN 978-617-95032-7-6

Глава 1

Вечір у театрі

Ця історія почалася прохолодним осіннім вечором в місті Грінстоун. Минав 1995 рік. У відомому міському театрі актори, відігравши останні сцени, під рідкі аплодисменти глядачів пішли за куліси.

Спектакль виявився на диво нудним, і бажання скоріше потрапити на свіже повітря змусило Дженні однією з перших спуститися в гардероб. Вона забрала свої речі і відразу поквапилася до виходу. На ходу застібнула блискавку куртки й поправила своє довге волосся, котре золотистими завитками розсипалося по плечах. Коли вхідні двері старовинної будівлі важко зачинилися за спиною, дівчина полегшено зітхнула.

І раптом вона здригнулася, ледь не наскочивши на чоловіка у строгому чорному пальті, який йшов їй назустріч. У ту ж мить Дженні побачила і величезного чорного пса поруч з ним, що з'явився невідомо звідки. Від несподіванки Дженніфер відскочила — неймовірний звір, чорний, як сама ніч, зі сліпучо-білими зубами, мав загрозливий вигляд. Тим більше на ньому не було помітно ні нашийника, ні намордника.

Незнайомець, відчувши німий переляк дівчини, з посмішкою сказав їй:

— Не бійтеся, юна леді, мій друг не заподіє вам шкоди.

Немов на підтвердження цих слів, пес підняв на Дженні розумні чорні очі й ще раз привітно махнув хвостом. Однак думка протягнути руку і погладити його у дівчини не виникла.

«Ніколи не зустрічала собак такої породи», — подумала вона, проводжаючи поглядом два темних чітких силуети, котрі віддалялися у світлі вуличних ліхтарів: високого чоловіка і пса розміром трохи менше поні.

Але в наступну секунду двері театру відчинилися знову, і разом з юрбою недавніх глядачів назовні вирвався потік звуків, в якому змішалися обривки слів, сміх, кашель — буденна музика звичайної юрби. Звуки виплеснулися на вулицю, і час, який щойно, зіщулившись від переляку, боязко завмер разом із Дженні, тепер широко покрокував вологим асфальтом, бо його підганяв квапливий натовп. Здавалося, театральна площа ожила — людська ріка, розбиваючись на тоненькі струмочки, стала розбігатися в різні боки.

— Дженні! Куди ти поділася? — пролунав за її спиною невдоволений голос матері.

Дівчина ще раз глянула на залиту жовтим світлом вечірніх ліхтарів вулицю, якою щойно рухалися двоє — чоловік і пес, однак тепер тут абсолютно нікого не було.

— Ти мене чуєш?

— Так, мамо, — обернулася Дженніфер.

Елісон Паркер мала бездоганний вигляд у дорогому світлосірому пальті й елегантному капелюшку, котрий вигідно відтінив її моложаве обличчя в обрамленні м'яких локонів світлого волосся.

— Ну й погодка, — зітхнув Патрік Паркер, слідом за дружиною спускаючись по крутих сходах. — Іноді особливо дошкуляє ця сирість... Як ось зараз, наприклад.

Він узяв дружину під руку, і Дженні, йдучи поруч, мимоволі замилувалася ними. Її батьки завжди виглядали ефектною парою, тому, з'являючись десь серед людей, незмінно притягували до себе увагу. Мати Дженні по праву вважалася красунею, але й батько анітрохи не поступався їй. Високий, ставний чоловік з трохи кучерявим чорним волоссям і живим поглядом темно-карих очей, Патрік

Паркер виглядав молодше своїх сорока років. Утім, і Елісон поруч зі своєю дочкою Дженніфер швидше здавалася її сестрою, ніж матір'ю.

А ось у зовнішності Дженні порівну змішалися батьківські та материнські риси — волосся кольору блідого золота, сірі виразні очі, прекрасна фігура, високий зріст. Можна було не сумніватися: ще пару років — і мила дівчинка розквітне так само, як її мати...

— Набридла вогкість? Тоді чому б нам не переселитися з Грінстоуна в містечко тепліше? — усміхнулася чоловікові Елісон, продовжуючи розмову. — Хоча є можливість вирішити цю проблему й менш радикально: взяти, наприклад, відпустку на тиждень і махнути куди-небудь до теплого моря... Ми з Дженні з задоволенням складемо тобі компанію!

— Так, тату! — від радості Дженніфер мало не підстрибнула. — Полетімо до моря, доки я на канікулах! Хоча б на кілька днів!

— Як у вас все просто! — теж усміхнувся Патрік. — Ось так от узяв — і на море!

— Звичайно! Раз — і на море! — вигукнула Дженні з таким захопленням, що тепер, дивлячись на неї, усміхалися вже й батько, й мати. — Таточку, ну будь ласка!

— Подумаю, — обнадійливо промовив Патрік. — До цієї розмови ми повернемося завтра. А зараз — в машину! Хочеться швидше потрапити додому і пірнути хоча б в теплу ванну, якщо вже відповідного моря поки що поруч немає...

Тим часом вони опинилися біля припаркованого на стоянці білого авто.

Зайнявши своє місце на задньому сидінні, Дженні защепнула пасок безпеки і схилилася до вікна, роздивляючись круглу площу біля високої старовинної будівлі театру.

Звернувши на Вінд-роуд — одну з центральних вулиць, — їх автомобіль влився в потік інших машин. Повз Дженні миготіли вечірні вогні. Нехай Грінстоун і не претендував на звання мегаполіса, але все ж це було велике місто, розділене на історичну і нову частини. Саме тут, в останній, розміщувалися офіси, торговельні та ділові центри, кінотеатри і багато іншого. З настанням сутінків стриманий, діловий денний вигляд міста змінювався до невпізнання — ніби молода бізнес-леді змінювала свій строгий сірий костюм на розкішну вечірню сукню.

Дженні, закривши очі, стала уявляти собі море: блакитний обрій, теплий пісок і мережива морської піни біля самісіньких ніг... Ніщо не могло зрівнятися з морем, а порівнювати було з чим: не знаючи браку коштів, її сім'я відвідала багато країн і побувала на різних курортах...

Зі щасливою думкою про море, Дженніфер задрімала.

...Янтарно-жовте й світло-помаранчеве, золотисте й зелене, з відтінком коричневого, листя раптом купою посипалися крізь розчинене навстіж вікно. Дженні стояла посеред своєї кімнати і мовчки спостерігала, як листяний килим на підлозі стає все більше, розливаючись по паркету золотою лавиною. Листя множилося просто на очах і ставало продовженням сліпучого сонячного світла, що заповнював собою весь простір...

— Ч-чорт! Що у нього зі світлом? — раптом роздратовано вилаявся батько.

Моргнувши, Дженні прокинулася. Світло дійсно було сліпучим: воно йшло від потужних фар автомобіля, що слідував за ними. Різкий звук клаксона змусив її мимоволі зіщулитися.

Як виявилося, вони вже виїхали з міста і зараз прямували до будинку тихою вулицею. Автомобіль зі сліпучими фарами продовжував триматися позаду на тій же відстані.

Батько ще раз тихо вилаявся і клацнув держателем дзеркала заднього виду, піднімаючи його вгору. Дженні притулилася до бічного скла, намагаючись розгледіти машину, яка переслідувала їх, але не змогла: світло фар засліпило її. Кольорові обривки недавнього сну досі проносилися у неї в голові, коли за черговим поворотом раптом на секунду промайнула (або їй це лише здалося?) чиясь тінь.

Різкий виск гальм розірвав тишу. Реальність на мить завмерла, а потім обрушилася на дівчину всією своєю жахливою дійсністю: з нестерпним скреготом автомобіль розвернуло і відкинуло вбік — прямо в сліпуче світло фар...

Глава 2

Розділені невидимою межею

Над її головою розкинувся купол чорнильно-синього неба, прибравшись у тендітні діаманти зірок. Ближче до його краю темрява, якій було несила протистояти вогням великого міста, розсіювалася і розпливалася жовтими плямами. Але це було там, у шумному і метушливому мегаполісі, а тут, за містом, вечірню тишу порушував тільки віддалений шум авто, несподівано гучний гавкіт собаки і чиїсь голоси поруч з сусіднім будинком.

— Рипп-рипп... — тоскно відгукнувся товстий ланцюг, на якому були підвішені гойдалки.

Дженні любила проводити тут час. Раніше. А зараз вона прийшла сюди, щоб сховатися у звичному маленькому світі від жахливої реальності, яку все ще не могла прийняти... Дівчина обернулася і подивилася на будинок — він виблискував, немов різдвяна ялинка: світло лилося з кожного вікна. Сяяла навіть мансарда на третьому поверсі, де ніхто ніколи не жив у цю пору року. Все її тіло ніби налилося свинцем, кожен рух давався важко. Скільки вона вже тут сидить?

Дженніфер закрила очі, схилившись важкою головою на ланки ланцюга. І знову перед внутрішнім поглядом вкотре пронеслися події того страшного вечора. Сліпуче світло... різкий поворот автомобіля... скреготливий виск гальм і звук м'ятого металу... Потім — темрява... і — пробудження в лікарні. Лікарі не припиняли дивуватися, як така жахлива аварія обернулася для дівчини лише непритомністю, кількома ударами та подряпинами.

А ось побачити батьків Дженні дозволили не відразу — ніби запізніле усвідомлення найстрашнішого і відстрочка неминучої тяжкої останньої зустрічі могли якось пом'якшити удар, від якого нікуди подітися...

Бліде обличчя Елісон під білим лікарняним простирадлом — неприродно застигле, вже відмите від патьоків крові. Заплутане волосся... Мама ніколи не дозволила б собі з'явитися на людях без зачіски. Якби вона була жива... На батька дівчині дали поглянути лише мигцем — він дуже постраждав у зіткненні з багатотонною вантажівкою: основний удар припав з боку водійського місця.

Тремтячи, Дженні хапала ротом просякнуте лікарняними запахами повітря моргу і не могла повірити, що два нерухомих тіла — це все, що залишилося від її батьків, які ще кілька годин тому сиділи в театрі, мріяли про тепле море, жартували і були такими... живими! Але це відбувалося там, в тій реальності, що завмерла по інший бік яскравого спалаху світла. Там залишилися її найближчі, найрідніші люди, тепер відокремлені від Дженніфер невидимою межею, намальованою смертю, — назавжди. Назавжди... Яке страшне слово! А по цей бік вона, Дженні, зовсім одна.

Дівчина знову відкрила очі — спогади були занадто болючими і поверталися щоразу, коли вона залишалася на самоті. Але й бачити кого-небудь їй зараз не хотілося.

Сьогоднішній похорон вона пам'ятала погано — немов це були не справжні події, а просто запис на старій кінострічці. Дві дерев'яні труни, монотонна мова священика, квіти в руках нечисленних маминих і татових товаришів, осіб, яких вона так і не запам'ятала, — хіба це могло бути справжнім? Може, вона просто спить і їй сниться кошмар, тривалий у часі?

Ось і зараз — раптом вона вже прокинулася і все буде, як раніше? Тато сидітиме у вітальні біля телевізора, а мама посварить її за неприбрані в шафі речі... Їй так нестерпно захотілося в це повірити, що, підхопившись, вона поквапилася до будинку, проте головний біль не сприяв легкості її кроків. І чомусь вид прочине-

них навстіж дверей викликав невиразну тривогу. Піднявшись по сходах чорного ходу, Дженніфер пройшла коридор і, оминувши кухню, увійшла до вітальні.

Люди все ще були тут — ті, що вважають за необхідне вшанувати пам'ять своїх сусідів і знайомих, господарів, які більше ніколи не переступлять поріг цього будинку...

Ледве вона увійшла до вітальні, неголосні розмови стихли і всі присутні, разом зі священиком, повернулися в її бік. Вони нібито чогось чекали від неї, але Дженніфер не знала, чого саме. Все, що їй тепер хотілося, — закрити за собою двері і не бачити більше ці чужі обличчя...

— Як ти, дитино?

Поруч з нею опинилася їхня сусідка, міс Уокер — худа стара діва, з якою вони ніколи не були дружні, хоча й прожили багато років поряд. Але зараз, у день похорону, вона поводилася так, немов була першою в списку маминих подруг. Чіпка кістлява рука опустилася на плече дівчини — ймовірно, це мало б означати підтримку.

Нічого не відповівши, Дженні мовчки скинула зі свого плеча її руку і побігла до сходів, що вели на другий поверх. Дівчина чула приглушені голоси знизу, в них їй почувся осуд — напевно, говорять про неї. Але тепер Дженніфер все було байдуже, як і те, що, за правилами хорошого тону, вона повинна була сидіти з гостями, вислуховувати їх співчуття і дякувати.

Однак Дженні зовсім не хотілося цього, всі умовності були фальшивими і непотрібними — ніхто з людей, які походжають по вітальні з урочисто-сумними обличчями і роздивляються нишком непомітну, але дорогу обстановку, по-справжньому не дружив з їхньою родиною. І навряд чи хтось із них всерйоз сумував про втрату. Зараз вона відчувала злість на них і на весь світ, який вкрав її підтримку, її безтурботне і радісне життя. Чому, чому літня міс Уокер і далі день за днем буде вигулювати своїх собак, дивитися вечорами серіали і пити чай, а її молоді, красиві, повні життя батьки залишаться лише спогадом?! І вона ніколи — ніколи! — не зможе їх обійняти...

Опинившись у своїй кімнаті, Дженні замкнула за собою двері і, не запалюючи світло, сіла біля вікна. Знизу долинали голоси і звуки, але вона залишалася байдужою до них. Навіть коли у двері обережно постукали і жіночий голос сказав, що міс Уокер і місіс Браун залишаться тут на ніч, щоб їй було спокійніше, Дженніфер не відповіла. Вона більше не бачила сенсу дотримуватися якихось дурних правил пристойності.

Глава 3

Хижаки в темряві

Вона не знала, скільки ще минуло часу, перш ніж сон почав долати її. Не роздягаючись, Дженні лягла на ліжко і згорнулася калачиком в надії заснути. У неї це майже вийшло, однак легкі звуки кроків за дверима змусили дівчину насторожитися. Хто там може бути в такий час? Невже комусь із сусідок, котрі вирішили залишитися на ніч, знадобилося чомусь бродити по будинку?

Деякий час нічого не відбувалося. Дженніфер знову поринула в дрімоту, але звук кроків повторився знову. Тільки тепер їй здалося, ніби по коридору пробігла велика собака. Сон як вітром здуло. Дженні сіла на ліжку і стала прислухатися. Довго чекати не довелося: дивні звуки почулися знову, проте цього разу звірів було двоє. З подивом, породженим страхом, вона тихенько встала і підійшла до дверей, не наважуючись їх відкрити.

Несподівано і моторошно в нічній тиші пролунав удар по дверях, котрий змусив її відскочити. За ним — короткий рик, ніби невідома тварина, наразившись на перешкоду, розсердилася. Серце в грудях Дженніфер шалено колотилося, вона завмерла посеред кімнати, а по той бік дверей монстри почали шаленіти: вони гарчали і кидалися на дерев'яне полотно, зовсім не розраховане на те, щоб витримувати такий натиск. Зі страшною силою кігті скребли по підлозі, до цих звуків додалися завивання і брязкіт зубів.

Дженні оніміла від жаху. За секунду в її голові промайнуло безліч думок, серед яких було і здивування: чому досі до неї не примчали сусідки, котрі залишилися ночувати тут? Адже не почути те, що творилося за її дверима, було просто неможливо! Здавалося, від страшного шуму могли прокинутися і люди в сусідніх будинках. Але на допомогу до неї ніхто не поспішав…

Удар у шибку позаду Дженніфер змусив її відскочити до стіни і притиснутися до неї спиною. Що це могло бути? Але вікно, як і двері, закрите, і нічна туманна імла приховує невидиму загрозу.

Намагаючись вгамувати тремтіння, Дженні повільно зробила два кроки до вікна — і завмерла, не здатна поворухнутися. На підвіконні сидів величезний чорний ворон. Птах не рухався і тому здавався несправжнім, ніби його намалювала на вологому склі сама ніч.

Дженні зрушила рукою, мимоволі бажаючи стерти зловісний силует, однак варто було їй поворухнутися, як ворон, змахнувши величезними крилами, знову вдарив дзьобом у скло. І раптом в чорноті ночі запалали тліючими вуглинами очі нереального птаха: з невимовною злістю ворон пильно дивився на дівчину.

Це було останньою краплиною: підкоряючись своєму страху, Дженніфер закричала…

Глава 4

Коли будинок більше не захищає

Міс Уокер і місіс Браун сиділи на ліжку поряд з Дженні. Дівчина не могла не помітити багатомовних поглядів, якими обмінювалися між собою сусідки, поки вона доводила їм, що це був зовсім не сон і страшні звірі дійсно намагалися увірватися в її кімнату через двері, а птах стукав дзьобом у вікно.

Жінки разом з Дженніфер оглянули двері й підлогу в коридорі, але слідів пазурів, які мали там залишитися у великій кількості, не знайшли.

— Дженні, дорогенька, тобі просто привиділося! — застерігали юну сусідку міс Уокер і місіс Браун. — Вчорашній день виявився занадто важким для тебе...

Їх слова звучали настільки переконливо, що дівчині навіть стало трохи соромно — може, й справді їй все наснилося? Дійсно — звідки в будинку могли з'явитися собаки чи вовки, котрі дерлися в її двері?

Трохи заспокоївшись, вона погодилася знову спробувати заснути, але відмовилася від того, щоб сусідки залишилися в її кімнаті. Все-таки їй вже не шість років, а шістнадцять! Може, вона дійсно стомилася і тепер просто стала жертвою кошмару...

Знову замкнувши двері, Дженні пірнула під ковдру, однак вимкнути світло не зважилася — надто вже сильними були недавні переживання. Втома взяла верх, і незабаром дівчина вже спала...

Холодний, похмурий ранок заглядав у вікно сірим туманом. Дженніфер нарешті відкрила очі. Обидві сусідки ще були тут — вона побачила їх, коли, трохи причепурившись, спустилася вниз. Залишатися довше вони не могли і поквапилися, зібравшись вже йти, але пообіцяли, можливо, повернутися ввечері.

Дівчина провела їх до дверей. Тепер вона знову одна. Навколишня тиша виявилася несподівано важкою і в'язкою.

Щоб якось розігнати її, Дженні включила телевізор. Однак дивитися його не було жодного бажання, і, намагаючись чимось зайняти себе, вона почала розкладати по шафках вимитий після вчорашньої вечері посуд.

Дженніфер навідріз відмовлялася думати про те, як буде жити без батьків, — зазирати далі сьогоднішнього дня не хотілося. Повсякденна робота трохи привела її до тями. Дівчина прибрала в кімнатах на першому поверсі, до блиску вичистила кухню і навіть прибрала камін. Зазвичай цю роботу виконувала домогосподарка, яка приходила двічі на тиждень, але Елісон Паркер, як господиня будинку, і сама строго стежила за чистотою. Вона завжди стверджувала, що прибирання для дівчинки — одне з найбільш корисних занять, тому Дженніфер не боялася будь-якої домашньої роботи. І тепер виконання простих дій занурювало її в ілюзію того, що все залишилося як і раніше. Ось зараз мама відкриє двері й похвалить її за старанність...

Вхідні двері дійсно відкрилися. Напевно, знову прийшла одна із сусідок. Але Дженні марно чекала, поки гостя підійде до неї, — на кухні так ніхто і не з'явився. Може, її шукають в іншому місці?

Не випускаючи ганчірки з рук, дівчина виглянула в коридор. Двері були вже закриті, а в будинку панувала тиша — ні звуку кроків, ні оклику, нічого...

— Міс Уокер! — покликала Дженніфер, проте ніхто не відповів.

І тут вона відчула чиюсь присутність — позаду неї точно хтось був... Швидко обернувшись, дівчина остовпіла — прямо перед собою вона побачила величезного звіра, що нагадував собаку. Вірніше, він міг би зійти за собаку, якби не стояв зараз на задніх лапах, височіючи над Дженніфер на добрих півметра. Бура шерсть звисала вниз брудними клаптями, з передніх лап стирчали загнуті пазурі.

Від несподіванки і страху Дженні випустила ганчірку з рук і позадкувала. Звір, гойднувшись на зігнутих задніх лапах, рушив слідом, не зводячи з неї мутних очей, повних люті. Інтуїтивно відчувши, що зволікати не можна, дівчина рвонула вбік і, вискочивши на кухню, зачинила за собою двері за секунду до того, як зі зворотного боку об неї важко вдарилося величезне тіло неймовірного чудовиська. Від наступного удару двері заходили ходором, а зі стіни з гуркотом злетіла картина.

Не гаючи часу, Дженніфер кинулася до чорного ходу, перестрибнула сходинки і опинилася на подвір'ї. Не зменшуючи швидкості, вибігла на вулицю — і ледь не збила з ніг місіс Браун.

— Дитинко! Що трапилося?

— Благаю вас, викличте поліцію, швидше! В наш будинок забрався... там якийсь звір, він мало не напав на мене! — закричала Дженні, хапаючи жінку за руку. — Прошу вас, швидше!

На круглому обличчі місіс Браун відбилося здивування разом з недовірою, але бліда, з палаючими переляканими очима Дженні виглядала, схоже, надто переконливо — жінка, діставши з кишені в'язаного пальта радіотелефон, набрала номер служби порятунку.

...Поліцейські сирени привернули увагу сусідів, але через півгодини після того, як поліція обстежила будинок, вони, розчаровані, почали розходитися. Дженні час від часу ловила на собі співчутливі, зацікавлені погляди. Краєм ока вона бачила, як люди перешіптувалися за її спиною і хитали головами.

Поліція не знайшла не тільки звіра, а й жодних слідів його проникнення. Словам Дженніфер ніхто не вірив — дівчина розуміла це, як і те, що тепер її вважають ненормальною. Ніби вона могла придумати жахливе чудовисько у своєму будинку лише заради того, щоб привернути до себе увагу...

Тепер їй більше ні з ким не хотілося говорити. Через хвилину поліцейські машини поїдуть і вона знову залишиться наодинці з власними страхами, з тим жахом, що причаївся в будинку. Причаївся й чекає на неї...

Дженні дивилася на свій будинок, розуміючи: вона більше не зможе почуватися в ньому в безпеці. Він перестав бути її захистом — його вікна мали загрозливий вигляд. І ніхто не змусить її знову увійти туди...

Глава 5

Випадковий перехожий

Вільям любив піші прогулянки. І не тільки тому, що вони корисні для здоров'я. Де, як не на вулиці, можна спокійно поміркувати? Хоча це трохи дивно — для того щоб побути наодинці, потрібно злитися з натовпом… Він навіть на роботу вважав за краще ходити пішки, перетинаючи кілька кварталів між своєї рідною Гарден-стріт і завжди метушливою Вінд-роуд. Але для вечірніх прогулянок, незмінним компаньйоном яких був його улюбленець — італійський мастиф Радж, Вільям обирав тихі вулиці або зелені сквери. Добре, що в місті їх було чимало.

Ось і зараз він прийшов на одну з таких — затишна вуличка з французькою назвою Канталь дуже подобалася йому. Вільям любив неспішно прогулюватися повз акуратні дворики із зеленіючими газонами і клумбами з квітами. І було приємно, коли нечасті перехожі трохи з подивом звертали увагу на його вихованця. Розміри Радж мав чудові. Рухаючись, він не просто, як інші собаки, перебирав лапами по дорозі, а ступав величаво і гордо, ніби справжній аристократ. Такий собі чорний собачий лорд, що дозволяє господареві триматися за поводок.

«Ще невідомо, хто кого вигулює», — жартома відповідав Вільям на запитання знайомих, чи не набридає йому щодня виводити собаку на прогулянки.

Але зараз перехожим було не до них: увагу всіх присутніх прикував будинок в кінці вулиці, біля якого стояли дві поліцейські машини і карета швидкої допомоги.

Трохи здивований, Вільям підійшов ближче.

На галявині перед будинком, просто на траві, підібгавши під себе ноги, сиділа дівчина. Її довге світле волосся було розпатлане, а плечі, незважаючи на досить прохолодну погоду, вкривала лише тонка кофтинка.

Тим часом кілька поліцейських, стоячи на ґанку, розмовляли про щось з високим лікарем в білому халаті.

— Що тут сталося? — поцікавився Вільям у жінки, яка стояла праворуч.

Вона зміряла його швидким поглядом перед тим, як відповісти.

— Спочатку казали, що якась тварина прокралася в будинок. Але поліцейські все тут обстежили і не знайшли жодних слідів... Бідолаха Дженні! Вона несповна розуму. Боїться повертатися в будинок, тому сидить на газоні.

Вільям ще раз, вже пильніше, глянув на дівчину — її обличчя здалося йому трохи знайомим. Де він міг її бачити?

Вона сиділа нерухомо, немов статуя, і дивилася прямо перед собою, ніби нічого не бачила. Ці очі...

Здається, саме її він бачив кілька днів тому біля театру. Вона ще так пильно розглядала Раджа... Можливо, Вільям не звернув би на незнайомку уваги, але дуже вже гарненькою вона йому здалася...

— Що ж з нею сталося? — обережно поцікавився він у жінки.

— Її батьки загинули у автокатастрофі. Вчора був похорон. І тепер вона залишилася повною сиротою...

Вільям відсторонено спостерігав, як до дівчини на газоні підійшов лікар. Схилившись над нею, він щось говорив, але та не відповідала. Вона немов впала у ступор.

Тепер Вільям остаточно згадав: так, вчора на дорозі, що веде до кладовища, він теж бачив її. В оточенні кількох жінок, одягнена у все чорне, дівчина здавалася втіленням ангела печалі... Якби Вільям був художником, то напевно намалював би її.

Лікар, обережно взявши Дженні за руку, допоміг їй піднятися. Вони підійшли до машини швидкої допомоги, і дверцята за ними зачинилися.

— Бідна дівчинка! Що тепер з нею буде? — схлипнувши, жінка піднесла до очей паперовий хустинку.

Вільям, неприємно вражений побаченим, швидко пішов далі по вулиці Канталь.

Глава 6
Оселя скорботи

Величезна туша сірої будівлі відкрилася погляду несподівано, як тільки автомобіль минув черговий поворот вузької асфальтованої дороги. Це все ще була вулиця Роуз, хоча здавалося, що вони виїхали вже досить далеко за межу міста.

Роблячи несподівані зигзаги посеред вологого соснового лісу, шосе закінчилося високими залізними воротами, крізь ґрати яких виднівся великий внутрішній двір і сам будинок. Назвати його будинком було б майже блюзнірством: ґратчасті вікна і масивні двері нагадували в'язницю.

Однак жінка із соціальної служби, яка супроводжувала Дженніфер, так, мабуть, не думала.

— Приїхали, дорогенька. Це твій новий дім, поки ти не одужаєш.

Дівчина, мовчки штовхнувши ручку дверцят, вийшла з автомобіля. Жінка взяла Дженні під руку, немов побоюючись, що та могла дорогою загубитися, і посипаною дрібним гравієм доріжкою повела до будівлі з ґратами на вікнах.

Ще через п'ять хвилин Дженніфер покірно сіла на запропонований стілець біля високих дерев'яних дверей кабінету, за якими зникла соціальний працівник. Напевно, їх з лікарем бесіда не призначалася для сторонніх вух, тому Дженні довелося терпляче очікувати тут під мовчазним наглядом медсестри з округлими

товстими боками, на яких буквально тріщав білий халат. Дівчина спіймала відверто оцінювальний погляд, від чого їй стало ще більш незатишно.

Двері відчинилися несподівано. Обличчя жінки із соціальної служби з натягнутою втомленою посмішкою схилилося над Дженніфер.

— Ти залишишся тут, дорогенька. Про тебе подбають, все буде добре. Ти скоро одужаєш. А я тепер буду відвідувати тебе.

Дженні, напевно, слід було зобразити у відповідь вдячність, але вона лише мовчки опустила очі. Зараз їй були абсолютно байдужі всі дурні правила пристойності, придумані людьми. Тому вона має залишитися в психіатричній клініці. А соціальний працівник з приклеєною несправжньою посмішкою через хвилину буде від неї по ту сторону ґратчастих вікон. Бо зображати доброзичливість — це нормально. А переживати горе і боятися бути однією в порожньому будинку — це депресія і параноя, які треба лікувати...

На порозі відкритого кабінету з'явився сам лікар Руфф: середніх років чоловік з глибокими залисинами на лобі. Незважаючи на вік, його все ще можна було назвати привабливим: широкоплечий, стрункий, з правильними рисами обличчя і світлим пшеничним волоссям.

Замість очікуваного білого халата лікар був одягнений у бездоганний чорний костюм елегантного крою і сіру шовкову сорочку. Навіть занадто відкритий лоб не зменшував привабливості чоловіка, навпаки, наштовхував на думку про видатний розум цієї людини — так міг виглядати вчений або поет... Але він не був ні тим, ні іншим — про це говорили його очі: колючі, чіпкі, вони немов хотіли просвітити дівчину наскрізь. Його погляд упритул здався Дженніфер ще більш неприємним, ніж погляд медсестри. Дівчина відчула легкий холодок, який пробіг по її спині.

— Заходьте, міс.

Він зробив рукою жест, і Дженніфер нічого більше не залишалося, як увійти в його кабінет, хоча опинитися наодинці з цією людиною з очима-колючками їй хотілося найменше на світі.

Всередині приміщення виглядало набагато просторішим, ніж можна було припустити спочатку. Високі стелі, дорогі меблі з темного дерева, шкіряне крісло з широкою спинкою — така обстановка швидше підходила б кабінету чиновника високого рангу, ніж приймальні лікаря психіатричної клініки на утриманні держави.

— Сідайте, — він знову зробив жест у бік другого крісла, скромнішого, що стояло поруч зі столом.

Вмостившись на своє місце, лікар продовжував задумливо розглядати Дженні.

Щоб не відповідати на його погляд, дівчина розглядала кабінет: на стінах висіли якісь дипломи і грамоти в дорогих рамках — напевно, вони мали переконати кожного, хто потрапив сюди, що тут і справді хороша клініка, раз це підтверджує стільки красиво оформлених папірців.

Велике вікно, акуратне і світле, через нього навіть видно краєчок доріжки і дерева, що тісняться далі за територією клініки.

Насилу відірвавши погляд від вікна, Дженні раптом з подивом помітила ще одну істоту — великий білий папуга в клітці, підвішеній на гак в кутку, сидів так тихо, що спочатку вона подумала, що це опудало. Але ось «опудало» ворухнулося, глянуло на Дженніфер, потім швидко почухало лапою бік і знову завмерло в дрімоті. На секунду дівчині здалося, ніби вона вже десь бачила цього птаха, однак за яких обставин — згадати не могла.

Поки Дженні вивчала приймальню, лікар неквапливо розкрив папку з паперами, яку передала йому соціальний працівник. Біографія, пара газетних заміток про аварію, висновок поліцейського лікаря... Все коротке життя Дженніфер вмістилося на декількох офіційних листках.

Кинувши на папку швидкий погляд, Дженні почала розглядати носки своїх черевиків, не бажаючи більше брати участь у новій грі під назвою «лікар — пацієнтка», яку їй нав'язували без її згоди.

— Дженніфер Паркер, 16 років. Стала свідком загибелі своїх батьків за досить загадкових обставин, — продекламував лікар, смакуючи кожне слово, ніби це приносило йому задоволення. —

Автокатастрофа. Порушення психіки у зв'язку з пережитим потрясінням. Що ж... Наші фахівці допоможуть тобі знову стати здоровою... — він раптом блискавично опинився за спиною Дженніфер, і його голос тепер продовжував литися, немов в'язка смола, вже зверху: — Ти тепер бачиш чудовиськ, дівчинко?

Дженні здригнулася, але тільки-но вона встигла підняти очі, як лікар перемістився на своє місце і ручкою вже ставив якісь позначки в її паперах. Невже це миттєве переміщення і останні слова їй тільки здалися? Однак його запах — різкуватий аромат дорогих чоловічих парфумів — здається, все ще витав поруч з нею.

— Сестро, відведіть міс Паркер у... вісімнадцяту палату, — додав він зовсім уже буденно, більше не звертаючи на Дженніфер жодної уваги.

Важка смаглява рука з коротко обрізаними нігтями лягла їй на плече. Підкоряючись, дівчина піднялася і пішла за медсестрою в довгий коридор, наповнений лікарняними запахами — ліків, дезінфікуючих засобів, страху, болю і безнадійності.

Глава 7

Вісімнадцята палата

Рухаючись у супроводі медсестри довгим коридором, Дженні про себе відзначила, що кабінет головлікаря, напевно, був тут єдиним місцем, сповненим розкоші. Похмурий коридор із пофарбованими у тьмяно-блакитний колір стінами й скрипучими дошками підлоги виглядав дуже запущеним. Настільки ж старими були й вузькі вікна, через які вливалося скупе світло похмурого осіннього дня.

По коридору назустріч їм ішов високий санітар. Він штовхав перед собою візочок, в якому згорбився одягнений у лікарняну піжаму немолодий чоловік з відсутнім поглядом. Ще два пацієнти в лікарняних халатах і капцях, побачивши медсестру поряд із Дженніфер, злякано втиснулися в стіну, немов хотіли стати її частиною.

Приховуючи хвилювання, дівчина мовчки йшла за медпрацівницею, намагаючись зрозуміти, куди ж доля закинула її.

Білі двері палат з облупленою місцями фарбою були без табличок і мали абсолютно однаковий вигляд. Дійшовши до середини коридору, медсестра зупинилася біля однієї з дверей і штовхнула її.

— Заходь! — кивнула вона Дженні.

Дівчина переступила поріг… і тут же опинилася під прицілом чотирьох пар очей пацієнтів, котрі звернули на неї увагу.

18

На вузьких лікарняних ліжках палати з такими ж сіро-блакитними стінами, як і в коридорі, вона побачила двох молодих дівчат і, на свій превеликий подив, — двох хлопців. Хтось із них сидів, а хтось лежав. Всі вони були одягнені в однакові зелені лікарняні піжами з широкими рукавами.

— Ось твоє місце, — буркнула медсестра, вказуючи на порожнє ліжко біля єдиного в цьому приміщенні вікна.

П'ять старих ліжок з невеликими тумбочками біля кожної становили все меблювання. Дженні підійшла до порожнього ліжка — тонкий смугастий матрац, пошарпана ковдра і колись нова подушка...

Медсестра вже повернулася, щоб піти, коли дівчина зважилася зупинити її, боязко промовивши:

— Вибачте... Але це ж повинна бути жіноча палата? Чому тут чоловіки?

— Ви тут не чоловіки і не жінки, ви — пацієнти, — відрізала медсестра і, немов великогабаритний корабель, гордо виплила за двері.

Дженні, присівши на краєчок ліжка, заплющила очі. «Господи, зроби так, щоб це був сон, просто страшний сон, — подумки попросила вона, ледь стримуючи сльози. — Тобі ж не складно зробити одне маленьке, зовсім маленьке диво...»

Але дива, звісно ж, не відбулося — відкривши очі, Дженніфер побачила, що, як і раніше, перебуває в похмурій палаті з високою стелею і холодними стінами, в компанії таких же обділених щастям, як і вона сама.

Глава 8

Нове оточення

— Ти хто? — прозвучали голоси крізь напружену тишу.

Дженні здригнулася. Зверталася, здається, невисока юна дівчина — може, навіть її ровесниця, з розпатланим чорними волоссям і виразними темними очима, погляд яких здався Дженніфер цілком осмисленим.

— Я Дженні, — відповіла вона.

У відповідь її сусідка видала короткий смішок і різко хитнула головою.

— Мене не цікавить твоє ім'я, я запитала — хто ти?

Питання дещо спантеличило Дженні. Як можна на нього відповісти? Як ще вона може розповісти про себе? Та й що у неї залишилося від колишнього життя, крім власного імені?

— Я звичайна дівчина, Дженніфер Паркер.

Чорнява пацієнтка ще раз хихикнула, немов почула щось смішне. Сміх її починав звучати і обривався різко, при цьому обличчя залишалося абсолютно серйозним.

— Звичайна дівчина! Так не буває... Інакше ти не потрапила б сюди. Я ось, наприклад, продаю квіти, незвичайні квіти! — Очі чорноволосої, на мить спалахнувши гарячковим вогнем, одразу згасли, і в них з'явився колишній задумливо-тужливий вираз. — Тільки у мене ніхто нічого не купує, тут лише жебраки... Жебраки, жебраки, жебраки! — раптом закричала вона, махнула рукою і відвернулася до стіни. Здається, дівчина ось-ось готова була заплакати.

— Припини морочити голову їй своїми квітами! — огризнувся хлопець з ліжка, що стояло посередині, біля протилежної стіни. — Бо вона ще подумає, що ми й справді тут всі божевільні, — неголосно додав він, і Дженніфер перевела на нього здивований погляд.

Дійсно, хлопець не здавався божевільним: він дивився на Дженні спокійним осмисленим поглядом. Юнак був середнього зросту, худорлявий, пряме темне волосся довгим чубчиком спадало йому на лоб. Його цілком можна було б назвати симпатичним, якби в обличчі не було чогось невловимо дивного. Тільки краще придивившись, Дженніфер зрозуміла: права половина обличчя не повністю відповідала лівій і була злегка перекошеною. Але цей недолік не був надто вже відштовхуючим.

— А що, хіба ні? Ви... нормальні? — неголосно запитала вона, ризикуючи викликати нетактовним питанням яку завгодно реакцію — зрештою, вона була в клініці для душевнохворих.

Пацієнтка, яка назвала себе продавщицею незвичайних квітів і щойно хотіла заплакати, повернувшись до всіх, знову засміялася.

— Вона думає — ми божевільні! — викрикнула дівчина.

Тим часом хлопець не звернув на її крик жодної уваги.

— Ну, може, зовсім вже нормальними нас і не назвеш.

Юнак злегка усміхнувся, і у Дженні відразу полегшало на душі: адже якщо людина може іронізувати з приводу себе, значить, він точно не псих!

— Але ми не більш божевільні, ніж всі інші люди. Як ти думаєш, чому ти тут? — пильний погляд хлопця не здався Дженніфер неприємним, навпаки, було в ньому щось заспокійливе.

Дівчина знизала плечима.

— Напевно, тому, що я залишилася одна. І мені ніхто не вірить...

— Одна? Ти теж залишилася одна? — раптом приєдналася до розмови друга дівчина, яка досі байдуже сиділа на своєму ліжку і навіть не дивилася в бік інших. — Тебе покинули?

Дженні помітила, що у цієї дівчини був особливо мелодійний голос — слова злітали з її вуст так проникливо, ніби вона читала поему. Вона була невисокою, трохи повною, з м'яким русявим волоссям, котре ледь досягало плечей, і красивими сірими очима. Напевно, вона була найстаршою з пацієнтів палати.

— Мене не покидали. Мої батьки, вони… Вони загинули, — тихо промовила Дженні, опустивши очі.

Сьогодні вона вперше промовила вголос цю моторошну правду.

— Вони тебе залишили… Бідолаха! — вигукнула сіроока дівчина і раптом кинулася до Дженніфер з обіймами.

Трохи налякана настільки бурхливим проявом почуттів з боку незнайомки, Дженні все ж дозволила себе обійняти. Наобіймавшись вдосталь, сусідка залишилася сидіти поруч. Якщо не брати до уваги такої емоційності, вона теж не здавалася божевільною.

— Тоді — ласкаво просимо в нашу невелику компанію! — ще раз усміхнувся хлопець. — Ми теж тут тому, що нам ніхто не вірить. Я — Раян. Це — Емма, — він кивнув у бік дівчини, що сиділа поруч з Дженні.

— Емма, — підтвердила та.

— Софія, — злегка церемонно кивнула чорнява з ліжка в кутку і знову стала здаватися нормальною.

— А це Джастін, — Раян, піднявшись, підійшов до іншого хлопця — той сидів нерухомо, не відриваючи погляду від вікна.

Його ліжко стояло навпроти ліжка Дженні, тільки з іншого боку. Однак вузьке казенне ліжко була явно замалим для міцного, масивного тіла юнака. Широкі плечі, горби м'язів, які не могла повністю приховати лікарняна піжама, коротке світле волосся їжачком… Хлопець здавався зачарованим богатирем, якого перетворено в безпорадного пацієнта чиїмись злими чарами.

— Гей, Джастіне, повернися до нас! Бо наша нова сусідка вирішить, що ти нечемний. — Раян поклав руку йому на плече.

Молодий чоловік, наче прокинувшись, трохи повернув обличчя в бік Дженні. Кинувши на неї швидкий погляд, він раптом знітився. На його широкому спокійному обличчі з'явилася збентежена, боязка, майже дитяча усмішка. Закліпавши, здоровань опустив погляд і пробурмотів щось, що нагадувало «здрастуй». Мабуть, домігшись від нього бажаного, Раян задоволено повернувся на своє місце.

— Ти не бійся його, він добрий. І теж нормальний. Тільки сором'язливий дуже з дівчатами і часом забуває, хто він такий. Але ми йому про це нагадуємо, правда, Джастіне?

Той лише кивнув головою і знову нишком глянув на Дженні. Тепер він перестав здаватися їй загрозливим, незважаючи на свою приховану силу. Як, втім, і інші пацієнти з вісімнадцятої палати. Подумки дівчина зітхнула з полегшенням.

«Здається, не все так погано, як могло бути», — вирішила вона, вже без особливого побоювання дивлячись на своїх нових знайомих.

Глава 9
Довгий день

Чи лікар не поспішав починати лікування Дженні, чи щодо нової пацієнтки у нього були якісь особливі плани, проте до обіду ніхто більше її не потурбував.

Хворим потрібно було харчуватися в невеликій їдальні, де пахнуло пригорілою цибулею. Вікна в ній розташовувалися настільки високо, що заглянути в них можна було, лише підстрибнувши або злетівши. Два санітари, які стояли біля входу, похмуро спостерігали за пацієнтами, котрі неквапно заповнювали лікарняну трапезну. Деяких привозили у візочках, більшість приходили самі.

Вісімнадцята палата займала окремий столик. Сівши на вільний стілець, Дженні втупилася у свою тарілку, нишком спостерігаючи за іншими. Напевно, важко було б знайти місце, мешканці якого так різнилися б між собою і в той же час виглядали б настільки невловимо схожими один на одного. Тут були люди різного віку і статі, з застиглими, відчуженими обличчями або, навпаки, палаючими очима і нервовими рухами. Одні накидалися на їжу (несолону кашу, политу підливою незрозуміло з чого) з жадібністю звірів — і миттю з'їдали все. Інші, навпаки, здається, зовсім не помічали тарілки — просидівши за столом з півгодини, вони йшли, залишивши їжу недоторканою. До деяких підходили санітари і, сунувши в руку ложку, примушували їсти. Таких байдужих пацієнтів, котрі майже не володіли собою, тут називали «овочами». Були серед них і ті, хто намагався їсти самостійно, проте ледь утримував ложку в тремтячих руках.

Подібна проблема, як згодом помітила Дженніфер, мучила і Раяна — хлопець намагався подолати легке тремтіння в руках, але це не завжди виходило. Перехопивши погляд дівчини, він зітхнув трохи зніяковіло.

— Чортів нерв у мене в спині! Це він перетворює моє обличчя в карикатуру і заважає нормально рухатися. Щось там запалюється, затискає його... А панове розумні лікарі так і не можуть зрозуміти, через що саме все це відбувається і що викликає подібну реакцію організму. — Не в змозі впоратися з рукою, яка почала трястися ще більше, Раян з прикрістю кинув ложку. — І тому замість навчання я повинен мінімум двічі на рік стирчати в різних лікарнях, поки моєму «спиногризному» нерву не набридне псувати мені життя і він не вирішить на деякий час заспокоїтися...

— Так ти давно тут? — несміливо запитала Дженніфер.

— Не дуже. Напевно, місяці три — тут у мене погано виходить спостерігати за часом. Тут він йде інакше, не так, як там, — хлопець кивнув на заґратоване вікно.

Поглянувши туди ж, Дженні зітхнула. Вона ще й дня не побула в цій клініці, але вже відчувала, як підкрадається прямо до серця непроглядна туга — туга за свободою, яку забрали у неї незрозуміло за які гріхи...

Залишивши посуд на столах, хворі по одному і групами йшли з їдальні — їх чекав обов'язковий післяобідній сон. Пішли і мешканці вісімнадцятої палати.

Коли вони повернулися, ліжко Дженні було вже заправлене постільною білизною, якщо можна назвати білизною запране до дірок сіро-біле простирадло і підковдру. А подушка, з'єднавшись з наволочкою, немов ще більше стиснулася, і від неї тепер сильніше тхнуло ліками і пилом. Дівчина зітхнула, згадавши своє затишне ліжко і улюблений валик, який брала з собою, коли доводилося ночувати в гостях. Утім, такі випадки траплялися досить рідко — батьки не дуже тісно спілкувалися зі своїми друзями...

Спогади про матір і про батька знову накрили її хвилею смутку. Щоб відволіктися, Дженні вирішила переключитися на своїх нових знайомих, але вони всі, як по команді, вже пірнули під ковдри.

— Лягай і ти! — порадила Емма зі свого кутка.

— Але я не хочу спати. Ніколи не лягала вдень з того часу, як мені виповнилося п'ять років.

— Прийде Голка і влаштує прочухана, якщо ти не будеш в ліжку, — додала Софія.

— А хто вона така?

— Зараз побачиш, — багатообіцяюче прошепотіла дівчина, згорнувшись калачиком під своєю худою ковдрою.

Майже одночасно з цим двері в палату різко відчинилися і на порозі з'явилася огрядна медсестра — анітрохи не менше в обхваті тієї, що привела сюди Дженні. Хіба що ця була старше — років п'ятдесяти, зі ще більш неприємним обличчям.

«Вона швидше нагадує кулю, ніж голку, — подумала Дженні, побачивши медпрацівницю. — Чим їх тут годують?»

Але об'єм ніяк не впливав на швидкість — бо названа Голкою медсестра опинилася біля Дженні за частку секунди і, боляче схопивши її за плече, повернула до себе.

— Ти новенька, і тобі, мабуть, ще не пояснили правил, — прошипіла вона прямо в обличчя дівчині.

Від подиху Голки тхнуло цибулею і ще чимось, схоже, спиртовмісним. Але найнеприємнішою деталлю були справжні жорсткі вуса, волоски яких стирчали над її верхньою губою в різні боки, нагадуючи щетину щітки для чищення взуття.

— Тому сьогодні я не стану тебе карати, — продовжувала далі медсестра, нависнувши над дівчиною всією своєю тушею. — А тепер слухай сюди і запам'ятовуй: відбій — це значить, що всі забилися у свої нори і сплять, ніхто не вештається по палаті і не маячить в коридорі... І не шепочеться! — кинула вона вже іншим мешканцям вісімнадцятої, котрі ще більше втиснулися у свої ліжка.

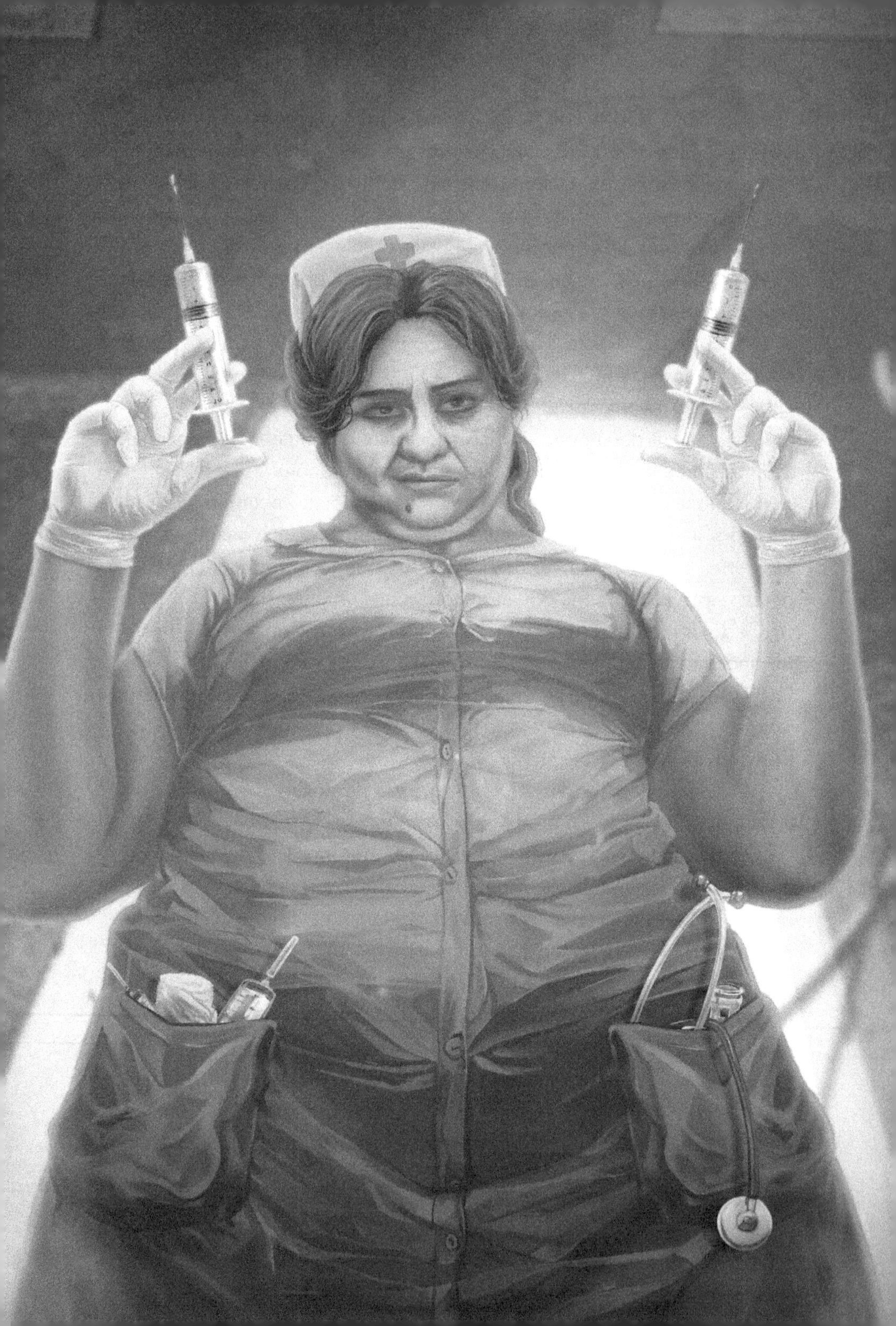

Завмер навіть широкоплечий Джастін, хоча він, напевно, якщо б мав бажання, однією лівою міг би викинути цю неприємну особу за двері. Грубі пальці боляче вп'ялися в руку дівчини.

— Я — місіс Вуд, і відтепер я буду наглядати за тобою. А тепер — надягай піжаму, як усі, і під ковдру! — прошипіла Голка і відштовхнула Дженні.

Тільки зараз дівчина побачила на ліжку одяг — безформну сорочку, штани і халат — все полинялого сіро-болотяного кольору, який в кращі часи був, напевно, зеленим.

Голка не поспішала йти — мабуть, вона чекала, коли пацієнтка переодягнеться.

Іншого виходу не було: Дженні квапливо змінила свій одяг на малоприємний лікарняний, і медсестра тут же схопила її светр і джинси.

— Коли одужаєш, тоді й отримаєш назад, — прокоментувала вона свої дії з ядовитою посмішкою і зачинила за собою двері.

Саме в цей момент, у лікарняному одязі, згорнувшись під казенною ковдрою, Дженні відчула, що стає частиною того місця, в яке потрапила.

Глава 10

Тінь ворона
і неспокійна ніч

Час після сну, який місіс Вуд називала «дозвіллям» (вона дійсно наглядала за ними, вірніше — за дотриманням правил), справило на Дженніфер, мабуть, найтяжче враження, якщо порівнювати з усім іншим, що вона побачила тут. Пацієнтів просто зігнали в одну велику кімнату, де на почесному місці — тумбочці — стояв старий телевізор. Навколо нього, на пошарпаному часом килимку, в кілька рядів стояли стільці. Під стінами сиротливо тулилися пара маленьких столиків, котрі більше нагадували дитячі. На одному з них стояла шахівниця, на іншому були олівці в стаканчику і аркуші паперу. Правда, до столиків ніхто з хворих не підходив. Все «дозвілля» полягало у тому, щоб дивитися телевізор, що пацієнти і робили.

Хтось дійсно дивився (показували якийсь комедійний серіал), інші ж просто сиділи з відсутнім виглядом — однак це, здається, зовсім не мало значення.

Скуйовджений дідок у крайньому ряду почав було щось викрикувати, але до нього блискавично підбіг похмурий санітар з великим відвислим черевом і, не церемонячись, заліпив бідоласі смачний ляпас — голова старого сіпнулася, і він одразу замовк. Санітар з грізним видом постояв біля нього ще трохи, загрозливо обвів інших поглядом і знову всівся у крісло біля протилежної стіни, звідки було зручно спостерігати за всіма.

Поруч з ним улаштувався ще один тип в костюмі охоронця, який теж, мабуть, стежив за порядком у «годину дозвілля».

Ця година здавалася Дженніфер жахливо довгою і нудною — вона не любила серіали, особливо з плоскими жартами і сміхом за кадром — немов режисер «дбайливо» вказував нездогадливим глядачам, в який момент слід сміятися... Але вибору у неї, як і в усіх інших, не було. Правда, зосередитися на деталях фільму теж не виходило — двоє або троє пацієнтів, які сиділи поруч, щось постійно бурмотіли собі під ніс, тому розібрати слова з екрана було неможливо. Однак робили вони це все-таки не настільки голосно, щоб отримати ляпас від товстуна-санітара.

Коли катування серіалом закінчилося, тим хворим, кого не забрали на вечірні процедури, дозволили погуляти. Це означало, що можна потинятися по коридорах, ще посидіти перед тим же телевізором або йти у свою палату.

Після вечері, що складалася з молочної каші, половинки булочки і компоту, прийшов час «гігієнічних процедур» і підготовки до сну. Черговим неприємним відкриттям для Дженні стала душова — іржаві скрипучі крани, розбита плитка на підлозі й двері, які не закривалися зсередини. І хоча за весь цей час Дженніфер не робила абсолютно нічого, що могло б її втомити, під кінець розтягнутого, ніби старий безформний светр, дня вона почувалася абсолютно виснаженою. Тому, коли з'явилася Голка з підносом ліків і простягнула їй якісь дві таблетки, дівчина покірно їх випила, навіть не поцікавившись, для чого вони і як називаються.

— Краще б лікар приписав тобі уколи, але поки почнемо з таблеток, — з єхидною посмішкою неголосно промовила Голка над самим вухом Дженні — так, немов розмови про уколи і таблетки дарували їй справжнє задоволення.

Решта мешканців вісімнадцятої теж покірно прийняли свої ліки і, не чекаючи зайвої лайки, розмістилися на ліжках.

Коли згасло світло, єдиною світлою плямою в темній палаті залишилося вікно, через яке з вулиці пробивалося каламутне світло жовтого ліхтаря. Згорнувшись калачиком, Дженні довго дивилася на цей ліхтар. Сон ніяк не йшов до неї, і невеселі думки затіяли свій звичайний хоровод. Що чекає її далі? Чи дійсно вона зійшла з розуму, чи те, що бачила, було насправді? А якщо так, то що з цього краще?

На новому місці засиналося погано: незнайомі звуки, лікарняні запахи, сама обстановка, немов наелектризована хворими емоціями, нудяться, що не знаходять собі виходу в цих стінах. Дженніфер то щільно змикала повіки, намагаючись поринути в рятівний сон, втекти в його теплі аморфні глибини, то знову відкривала очі, прислухаючись до кожного нового шереху, ніби наляканий маленький звір. І як вона не переконувала себе, що боятися нічого, що тут їй нададуть кваліфіковану допомогу і допоможуть забути пережиті страхіття, — голос розуму звучав не дуже переконливо. А фантазія, не шкодуючи похмурих фарб, малювала весь жах її теперішнього становища — пацієнтки психлікарні. І у важкому, часом немов напруженому диханні інших хворих в палаті, і в найменшому шереху за дверима їй бачилися насторожені очі — по той і по цей бік дверей. Неначе вся ця лікарня, навіть своїми стінами, дивилася на Дженні звідусіль, намагаючись проникнути в її думки. Немов знову і знову ставила одне запитання: «Хто ж ти, Дженніфер Паркер?»

Різкий звук змусив дівчину здригнутися і вивів з підступаючої було дрімоти. Дженні глянула у вікно — на карнизі сидів величезний ворон. Птах дивився через скло червоними очима-вуглинами. Зіщулившись від страху, Дженні заплющила очі. Може, це просто сниться їй? Вона боляче ущипнула себе за руку і знову подивилася у вікно. Птах все ще був там, тільки тепер не бив дзьобом у скло, а ходив туди-сюди по карнизу, ніби шукав можливість потрапити всередину.

— Іди, — прошепотіла Дженніфер. — Забирайся звідси! Що тобі від мене треба?

Ворон не відповідав, продовжуючи метушитися на карнизі, як заведений.

Сусіднє ліжко жалібно скрипнуло під вагою Джастіна — він підвівся і подивився у вікно. Дженні, забувши про страх, сіла на ліжку. Ні, вона не помилилася — очі сусіда пильно дивилися на птаха.

— Джастіне, ти теж його бачиш? — неголосно запитала дівчина, але той не відповів, продовжуючи стежити за вороном.

Нічний гість, ще раз ударивши потужним дзьобом у скло, раптом піднявся в повітря і пропав — так само несподівано, як і з'явився. Хлопець не рухався, дивлячись у світлий отвір вікна. Зрозумівши, що чекати від нього відповіді марно, дівчина зітхнула і знову залізла під ковдру.

— Він часто прилітає, — раптом неголосно сказав Джастін, не повертаючись до неї.

Дженні тут же підхопилася.

— Значить, ти бачив його? Джастіне, скажи мені, кого ти бачив? Прошу тебе! — ледь не закричала вона, проте він залишався таким же незворушним. — Благаю, скажи мені, що ти бачив?! Це дуже важливо для мене! Будь ласка…

Ступаючи босими ногами по холодній підлозі, дівчина підійшла до хлопця і заглянула йому в обличчя. Очі Джастіна залишалися затуманеними, немов його свідомість, як і небо за вікном, застилала імла.

— Що ти бачив?

Він мовчав.

— Я бачив чорного ворона, — відповів він нарешті, все ще не дивлячись на Дженніфер.

— Дякую… — вимовила вражена Дженні.

Повернувшись до свого ліжка, втомлена дівчина опустилася на нього. Словам хлопця можна було вірити — звідки йому знати про те, що саме бачила за вікном вона. Значить, це кошмарне видіння було в них обох…

— Але ж так не буває, щоб дві людини бачили однакові галюцинації, — прошепотіла Дженніфер сама собі. — Навіть якщо ці люди не зовсім здорові. Тоді виходить, справа зовсім не в тому, що зі мною щось не так… Може, щось не так з усім іншим світом?

Глава 11

Замкнутий простір

У Раяна була трохи дивна хода — коли він йшов, складалося враження, ніби пересувається юнак не по твердій підлозі, а по хиткій палубі корабля, що розсікає хвилі. Хлопець не міг ходити швидко, але це зовсім не завадило йому показати Дженні (наскільки було можливо) усі куточки старого будинку лікарні.

На першому поверсі розміщувалися палати хворих, кухня та їдальня, а також кілька приміщень, де пацієнтам дозволялося перебувати, — кімната з телевізором і ще одна, схожа на великий зал зі стільцями та кріслами.

На другому розташовувалися кабінети лікарів, а їх, крім головного лікаря — Руффа, було ще кілька. Правда, Дженні поки не встигла запам'ятати їхні імена. Її лікарем став сам Руфф. Як виявилося, він лікував усіх мешканців вісімнадцятої, й інші лікарі просто не звертали на них уваги.

Кімнати персоналу також розташовувалися на другому поверсі. Що було на третьому — навіть для Раяна залишалося загадкою. Начебто поверх був заселений. У будь-якому разі єдині сходи на ньому закінчувалися масивними залізними дверима, замкненими на ключ. Але навіть на другий поверх потрапити знизу здавалося непростим завданням — туди можна було піднятися з коридору на ліфті, який закривався важкими ґратами, або широкими сходами повз охорону з боку парадного входу.

Спілкування з хлопцем стало для Дженніфер єдиною віддушиною в цьому похмурому місці, хоча і Раяну вона не могла повністю довіряти. І про ту свою зустріч із чорним вороном, поміченим не тільки нею, Дженні ще не казала йому.

Життя тут протікало по особливому руслу, породжуючи у дівчини масу питань, відповідей на які вона поки не знаходила. Пацієнти жили за суворим розкладом. Будь-якому порушенню одразу покладали край, і за ним було покарання. Санітари мали над цими людьми, котрі були заляканими й жили у світі власних мрій, якщо не безмежну, то досить велику владу. Наприклад, ніхто не міг заборонити товстому і похмурому, з бородавкою на щоці Айвену запросто відкрити будь-яку тумбочку та перевірити, чи є в ній що-небудь їстівне. І коли він знаходив там щось підходяще — без зволікання забирав.

Його худий напарник Лео був набагато веселішим і говіркішим, але мав більш неприємну слабкість — чіплятися до всіх жінок. Ця парочка, мабуть, відповідала за той сектор коридору, до якого належала вісімнадцята, тому що саме вони вдиралися в палату в будь-який час.

Таку ж владу мала і ненависна пацієнтам вусата медсестра, яку хворі називали Голкою за нездорову пристрасть до уколів.

Але найбільше дивувала Дженні відсутність будь-якої психотерапії. Їй давали таблетки, і на цьому все лікування закінчувалося. Після того першого візиту в кабінет лікаря Руффа повторної аудієнції у нього Дженніфер так і не дочекалася. Як не дивно, схоже лікування застосовувалося до всіх мешканців вісімнадцятої, хоча їхні проблеми виглядали по-різному. Вони покірно дотримувалися розпорядку дня, брали таблетки і... жили кожен своїм життям. Спілкуючись зі своїм новим другом, який, на щастя Дженні, дійсно не страждав іншими відхиленнями, крім, як він висловлювався, «спиногризного нерва», вона коротко дізналася історії всіх своїх товаришів по палаті.

Софія — колишня наркоманка, розлад її психіки стався в результаті чергового передозування, після чого дівчина й потрапила сюди. Емма намагалася накласти на себе руки через нещасливе кохання. Що трапилося із Джастіном, достеменно невідомо — в минулому боксер, він нібито втратив розум після невдалого бою.

Щодо інших пацієнтів клініки, то вони були різними — Дженні доводилося спостерігати і абсолютно, на перший погляд, нормальних людей, і стовідсотково божевільних, від одного вигляду яких по шкірі починали бігати мурашки.

Але тепер дівчина точно зрозуміла — ніяка вона не божевільна. І ті видіння, чим би вони не були викликані, більше не повторювалися, а досі сумбурні сили в душі, безладні думки в голові сходилися в одному — це місце точно не для неї. Якщо вона щось і зможе тут зробити, то це збожеволіти по-справжньому. І тому їй слід знайти спосіб якнайшвидше покинути клініку, довівши, що вона нормальна людина.

Глава 12

Коли тебе не чують

Інспектор соціальної служби виконала свою обіцянку, відвідавши Дженніфер через три дні після того, як доручила турботу про неї лікарям клініки. Напевно, перш ніж зустрітися з Дженні, вона побувала у головлікаря — дівчині довелося не менше десяти хвилин очікувати її в тісній кімнатці для відвідувачів.

Коли нарешті висока кучерява мулатка, привітавшись із Дженніфер, сіла в крісло навпроти неї, санітар, котрий до цього мовчки стояв у дверях, залишив їх наодинці.

— Як ти, дитинко? — Губи жінки розтягнулися в посмішці, котра знову здалася Дженні фальшивою.

Але, попри це, квапливо озирнувшись на двері, дівчина зважилася на відверту розмову з інспектором.

— Мені тут не місце! — гаряче заговорила Дженні, дивлячись в очі співрозмовниці. — Це помилка... Я здорова!

Мулатка знову посміхнулася і м'яко заперечила:

— Дженні, думаю, тільки-но ти будеш повністю здорова, лікар Руфф більше тебе тут не затримуватиме...

— Лікар Руфф нічого не робить для того, щоб вилікувати мене! — викрикнула дівчина, але відразу заговорила тихіше: — Ніхто тут не лікує мене. Вони годують мене якимись таблетками, ось і все. Жоден співробітник цієї клініки навіть не поговорив зі мною за той час, що я тут!

— Але, дівчинко, ти щойно сама сказала, що тобі призначили таблетки. Швидше за все, лікар поки не бачить потреби в інших методах терапії, крім медикаментозної...

— Тут у всіх однакова медикаментозна терапія! Нас змушують приймати таблетки, а буйних обколюють якоюсь гидотою, щоб вони поводилися тихо... Нас ніхто й не намагається лікувати по-справжньому! — вигукнула дівчина.

— Але, мила, ти ж не лікар, щоб визначати, чим і як лікувати хворих, — в голосі соціальної працівниці вже відчувалося приховане роздратування. — Ти краще розкажи, як почуваєшся? Є у тебе якісь скарги, крім претензій з приводу неправильних методів лікування лікаря Руффа?

Дженні замовкла, розуміючи, що її слова справили на інспектора ефект, протилежний тому, якого вона домагалася. І тепер, щоб не погіршити ситуацію ще більше, їй важливо було думати над кожним словом перед тим, як говорити. Вона хотіла було сказати, що її поселили в загальну палату, де перебувають і юнаки, і дівчата, але вчасно передумала — а якщо після цього її зі звичної і мирної вісімнадцятої переведуть до якихось буйно божевільних жінок? Цього Дженніфер хотілося б найменше. Про те, що один із санітарів шарить у тумбочках і забирає їжу, вона теж вирішила не казати. Адже що б вона не сказала тепер, інспектор буде шукати в її словах ознаки марення психічнохворої...

— У мене немає скарг, але є одне прохання. Ви не могли б розшукати кого-небудь із моїх родичів? Напевно, хтось повинен бути, кому небайдуже, що зі мною, — з надією вимовила Дженніфер і одразу швидко додала: — Розумієте, мені б дуже хотілося, щоб мене провідав хтось із рідних.

— Добре, дитинко, я спробую виконати твоє прохання.

Інспектор ще раз посміхнулася своєю професійною посмішкою і, погано приховуючи полегшення, встала з крісла. Мабуть, вона вважала, що вже виконала свій службовий обов’язок щодо Дженніфер Паркер.

Дівчина дивилася на неї і раптом усвідомила: всі її надії достукатися до цієї жінки і попросити допомоги марні. І не тому, що

Дженні — дійсно божевільна, просто цій особі байдужа її доля. Для неї вона лише пацієнтка психіатричної клініки, а значить, набагато простіше і правильніше повірити лікарю, ніж їй, Дженніфер Паркер...

Повертаючись у супроводі санітара в палату, дівчина почала думати про те, чи захоче хтось із родичів допомогти їй. Раніше вона якось не замислювалася, чому батьки нечасто ходили й їздили в гості або приймали гостей у себе. У неї, безумовно, повинна бути якась рідня. Але, чесно кажучи, про цих родичів, якщо вони й були, Дженні нічого не знала. Їй неясно пригадувалося, що кілька років тому до них приїжджав літній військовий, який, схоже, був родичем батька. І тітка, яка подарувала Дженніфер ляльку, — здається, вона була родичкою по матері. Але чому ці люди не приїхали до них знову, дівчина не знала. Оточена любов'ю й турботою батьків, вона зовсім не відчувала потреби в спілкуванні з іншими родичами. У неї були свої знайомі, подруги в класі, й досі вона жила у власному затишному маленькому світі. Жила, поки його не зруйнував доценту нещасний випадок...

Повернувшись у палату, вона тужливим поглядом обвела лікарняні стіни, на яких місцями відійшла штукатурка, убоге ліжко і, як завжди, нерухомо застиглого Джастіна... Дженні заплакала. Сльози самі котилися з очей, зупинити цей потік у неї не було сил. Нікому вона не потрібна. Ніхто не прийде, щоб визволити її звідси, з цієї пастки...

На плече дівчини лягла чиясь тепла долоня. Обернувшись, Дженніфер зовсім близько побачила обличчя Раяна.

— Дженні, тебе хтось образив? Що трапилося?

— Ніхто не прийде за мною... І ніхто мене не вилікує. Мої кошмари... Я не божевільна! Це щось інше. Я відчуваю себе в пастці... Мені ніколи звідси не вибратися, — гаряче зашепотіла вона, плутаючись у словах безладних фраз. — Здається, тут я точно збожеволію...

Раян раптом обійняв її за плечі, втішаючи, і дівчина не відштовхнула його. В цю мить, притулившись до худого, ще напівхлопчачого плеча юнака, вона відчула хвилинне полегшення.

— Не плач. Все буде добре! Ось побачиш… — вимовив Раян настільки впевнено, що Дженніфер здивовано глянула на нього. А потім він тихо додав: — Дочекайся ночі…

Невже він знав щось, чого не знає вона, Дженні? З вуст дівчини вже готові були зірватися запитання, але Раян квапливо віддалявся від неї своєю нерішучою ходою.

Глава 13

Змовники

Ледве в палаті згасло світло, Дженні одразу пошепки покликала Раяна. Однак хлопець тільки шикнув на неї: «Ще рано!»

Далі час спливав зі швидкістю равлика, а сусіди по палаті зовсім не виявляли ніякого бажання поспілкуватися. Може, Раян просто розіграв її? Від таких думок дівчині стало гірко. А ще прикидається таким собі героєм-рятівником, бере на себе сміливість втішати її, немов і справді може хоч щось зробити!

Через гордість Дженні вирішила мовчати, але хвилини йшли — а в палаті все ще панувала тиша. Коли Дженніфер вже зовсім було втратила надію, вона раптом почула тихий голос Раяна:

— Дженні! Ти не спиш?

— Я — ні. Але, здається, сплять всі інші. Ті, хто мав відкрити мені велику таємницю, — не втримавшись, уїдливо відповіла вона.

— Я не сплю, — раптом подала голос Емма, він зовсім був сонним.

— Я теж, — з іншого боку відгукнулася Софія.

Обидві дівчини і Раян, озираючись, на превеликий подив Дженні, сіли на своїх ліжках.

— А я думала, що ви вже бачите п'ятий сон, — зізналася вона, теж сідаючи і закутуючи плечі ковдрою — вночі в палаті було досить прохолодно. — Ви так тихо лежали...

— Голка і Айвен часто підслуховують під дверима — ми їх не раз помічали за цим заняттям. Треба було мовчати доти, поки їм не набридне вештатися й підуть спати.

— А звідки ви знаєте, що вони пішли? — Дженні недовірливо переводила погляд з дівчат на Раяна.

— У мене відмінний слух, — усміхнулася Емма. — Колись я займалася музикою і співом… Я навіть можу почути, як б'ється серце. Особливо — закохане серце, — мрійливо протягнула Емма своїм мелодійним голосом, і Дженні довелося стримати роздратоване зітхання. — Але у цих, що тримають нас тут, я не чула стуку серця — ні в кого. Мабуть, вони нікого не люблять, — додала дівчина з сумом. — Однак я відчуваю їхнє дихання, дихання по той бік. — Емма показала пальцем на двері.

Дженні слухала її пояснення, ледве в них вірячи. Закохані серця — це навряд чи… Але ось обережні кроки за дверима Емма цілком могла почути.

— Ти сказала мені, що відчуваєш, ніби потрапила в пастку, — почав Раян трохи урочисто. — Ми всі це відчуваємо. Не тебе одну замкнули тут проти твоєї волі — нас усіх привезли сюди і утримують силою. Ніхто не збирається нас тут лікувати так, щоб ми стали здоровими.

— Але чому? Адже лікарні існують для…

— Мені відомо, для чого існують лікарні взагалі. Але я не знаю, навіщо потрібна ця. До нас ставляться як до арештантів, а не пацієнтів. І не тільки до нас — у мене було достатньо часу, щоб поспостерігати за іншими також. Я бачив, як сюди привозили нових хворих, проте ще жодного разу — щоб хтось залишав цю лікарню.

— Щоб хтось залишав її живим, — додала Емма, і від її слів у Дженні мороз пробіг по шкірі.

— Але ж це… Такого не може бути! — вигукнула вона.

Усі одразу зашикали на неї, лячно озираючись на двері.

— Тихіше! Нас ніхто не повинен чути. Якщо вони дізнаються, що ми здогадалися…

— Божевілля… — прошепотіла вражена Дженні.

«Але де ж іще бути божевіллю, як не в психлікарні? — подумала вона, вдивляючись в обличчя своїх нових товаришів. — Наскільки можна їм вірити? Наскільки взагалі можна бути впевненою в їх розумі?»

— Ну і... — Дженні пильно подивилася на всіх. — Що ж ви збираєтеся робити?

— Ми не тільки збираємося, ми вже робимо! — з гордістю в голосі промовив Раян.

У старій лікарняній піжамі, з неслухняними вихорами на маківці і з палаючими надією очима, зараз він виглядав трохи безглуздо.

— Ми тікаємо звідси!

— Тобто... — Дженні з подивом глянула на хлопця. — Ти хотів сказати: «Ми втечемо звідси»?

— Ми вже втікали кілька разів, — поквапливо сказала Емма, прийшовши на виручку Раяну. — От тільки нас завжди ловили... — одразу сумно додала вона, похнюпивши голову.

— І як же далеко вам вдавалося втекти?

— До кінця коридору, — неприємно усміхнулася Софія. — Я казала їм, — вона кивнула в бік своїх побратимів у нещасті, — не можна незмінно бігти одним і тим же шляхом. Але вони мене не слухали...

— І що ж було, коли вас ловили? — тихо запитала Дженні.

У палаті запанувала тиша.

— Завжди одне й те саме — карцер, — нарешті озвалася Софія.

— Так, цей жахливий карцер, — заскиглила Емма. — А потім — ще більш жахливі уколи, від яких хочеться лізти на стіну...

— Може, ваш план втечі був не дуже хороший? — обережно запитала Дженні. — Можливо, варто було його поміняти?

— Не було ніякого плану, — Раян уперто хитнув головою. — Ми просто бігли, і все. Потім нас ловили... Але ми і далі будемо тікати — адже повинно ж нам колись пощастити!

«Як це нерозумно! — подумала Дженніфер. — Піти на такий ризикований крок, нічого не продумавши і не склавши плану дій...»

Софія немов вловила хід її думок.

— Тут є ще одна заковика, — сказала вона. — Ця лікарня... ніби жива. Вони заздалегідь відчувають, де нас чекати...

— Так-так-так, — закивала Емма. — Вони тут... Вони все бачать. Особливо вночі...

— Ну а ваші батьки? Ваші рідні, які...

Софія знову хихикнула тим своїм неприємним сміхом, що псував враження про неї.

— А де твої батьки? — запитала вона.

Дженні насупилася.

— Я вже казала вам, що...

— Ніхто не збирався тебе кривдити, — примирливо замахав руками Раян. — Просто вона хотіла сказати, що ми всі тут у такому самому становищі, як і ти. Я лікувався в іншій клініці, поки моя мама... — Він відвів погляд, не бажаючи видавати своїх почуттів. — Загалом, ні про кого з нас немає кому піклуватися. Ми самі по собі.

— Я не одна! — вигукнула Емма і нервово повела плечима. — У мене є мій наречений, Алекс, він чекає на мене! Він чекає, що я звідси виберуся, і ми одружимося...

— Добре, Еммо, — перебив її Раян. — Ми говоримо зараз про свій намір втекти звідси. І неважливо, що у нас не виходило раніше, — ми будемо робити стільки спроб, скільки потрібно, щоб втекти з цієї лікарні. І хочемо, щоб Дженні була з нами. Я правильно висловився? — Він обвів поглядом товаришів у нещасті, і обидві дівчини, й мовчазний Джастін закивали головами. — А тепер скажи мені, Дженні, — ти з нами?

Всі подивилися на неї.

— Звичайно, я з вами! — видихнула Дженніфер, раптом відчувши, як промінчик надії торкнувся її розгубленого серця. — Але ми повинні скласти чіткий план втечі, інакше нас знову схоплять. І одним карцером справа може й не скінчитися — нас просто розкидають по різних палатах, переведуть до буйно божевільних...

Її слова подіяли — схоже, такого повороту подій ніхто не бажав.

— Отже, розкажіть мені, що може стати нам в пригоді для втечі. Ми зберемо всі факти, а потім придумаємо, як треба діяти, — рішуче вимовила Дженніфер, ще не усвідомлюючи, що зараз саме вона стає лідером цієї маленької компанії відчайдушних людей, спраглих знайти свободу.

— Ми намагалися прокрастися до виходу в кінці коридору — там ліфт. Таким шляхом сюди всі й потрапляють. Однак, навіть якщо в коридорі нікого немає, нас нібито чекають — охоронці з'являються наче з-під землі, що не дає нам можливості хоча б оглянути замок на решітці...

— Але як же вам вдавалося вибратися з палати?

— Кожен раз по-різному, — знизав плечима Раян. — Одного разу медбрат забув замкнути двері, іншим разом — Джастін просто зламав замок...

— Зрозуміло, — задумливо промовила Дженніфер. — А вам не спадало на думку вийти через кухню?

— Через кухню? — розгублено повторив Раян. — Хіба там є вихід?

Софія раптом грюкнула себе по лобі:

— Ну звичайно! З кухні повинен бути окремий вихід — чорний хід. Не будуть же працівники тягати продукти тими ж коридорами, де розгулюють психічно хворі... Молодець, Дженні! Я відразу сказала Раяну, що ти — кмітлива дівчина!

Дженніфер ніяк не відреагувала на похвалу — зараз їй було не до компліментів.

— Що вам відомо про роботу кухні й кухарів? Чи можна знайти якийсь контакт з ними?

— Там працюють двоє — кухар Джек і його помічник Саймон, — слухняно відзвітував Раян. — Саймон, він... Загалом, він якийсь дивний. Не думаю, що з ним можливий контакт... Але вважаю, це і не знадобиться: по суботах помічник кудись їде, і Джек залишається один. Після обіду, як ви знаєте, санітари зайняті тим, що розводять «овочів» по палатах. У загальній метушні, мені здається, не так складно пробратися на кухню.

А з одним Джеком ми вп'ятьох впораємося. І вийдемо через чорний хід, коли цього ніхто не буде чекати.

— Але після обіду нас відразу ж примушують лягати спати, тому пропажу виявлять дуже швидко, — зрозуміла Дженні. — Тож якщо це робити, то лише після вечері.

— Правильно! — підтримала її Софія.

— Невже у нас нарешті вийде? — мрійливо протягнула Емма.

Дженні спробувала повернути їх до реальності:

— Для того щоб вийшло, потрібно продумати все до дрібниць... Але все одно успіх ніхто не гарантує. Однак у нас буде хоча б шанс... Припустимо, нам вдасться вибратися з лікарні. А далі? Перелізти через огорожу не так вже й просто.

— А навіщо лізти через огорожу, якщо можна спробувати бігти через ліс?

Подумавши, Дженні кивнула.

— Здається, коли мене везли сюди, я бачила залізну огорожу лише біля будівлі клініки. Ймовірно, якщо піти через ліс, ми зможемо вийти до дороги.

— Тихо! Схоже, хтось іде! — пискнула Емма, одразу пірнувши під ковдру.

Так вчинили й інші, і як раз вчасно — замок клацнув, а у дверному отворі з'явилася дебела фізіономія Айвена. Санітар швидко окинув поглядом вісімнадцяту, але не виявив нічого підозрілого. З хвилину потупцювавши на порозі, він хмикнув і зачинив двері.

Ще кілька хвилин у палаті панувала тиша. У напівтемряві, розбавленій каламутним світлом вуличного ліхтаря за вікном, Дженні розгледіла обличчя Раяна. Довгий погляд юнака здавався продовженням недавньої розмови.

«Все буде добре, — казали його очі. — Тепер, коли ти з нами...»

«Я хочу в це вірити, — так само, без слів, відповіла Дженні, пильно дивлячись на нього. — Дуже хочу...»

Засинаючи, вона все ще відчувала погляд Раяна. Це був погляд надії і захоплення — хлопчина беззастережно передав своє лідерство в небезпечній операції втечі їй, Дженні. Тепер вона відповідала за все.

Глава 14

Квіти на продаж

Прокинулася Дженні від того, що в палаті звучали голоси. Але, прокинувшись остаточно, дівчина зрозуміла: голос тільки один і належить він Софії. Правда, вона ніколи раніше не чула, щоб та так говорила, Софія взагалі була не надто багатослівною, на відміну від любительки поговорити Еммі.

Дженні відкрила очі і, трохи звикнувши до темряви (ліхтар за вікном уже не світився), спробувала розгледіти дівчину. Спочатку вона подумала, що сусідка просто базікає уві сні, проте, придивившись, побачила — дівчина сидить на ліжку, впівоберта до свого невидимого співрозмовника.

— Зрозумійте мене правильно, я не можу нічого продати не тому, що я поганий продавець. Просто тут самі жебраки і ніхто не може купити у мене ваш товар!

Що відповідав видимий тільки Софії співрозмовник, чула, напевно, теж лише вона. Але, ймовірно, дійсно чула — бо сперщу мовчки кивала, а потім простягла руки, ніби розглядаючи в них щось.

— Яка красива троянда! Що це? Нерозділене кохання? І тому у неї кров на пелюстках? Так, звичайно, кохання потрібне всім, але нерозділене... — Дівчина простягнула руку в порожнечу, немов повертаючи комусь квітку. — Навряд чи хтось захоче її купити у мене, — вона з сумнівом похитала головою. — Нерозділене кохання приносить лише страждання. Ніхто не візьме її й задарма... А це? Що ви кажете? Щирість? Ось ця простенька ромашка? — Софія засміялася своїм нервовим смішком, котрий прозвучав у гробовій тиші палати майже загрозливо.

Від цієї дивної розмови у Дженні мурашки побігли по спині. Вона озирнулася на всі боки — чи не чує Софію ще хтось? Але інші спали. Дженні теж вважала за краще прикинутися сплячою. Хоча не слухати далі вона не могла.

— Вибачте мені, але кому потрібна щирість у нашому брехливому світі? Її визнають такою ж нікчемною, як цю ромашку серед королівських гладіолусів. ...А це? Мрія? Ось ця блакитна квітка? Але вона не розкрилася, ще тільки бутон... Ніхто не зрозуміє, коли побачить, якою вона стане, розпустившись. Тому її теж ніхто не купить, вибачте... А чи немає у вас чого-небудь такого, що потрібно всім? Щастя, наприклад? Добре, домовилися, приносьте, я хочу його побачити. Може, на щастя знайдеться більше покупців... А це що таке? Гордість? Але вона схожа на розквітлий реп'ях — занадто колючий. Її шипами можна поранитися...

— Що тут таке? — гримнув голос за дверима. Брязнув ключ, провертаючись в замковій щілині, і в палату знову вдерся Айвен. — Що за крики? — гаркнув він, аж Джастін сіпнувся на своєму ліжку, прокидаючись, і тепер розгублено дивився — не на санітара, а на кривий жовтий прямокутник світла, що впав на підлогу з відкритих дверей.

— Ніхто не кричить, — несподівано спокійно відповіла Софія. — Мені знову принесли на продаж квіти, але тільки я не можу їх взяти, бо...

— Ясно, — буркнув Айвен, і на його вустах промайнула неприємна посмішка.

Без попередження він раптом одним стрибком опинився біля дівчини і, скрутивши їй руки за спиною, змусив піднятися.

— Ходімо зі мною, красуне. Думаю, ще дехто захоче поспілкуватися з тим, хто приносить тобі ці квіти.

— Відпустіть мене! Я нікуди не піду! — закричала Софія, намагаючись вирватися з рук санітара, але той вже тяг її до дверей. — Допоможіть! Хто-небудь, на допомогу!

Її крики тепер, напевно, розбудили половину хворих із сусідніх палат, але Айвен не звертав на це уваги, продовжуючи грубо тягти за собою дівчину.

— Сестро! Тут, здається, буде потрібна ваша послуга, — прозвучало вже здалеку.

Ще кілька хвилин чути було нестямні крики Софії, проте потім вони різко стихли.

— Що відбувається? — широко відкритими очима Дженні дивилася на Раяна, немов шукаючи в ньому захист.

Але, здається, на нього подія не справила особливого враження, так само, як і на Емму, яка, прокинувшись, закрила голову подушкою і знову відвернулася до стіни.

— Знову до Софії приходив її Чорний Пан, — зітхнув хлопець.

— Який ще пан? — Дженніфер не могла так само запросто заспокоїтися, як і інші.

— До неї приходить іноді хтось у чорному, вона називає його Чорний Пан. Він приносить їй на продаж квіти — точніше, різні почуття у вигляді квітів, — щоб вона їх продавала. Віддає все дешево, тільки вона мало що бере — каже, все це вже нікому не потрібно...

— Він що... дійсно приходить? Ну, ти його бачив? — Дженні раптом згадала свого ворона, якого, як їй здавалося, раніше помічала тільки вона одна. Але варто було Джастіну побачити цього птаха також...

Раян знизав плечима.

— Ні, його бачить тільки вона. Або їй здається, що бачить...

Така відповідь трохи розчарувала і стривожила Дженні.

— Значить, Софія справді... божевільна? — прошепотіла дівчина.

Їй чомусь зробилося холодно, немов невидимий страх несподівано знайшов відчутну форму.

— А чи бувають взагалі повністю нормальні люди? — Раян посміхнувся, і ця сумна посмішка раптом зробила його обличчя значно старшим, ніби за плечима хлопця залишилося півжиття і він знав, про що говорив. — Деякі навмисне обдовблюються наркотиками, щоб «розширити свідомість». А у неї це вийшло мимоволі після передозу. Її відкачали, але здатність бачити більше не пропала. Тому і замкнули тут...

— Ти вже розповідав, що Софія — колишня наркоманка... Скільки ж їй років?

— Здається, близько двадцяти, — відповів Раян. — Вона, як і ти, залишилася сиротою. І багатою спадкоємицею. А її дядько, якого призначили опікуном, підсадив свою племінницю на наркотики...

— Який жах... — прошепотіла Дженні.

Звук кроків по коридору змусив їх обох замовкнути. Двері знову відчинилися, і увійшли троє: Айвен разом з Голкою тягли на собі бліду, байдужу Софію, яка сама навіть не намагалася переставляти ноги. Її сплутане темне волосся до половини закривало обличчя, яке нагадувало, скоріше, застиглу глиняну маску. І хоч очі дівчини були відкриті, зараз у них зяяла порожнеча.

Не церемонячись, Софію просто кинули на ліжко, як кидають мішки, — вона так і залишилася лежати нерухомо. Голка пильно оглянула палату і мовчки вийшла слідом за Айвеном, гримнувши на прощання дверима. Знову забриніла зв'язка ключів — медсестра замикала вісімнадцяту.

І знову запанувала тиша. Але тепер вона, як здалося Дженні, була наповнена нерівним диханням нещасної дівчини, яка застигла в одній позі.

Не витримавши, Дженні встала зі свого ліжка і підійшла до Софії, торкнулася рукою її холодного вологого чола. Очі дівчини досі були відкриті, немов вона продовжувала дивитися в одну лише їй видиму реальність, тільки вже без слів.

Дженніфер поправила її руку, що звисала з краю ліжка, і поклала її рівно. Натягнула ковдру на неприродно випрямлене тіло. Софія, здається, навіть не відчула цього.

— Що вони з тобою зробили, сволота... — крізь сльози прошепотіла Дженні, обережно гладячи дівчину по голові — Софія виглядала зараз такою безпорадною... — Нічого, ми виберемося звідси, обов'язково виберемося, — схилившись до нещасної, Дженні раптом відчула прилив сил від цих своїх слів.

В ту хвилину, дивлячись на безпорадну сусідку, Дженніфер пообіцяла собі, що не дозволить нікому зробити з собою те саме. Вона обов'язково вибереться звідси. А ще — витягне й інших чотирьох, за яких раптом почала відчувати відповідальність.

Глава 15
Королівство Джека

Вранці Софія продовжувала лежати нерухомо — що б з нею не зробили, це виглядало страшно. Щоб одного разу не опинитися на її місці, Дженні вирішила не витрачати час даремно. А значить, необхідно будь-що обстежити кухню. До того ж саме їй зробити це було найпростіше — цікавість новенької могла здатися природною і не викликати особливих підозр.

Поснідавши, Дженніфер не залишила на столі посуд, як зазвичай, а взяла свою порожню тарілку, захопивши дорогою ще кілька, і пішла з ними за стійку роздачі.

Саймон — помічник кухаря — довгий і трохи незграбний молодий чоловік з рудуватою кучерявою шевелюрою, підозріло глянув на неї, але утримувати не став. Несподівано без перешкод Дженні потрапила в кухню. Велике приміщення з величезною плитою, від якої досі віяло жаром і запахом молочної каші, виявилося напрочуд чистим. Усе кухонне приладдя займало відведене йому місце: ножі висіли над обробним столом на магнітній стрічці, порожні каструлі громадилися на залізних полицях, а сковорідки блищали начищеними боками.

Задивившись, Дженні налетіла на високого чоловіка в чистому білому халаті, підперезаного таким же чистим кухонним фартухом.

— Ой, вибачте... — пробурмотіла вона. — Я ось вирішила віднести тарілки...

Чоловік не відповідав, розглядаючи дівчину злегка настороженним поглядом. Він вочевидь не звик довіряти людям, особливо — пацієнтам клініки.

— Залишай посуд і забирайся, — строго сказав він, дивлячись на Дженніфер зверху вниз.

— Може, я могла б допомагати? Наприклад, прибирати зі столів... — пробурмотіла дівчина, внутрішньо зіщулившись і відступивши на кілька кроків.

Їй не довелося зображати переляк — високий, широкоплечий, зі смаглявим круглим обличчям кухар був схожий радше на майстра рукопашного бою, ніж на знавця каструль. Дивлячись на потужну фігуру Джека, Дженні зрозуміла, що вони дуже переоцінили свої сили, коли вирішили, що зможуть легко з ним впоратися.

— Хто це тобі сказав, ніби мені потрібна допомога? Нічого тут тинятися, засьʼ

Він вигукнув це «засьʼ» так буденно, ніби й справді проганяв геть кішку або собаку, але ніяк не людину. Крик подіяв — Дженніфер вилетіла з кухні, ніби м'ячик, і кинулася далі до виходу з їдальні.

Цей маленький епізод не минув повз увагу охоронця. Як завжди, той тинявся попід стіною їдальні, наглядаючи за пацієнтами. Здавалося, його обличчя не мало віку — йому можна було дати тридцять п'ять чи п'ятдесят п'ять років. Завжди похмуре, з глибоко посадженими очима, воно нічим не привертало до себе. А якщо додати ще шрам через частину щоки і чола та жорстку щетину на підборідді, то було зрозуміло, чому охоронець Мерлок користувався особливою «популярністю» у всіх мешканців оселі скорботи.

Поважно похитуючись і не витягуючи руки з кишень штанів, охоронець зайшов на кухню і зупинився за спиною Джека, на що кухар відреагував миттєво, повернувшись до нього всім корпусом. У руці він все ще стискав ніж, яким кришив зелень.

— Гей, Джеку! Що ця миша робила тут?

— У мене на кухні немає мишей, — спокійно відповів здоровань, нависаючи над охоронцем — він був вище за нього приблизно на голову, а високий кухарський ковпак на маківці Джека ще додавав йому зросту.

— Я кажу про новеньку... Ти знаєш, що хворим не можна заходити на кухню.

— Я сказав їй те саме, так що можеш бути спокійний, Мерлоку. Ще щось?

Охоронець зміряв кухаря уважним поглядом, відвернувся і вийшов геть, а Джек так само незворушно продовжив свою роботу.

— Ніхто не сміє вказувати мені, що може бути, а чого не може у мене на кухні, — пробурчав він собі під ніс, звертаючись незрозуміло до кого.

Худий Саймон тільки багатозначно хмикнув і потягнув черговий піднос з брудним посудом до мийних раковин.

— Тут моя територія!

— Твоє королівство, Джеку, — посміхнувся помічник кухаря, повертаючись до залу вже з порожнім підносом за новою порцією посуду.

— Моє королівство! — гаркнув здоровань, дивлячись на Саймона чомусь з викликом.

Той позадкував і поспішив вискочити в їдальню. Джек, не обертаючись, похмуро кинув ножа собі за спину — перелетівши через півкімнати, тесак спритно застряг у дерев’яній товстій дошці, прибитій в кутку з іншого боку від обробного столу. Там же стирчали ще кілька ножів різних розмірів — ймовірно, їх загнали в дошку тим же способом.

— Тільки ось я іноді думаю — чи не занадто дорого заплатив за нього? — пробурмотів Джек собі під ніс і одразу обернувся, підозріло глянувши на двері. Але підслуховувати його було нікому.

Глава 16

Блакитний конверт

— Ні, думаю, подружитися з цим Джеком у нас не вийде. Він навіть не вислухав мене — просто виставив з кухні, і все…

Дженні глянула на Раяна з такою надією, немов чекала від нього цілого десятка блискучих ідей. Але хлопець лише роздратовано дивився собі під ноги, нічого не відповідаючи. Сьогодні він виходив з палати тільки на прогулянку і в разі потреби — хвороба, що мучила його, знову дала ускладнення. Хода Раяна змінилася: тепер він не хитався, ніби на корабельній палубі, а тягнув за собою одну ногу, ніяково підстрибуючи, наче підстрелений птах.

«Як поранений лебідь», — подумала Дженніфер, проводжаючи його співчутливим поглядом, поки він займав своє місце перед незмінним телевізором в «годину дозвілля». І одразу з подивом помітила Емму. Дівчина постала перед нею в дуже несподіваному образі, немов пережила перетворення: м'яке волосся було акуратно підібране витонченим гребінцем, на шиї красувалося намисто — вочевидь, не дешева біжутерія, обличчя ж змінилося від косметики. Макіяж був таким яскравим, немов Емма зібралася на вечірку до нічного клубу, щоб «запалювати» там до ранку. Але в поєднанні з лікарняною піжамою і вилинялим зеленим халатом такий макіяж виглядав абсолютно безглуздо… Мабуть, новоспечену модницю цей факт анітрохи не турбував — Емма усміхалася так, ніби була зіркою на подіумі.

А поруч з нею, галантно підтримуючи її під руку, йшов місцевий ловелас Лео.

У Дженні він незмінно викликав огиду, хоча і не був настільки ж неприємним, як його напарник Айвен. Приблизно одного з ним віку — десь близько сорока, він, напевно, дуже високо цінував свої чоловічі достоїнства, адже приставав абсолютно до кожної жінки, якщо вона була хоч трохи жвавіша табуретки. Худий і високий, злегка сутулий, Лео завжди причісував залишки рідкого волосся на проділ трохи лівіше, намагаючись прикрити ним лисіючу маківку. Його довгий ніс, витягнуте підборіддя і кривуваті зуби, які, коли він посміхався, відкривалися всі одразу, як у коня, давали привід думати, що красенем він не був навіть у пору своєї юності. Але сам Лео, мабуть, вважав інакше. І зараз він зображував кавалера, проводжаючи Емму на її місце.

«Що за маячня? Куди це вона так вирядилася?» — думала Дженні, не поспішаючи сідати перед телевізором. Їй хотілося відкласти час телетортур хоч на пару хвилин...

— Ей ти! Дивись, куди йдеш! — пролунав у неї за спиною обурений жіночий голос, і потужний поштовх між лопаток одразу підтвердив, що просто так стояти в проході не можна.

— Вибачте... — пробурмотіла Дженніфер, відступаючи на пару кроків, щоб пропустити прибиральницю, яка штовхала перед собою громіздку підлогомийну машину.

Але жінка несподівано зупинилася сама, зацікавлено розглядаючи Дженні.

— А ну, повернись-но! — раптом наказала вона, оцінювально нахиливши голову, немов Дженніфер була іграшкою у вітрині.

— Щ-що? — не зрозуміла дівчина.

— Обернись, кажу! Дай я на тебе подивлюся.

Нічого не розуміючи, Дженні трохи ніяково обернулася і зупинилася перед дивною прибиральницею.

— А ти гарненька! — раптом випалила та й несподівано усміхнулася. — Ти новенька, вірно? Інакше я б тебе помітила раніше. Я — Олівія, — вона простягнула для вітання руку з бездоганним манікюром і знову усміхнулася.

До речі, і сама Олівія виглядала дуже навіть привабливо: років двадцяти семи — двадцяти восьми на вигляд, вона мала чудову фігуру, приємне чисте обличчя з правильними рисами і розкішною копицею рудуватого волосся, прибраного зараз в акуратну зачіску. Коротка уніформа тільки підкреслювала її неабияку зовнішність.

— Я — Дженні...

— Будьмо знайомі, Дженні. Давно ти тут? А ти не буйна? — сипала словами Олівія, все ще розглядаючи дівчину.

— Здається, ні, — в свою чергу спробувала усміхнутися Дженніфер. — Досі я ще ні на кого не кидалася, — зізналася вона напівжартома-напівсерйозно.

— Чудово! Значить, зараз будеш мені допомагати, — розпорядилася Олівія і тут же штовхнула до Дженні важкий агрегат. — Зможеш утримати її?

— Напевно, зможу.

Дженні вхопилася за ручку виключеної підлогомийки, яка була важкою і не дуже маневреною.

— Чудово, — резюмувала Олівія. — Тоді штовхай її вперед.

Злегка здивувавшись, Дженніфер все ж скорилася і разом з Олівією пішла до виходу. Перспектива мити підлогу влаштовувала її значно більше, ніж півторагодинне сидіння перед безглуздим ящиком. Але що на це скаже охорона?

Дівчина, подивившись на Мерлока біля дверей, зустрілася з ним поглядом. Охоронець одразу перегородив їм дорогу.

— Це ще куди? — гаркнув він, загрозливо простягнувши руку до зброї, що висіла у нього на поясі, — важкої гумової палиці.

— Заспокойся, Мерлоку, ця крихітка піде зі мною. У машині злітає щітка, і, поки її не відремонтують, мені потрібен помічник, щоб помити підлогу в коридорі на другому.

— Візьми когось іншого. — Мерлок так само неприязно зиркав на Дженні. — Вона дуже спритна.

— Кого? Кого я можу взяти з цих дебілів і калік? — обурилася Олівія, махнувши рукою в бік пацієнтів, які сиділи на стільчиках. — Ця тому і спритна, що ви ще не залікували її до напівсмерті... Тікай з дороги, Мерлоку!

— Що тут сталося? — санітар Лео, почувши перепалку, приєднався до них.

— Лео, солоденький, скажи цьому Барбосу, що мені зараз потрібна помічниця. Я відповідаю — все буде в порядку, ти ж мене знаєш, — Олівія блиснула такою чарівною усмішкою, що Лео ще більше взявся в боки.

— Ця лялечка? — Ловелас уважно подивився на Дженні, немов бачив її вперше, і обійняв за плечі, схилившись до вуха дівчини. — Ти ж будеш розумницею, слухняною дівчинкою? Ти ж не станеш давати приводу дядькові Лео і дядькові Мерлоку карати тебе?

«Ні за що!» — з огидою подумала Дженніфер, ледве стримуючись, щоб не скинути із себе його довгі чіпкі пальці, схожі на липкі лапи павука. І у відповідь тільки замахала головою.

— Ось і славно, ось і добре, — промуркотав Лео, торкаючись диханням її обличчя.

Від цього Дженні, хоча вона ніколи на помічала за собою агресивності, раптом захотілося як слід заїхати цьому типу прямо у вухо...

— Ходімо! — Олівія потягнула її за собою, і Дженні, штовхаючи підлогомийну машину, попрямувала до ґратчастих дверей вантажного ліфта, розміщеного посеред коридору.

Хоча будівля давно вже потребувала ремонту і, напевно, не в усьому відповідала стандартам лікувального закладу, ліфт, як і кілька дверей, що відокремлюють службові приміщення, був обладнаний цілком сучасною пропускною системою.

Олівія провела беджик уздовж панелі сканера, і масивна ліфтова решітка разом з дверима за нею від'їхали убік. Не без зусиль заштовхавши важкий агрегат у кабіну, дівчата піднялися на другий поверх.

Чи була машина дійсно зламана або ж Олівія просто скучила за компанією, Дженніфер не зрозуміла. Отримавши інструкції, як управляти підлогомийкою, вона почала старанно катати машину уздовж всього довгого коридору. Спочатку Олівія крутилася поруч, але, побачивши, що Дженні відмінно справляється, прибиральниця схопила ганчірку і почала витирати пил у директорському кабінеті, який зараз був порожній.

І хоча Дженніфер страшенно хотілося заглянути всередину, щоб краще роздивитися, вона стрималася. Зараз для неї правильніше буде зображувати покірність і старанність. Якщо вона сподобається Олівії, можливо, та й далі стане брати її з собою на прибирання. А це — значно більші можливості, ніж перебувати під невсипущим наглядом всюди-свій-ніс-сунути Мерлока!

Дженні вкотре гонила підлогомийку повз дверей кабінету директора, відпарюючи до блиску затоптаний лінолеум на підлозі, коли двері ліфта роз'їхалися і випустили з кабіни дідка невеликого зросту.

Його поява дещо здивувала Дженніфер: вона сама недавно переконалася, що так запросто ліфт їхати нікуди не буде і що без спеціальної перепустки або беджика, як у Олівії, скористатися ним неможливо.

Тим часом старий вийшов сам, без супроводу охорони, і попрямував прямо до директорського кабінету. Зупинившись перед дверима, він відкрив невеликий старенький портфельчик, що був ровесником свого господаря, і витягнув звідти блакитний конверт зі щільного паперу.

Олівія, вискочивши з директорського кабінету з ганчіркою в руці, застигла на порозі.

— Здрастуйте, любі дівчата!

Старий поважно підняв капелюх на знак вітання. Волосся на його голові було таким же сніжно-білими, як і акуратна борода.

«Йому б ще відповідний костюм — і вилитий Санта-Клаус», — подумала Дженні, усміхнувшись йому у відповідь.

Однак Олівія, схоже, поставилася до приходу цього Санта-Клауса зовсім інакше: обличчя прибиральниці витягнулося, а погляд її застиг на конверті, і вона дивилася на нього з такою дивною сумішшю переляку й огиди, наче це була щонайменше жива змія.

— У мене пошта для пана Головного Лікаря, — вів далі симпатичний дідусь. Незрозуміла реакція прибиральниці його зовсім не збентежила, весь його вигляд випромінював радісну доброзичливість. — Можу я побачити пана Руффа чи ви самі передасте конверт?

— Я зараз покличу його, почекайте, будь ласка, тут! — заметушилася Олівія і одразу побігла до ліфта. — Ще чого! Ні за що не візьму в руки цей конверт... — раптом почулося Дженні так ясно, що вона навіть обернулася вслід Олівії.

Невже та вимовила це вголос? Дівчині стало трохи незручно перед літнім листоношею, який, утім, ніяк не відреагував на такі слова або ж просто не почув їх.

Дженні, відвернувшись до машини, знову покотила її уздовж коридору. Не минуло, здається, і хвилини, як двері ліфта знову роз'їхалися, тепер уже з них вийшов лікар Руфф у супроводі Олівії. Та миттєво прослизнула далі в коридор і, підхопивши свою загублену ганчірку, зобразила максимальну заклопотаність роботою.

Дженніфер теж не хотіла зайвий раз навертатися на очі лікарю, але зараз він не звертав на неї жодної уваги — обмінявшись швидким поглядом з листоношею, Руфф мовчки прийняв з рук дідка конверт. Одразу, на місці, він спритним рухом розірвав його, дістав вкладений туди вузький аркуш паперу і, прочитавши написане, знову повернувся до листоноші.

— Передай Господарю, що все буде виконано, — неголосно сказав лікар.

Листоноша Санта-Клаус, як охрестила його Дженні, відповів чемним поклоном і, не прощаючись, попрямував до ліфта.

Дивлячись кудись під ноги, лікар поплескав себе по кишенях, витягнув з піджака під халатом цигарку, тут же прикурив її і, як і раніше, не оглядаючись навсібіч, зник у кабінеті.

Дженні здригнутися від гуркоту дверей. До дівчини підійшла Олівія, вона була трохи блідуватою.

— Хто це був? — запитала невинно Дженні.

— Листоноша, — похмуро зітхнула прибиральниця і відвернулася. — Знаєш, мені, напевно, більше не потрібна допомога, — раптом вирішила вона. — Ходім, я відвезу тебе вниз.

— Мені було нітрохи не важко, — поспішила запевнити її Дженніфер. — Навпаки, якесь розмаїття...

Олівія не відповіла. Було помітно, що зараз вона зайнята своїми думками. Так само мовчки спустившись на ліфті, Олівія повернула Дженні назад у «кімнату дозвілля» і підвела до Мерлока.

— Дякую, сонечко! — повернулася вона до дівчини, немов тільки тепер згадавши про неї. — Кеп, повертаю тобі її цілою і неушкодженою, — вона блиснула своєю білозубою усмішкою, у відповідь Мерлок тільки хмуро зітхнув.

«Здається, вона йому подобається», — зауважила Дженні, випадково перехопивши тужливий погляд неприємного охоронця, яким той проводжав гарненьку Олівію.

«Нічого собі! Невже і в цьому опецьку ще залишилося щось людське?» — думала дівчина, вимушено вишукуючи вільне місце. Хворі досі дивилися телевізор.

Незабаром листоноша з добродушним обличчям і блакитним конвертом вивітрився з її голови.

Глава 17

Коли пора посісти місце на капітанському містку

— Ти бачила листоношу? — запитав Раян, вислухавши її розповідь про походи на кухню і на другий поверх. Вони разом сиділи за одним зі столиків нібито для гри в шашки.

— Ну так, а що? — Дженні знизала плечима. — Тільки він якийсь дивний. Вірніше, він дуже навіть милий дідок. Але мені здалося, Олівія злякалася, коли він прийшов. І лікар Руфф теж вів себе незвично.

Раян насупився. Видно було, що він зараз в роздумах.

— Гей, Раяне, прокинься! — шикнула на нього Дженні. — Чим ти так схвильований? Я намагаюся донести думку, що з кухнею у нас виходить облом, а ти про листоношу...

— Коли він приходить, то у лікарні хтось помирає, — раптом випалив Раян і злякано озирнувся навсібіч.

Дженніфер застигла.

— Та облиш ти! — видихнула вона, трохи подумавши. — Це чергова місцева байка, на зразок тієї, що лікарня стоїть на старому цвинтарі. Як може смерть пацієнта бути пов'язана з візитом листоноші?

— Я не знаю, — замотав головою Раян. — Але так кажуть.

— Хто каже?

— Хворі, — хлопець невизначено махнув рукою.

Дженні стулила губи.

— Перш ніж слухати подібні розповіді, ти б спочатку згадав, де ти. Тут тобі ще й не таке розкажуть, тільки слухай, — засміялася дівчина і помилилася.

Вона запевняє Раяна, що не варто нікому вірити, а сама тільки вчора говорила йому про свої кошмари, через які потрапила сюди... Їй стало ніяково.

— Ну... Я лише хотіла сказати, що будь-які слова вимагають перевірки. Краще почекаємо і побачимо. Якщо хто-небудь помре, тоді...

— А якщо це буде хтось із нас? — раптом тихо промовив Раян, дивлячись їй прямо в очі, і від цього погляду Дженні стало по-справжньому страшно.

— Ти... боїшся? — запитала вона пошепки.

— А ти — ні?

Хлопець знову вкотре озирнувся, ніби зараз із-за спини повинна була вискочити дюжина озброєних бандитів.

— Дженні, ти не розумієш... Ми всі тут приречені. Питання тільки — коли? Коли ми помремо?

Дрібне тремтіння пробігло по спині дівчини. Вона дивилася в очі юнака, і вони здавалися їй зараз бездонними темними колодязями. А на дні їх плескався страх, погрожуючи вирватися і зруйнувати розум темною хвилею...

— Заспокойся! — несподівано для самої себе жорстко сказала Дженніфер. — Ніхто з нас не загине! Ми обов'язково звідси виберемося. Але для цього ти повинен включити мозок і відключити паніку!

Хлопець, моргнувши, подивився на Дженні вже здивовано.

— Що ти пропонуєш? — нарешті запитав він.

Слова дівчини подіяли на нього як холодний душ, повернувши в реальність.

«Так, — засмучено подумала Дженніфер. — Він набагато слабший, ніж здалося спочатку. Точніше, ніж хотілося б його бачити... Схоже, все дійсно доведеться вирішувати мені самій...» Ні, вона не вірила в лікарняні вигадки про листоношу, котрий приносить смерть. Однак, судячи з усього, вірив у це Раян. А дозволити йому загрузнути у страхах рівносильно тому, що втратити друга. Втратити ту хоч і тендітну, але підтримку, яка досі так була необхідна їй самій... Вона має щось робити, інакше залишиться знову самотньою, наодинці з власними страхами.

— Якщо часу в нас немає — бігти потрібно сьогодні, — рішуче сказала Дженніфер і сама відчула страх від своїх слів. Але в той же час інша, уперта хвиля вже здіймалася в її серці, відкидаючи страхи. Вона повинна вивести їх звідси!

Раян дивився на неї із захопленням, немов Дженні щойно на його очах здійснила подвиг.

— Ти так вирішила? — перепитав він.

«Якщо більше нікому вирішувати...» — ледь не сказала дівчина, проте утрималася.

— Тільки якщо ви з Джастіном допоможете мені. Без нього нам не впоратися. Він повинен напасти на кухаря, а далі... далі подивимося... — додала вона, але сама одразу зрозуміла, що її план зовсім недосконалий. Однак на переробки не було часу.

— Сьогодні! Зараз! Так! — В очах Раяна сяяв гарячковий блиск, і Дженні знову злякалася за його розум. — Джастін зробить те, що я йому скажу.

— Тоді саме час поговорити з ним. Нам треба пробратися на кухню відразу після вечері.

— Не турбуйся, Джастін буде з нами — адже він теж мріє втекти!

«Щось я не помітила», — знову подумала, але не сказала Дженні. Зараз, коли рішення було прийнято, вона й сама відчувала, як охоплює все її тіло бажання діяти. Можливо, вони поспішають. Можливо, чинять неправильно. Але все ж це краще, ніж чекати незрозуміло чого, подібно покірним вівцям, яких годують і ріжуть їх господарі...

Дженні задумливо дивилася вслід Раяну — квапливо йдучи через зал, той шукав Джастіна. Дівчина зрозуміла, що ніколи серйозно не зможе закохатися в цього юнака, котрий виявився слабкішим, ніж вона сама… Проте в її голові утвердилася ще одна думка — зрадити й кинути тут його та інших, які стали їй близькими, вона теж не зможе.

Глава 18

Коли нерозсудливість стає чеснотою

Вечерю, звичайно, можна було так назвати лише умовно — яка тут їжа, коли всі п'ятеро застигли в очікуванні «години X»? Тільки незворушний Джастін наминав пшоняну кашу наче й не було нічого — інші навіть думати не могли про їжу.

На радість Дженніфер, Софія прийшла в їдальню. Вона була мовчазна і дуже бліда, але все-таки прийшла сама. Емма ж, навпаки, сяяла і ледь не підстрибувала від нетерплячки. Критично оглядаючи всю компанію, Дженніфер розуміла, що якщо Джастін підведе, то всі інші їй нічим не зможуть допомогти...

— Ви готові? — пошепки запитала вона, дивлячись, однак, на одного Джастіна.

Хлопець ствердно закивав, зіскрібаючи ложкою залишки каші з тарілки.

— Як тільки Саймон вийде з підносом... — почала було дівчина, але боковим зором помітила помічника кухаря, який саме в той момент з підносом перетинав їдальню, прямуючи до виходу. — Пора! — прошепотіла вона. — Ми з Джастіном йдемо на кухню, ви, по одному, підходите через хвилину, несете посуд. Ну... Вперед! — скомандувала Дженніфер, не дозволяючи страху сповільнювати її руху.

Вона взяла зі столу свою тарілку і з нею рушила до стійки роздачі, за Дженні покірно й мовчки плентався Джастін. Удача несподівано усміхнулася їм: в їдальню якраз увійшла Олівія, і Мерлок підійшов до неї, повернувшись до стійки спиною. Дженніфер, схопивши Джастіна за рукав, потягла хлопця за стійку.

Коли вони вбігли на кухню, кухар Джек колотив великим ополоником якесь вариво в каструлі.

— Це знову ти? — запитав він трохи здивовано, звертаючись до дівчини, немов і не помітив майже двометрового хлопця за її спиною. — І що цього разу тобі потрібно?

— Я хотіла щось запитати у вас, — відповіла Дженні, рішуче прямуючи до кухаря.

Джастін рушив за нею. Але, пройшовши пару кроків у напрямку Джека, дівчина раптом шугнула вбік і схопила з магнітної дошки два великих оброчних ножа. Сунувши один в руку Джастіна, вона кинулася до кухаря і приставила ніж до його горла. Хлопець слідував за її прикладом — в його кулакові тесак був, як ножик для овочів.

Брови Джека здивовано поповзли вгору, але більше він ніяк не відреагував на такий перебіг подій.

— Джеку, віддайте нам ключ від дверей, і ми не завдамо вам шкоди, — сказала Дженні.

— Правда? Ви точно мене не вб'єте? — запитав Джек, і Дженніфер кинула на нього підозрілий погляд — їй здалося, що в голосі кухаря прозвучала насмішка.

— Ні, ми не хочемо нікого вбивати. Ми тільки замкнемо вас у коморі...

Не встигла дівчина договорити, як одним різким рухом Джек раптом підстрибнув, у стрибку з розвороту завдав удар Джастіну під ребра ногою і наступним рухом збив його з ніг, відкинувши на кілька метрів. Хлопець, ударившись об залізний стіл, з гуркотом повалився на кухонну підлогу. В ту ж секунду руки Дженні були заломлені за спину, а ніж зі дзвоном покотився по плитці підлоги, вислизнувши з ослаблих від різкого болю пальців.

Джек відштовхнув дівчину вбік і знову опинився біля нерухомого Джастіна. В ту ж мить на кухні з'явилися Софія, Емма

і Раян, а за їх спинами виросла постать охоронця, який вже знімав з паска свою палицю, готовий пустити її в хід. Тільки зараз Дженні зрозуміла, наскільки наївний був її план втечі.

— Вставай, телепню! — сміючись, сказав Джек і простягнув руку Джастіну, допомагаючи піднятися. — Добре, що посуд залізний, інакше тебе на гарматний постріл до кухні не можна було б підпускати!

Джастін розгублено закліпав, але все ж потягнувся до простягнутої руки. Затамувавши подих, Дженні завмерла на місці.

— Що тут відбувається? — прогарчав Мерлок, люто озираючись. — Ідіть геть звідси! — гаркнув він на оторопілу трійцю поруч з собою, і ті поспішно вибігли з кухні.

Джастін піднявся, потираючи забиті ребра.

— Чортів Саймон сьогодні ледве переставляє ноги! — в тон Мерлоку теж прогримів Джек. — Мені що, самому тут всім займатися? Я сказав цим двом допомогти прибрати посуд, так ось цей телепень і того не може зробити!

Джастін, все ще здивовано кліпаючи, з образою на обличчі дивився на кухаря.

— Чого вилупився? Топай звідси, — майже ласкаво промовив Джек, звертаючись до хлопця. — Такі помічники мені тут і задарма не потрібні...

Супроводжуваний підозрілим поглядом Мерлока, Джастін поплентався геть. Не вірячи у своє несподіване звільнення, Дженні теж попрямувала було за ним, але важка рука Джека опустилася їй на плече.

— Ти куди? А посуд? Ану, швиденько зібрала тарілки! Або взагалі перестану годувати! — шикнув він, підштовхуючи її до виходу, а потім повернув голову до Мерлока. — Треба долучати психів до роботи. Терапія така. Корисно, кажуть...

Охоронець ще раз зміряв кухаря злісним поглядом, поставив на місце свою палицю і, смачно сплюнувши на чисту підлогу, перевальцем пішов у їдальню.

— Свиня! — гаркнув йому навздогін Джек, анітрохи не турбуючись, що його почують.

<h1 style="text-align:center">Глава 19</h1>

Відверта розмова

Намагаючись не привертати до себе зайвої уваги, Дженні бігала між столиками, збираючи брудний посуд. З'явився і знову кудись пішов Саймон. Кухар Джек, ніби нічого не трапилося, робив далі свої справи і, здавалося, зовсім не звертав на неї уваги.

За той час, що вона бігала з кухні в їдальню і назад, дівчина встигла подумати багато про що. Так, звісно, її спроба напасти на кухаря тепер виглядала не тільки незграбною, а й смішною.

Джек виявився тренованим бійцем — зумів за пару секунд без зусиль впоратися з Джастіном, який був не менший і не слабкіший за нього самого. Але ось те, що кухар прикрив їх, замість того щоб здати охороні, виявилося для неї повною несподіванкою. І як тепер поводитися з ним далі — вона й гадки не мала.

Закинувши чергову порцію металевих тарілок у мийку, Дженні відчула на собі пильний погляд Джека і зупинилася. Кухар, примружившись, дивився на неї з усмішкою. Однак усмішка ця зовсім не була злою.

— Каву любиш? — запитав він раптом, опускаючись на залізну бочку з-під оселедця, яка, мабуть, служила йому тут похідним табуретом.

— Тільки з молоком, — відповіла Дженні обережно.

Все-таки цей кухар здавався їй дивним.

— Молоко — в глечику з кришкою, в холодильнику. Візьми собі, — Джек махнув рукою в бік холодильника, а сам потягнувся до тумбочки, витягнув звідти дві чашки, зняв з підставки мідну турку і розлив каву.

Приємний аромат залоскотав ніздрі дівчини, викликавши несподівану ностальгію: тато любив сам собі заварювати каву, не довіряючи цю процедуру нікому...

Дженні дістала молоко. Повільно і обережно, немов очікуючи будь-якого повороту подій, вона підійшла до Джека і додала молока в чашку. Так само, не піднімаючись зі свого коронного місця, кухар підчепив рукою єдиний наявний на кухні стілець і присунув його до дівчини.

Дженніфер, опустившись на запропоноване місце і відсьорбнувши кави, продовжувала уважно вивчати Джека. Що ж насправді криється за його доброзичливою усмішкою? Чи не чекає на неї який підступ?

— Послухайте... Я хочу вибачитися, — першою перервала завислу між ними паузу дівчина. — Ми не збиралися заподіяти вам шкоди, ми лише хотіли...

Джек засміявся.

— Завдати шкоди? Мені? Це не так просто, повір, дівчинко.

— Мені ніяково... — чесно зізналася Дженні. — Хвилин двадцять тому я кидалася на вас з ножем, а ви не тільки не видали мене цьому Мерлоку, а ще й пригощаєте кавою... Чому?

Джек перестав сміятися, проте його очі залишалися веселими.

— Мені сподобалася твоя рішучість і сміливість. Це незвично для такого юного віку і дуже похвально. Не варто нічого боятися в цьому житті — запам'ятай на майбутнє. А ваша спроба втекти... Ти ж сама розумієш — у вас не було жодного шансу. Видавати вас Мерлоку — це навіть якось принизливо для мене. Не зміг старий Джек впоратися з двома дітьми... А ножі... Та хіба це ножі! — раптом скривився Джек, і в його голосі зазвучало незрозуміле розчарування. Він не полінувався піднятися зі своєю бочки, щоб зняти з магнітної стрічки один з ножів. — Ось, подивися на нього! — Джек поклав ніж на долоню і підняв до світла. — Бачиш, яке криве лезо? Нікудишня сталь. А ще у нього зовсім не урівноважений центр тяжкості. Це просто шматок заліза, яким тільки й можна що рубати бадилля для свиней! — Чоловік дивився на ніж майже з образою, так, немов той був винен у своїй нікчемності.

Однак Дженніфер не помітила в цьому ножі ніякої видимої вади.

— Ніж як ніж, — знизала плечима дівчина. — А яким він повинен бути?

— Ось! Саме так — яким він повинен бути?! Це правильне питання! — незрозуміло чому зрадів Джек. — Справжні ножі, Ножі з великої літери, роблять виключно в Японії! Тому тамтешні майстри можуть творити на кухні неймовірні чудеса разом з цими творами високого мистецтва. Дійсно смачну їжу можна приготувати лише за допомогою таких ножів! — Джек нахилився до дівчини і тихим голосом, немов хтось міг підслуховувати їхню розмову, зізнався: — Я довго видивлявся в різних каталогах, порівнював ціни і якість, поки знайшов те, що шукав. Є одна японська фірма, їх ножі — досконалість! Вони не набагато гірші прославлених японських мечів, а за деякими параметрами — навіть кращі! Я вже вибрав для себе набір ножів і як тільки назбираю на нього грошей... — Джек, зітхнувши, мрійливо прикрив очі.

Дженніфер здивовано дивилася на нього. Півгодини тому вона готова була ризикнути життям цієї людини заради власної свободи. А зараз він розповідав їй про свої мрії...

— Дякую за каву, — сказала дівчина, піднімаючись. — Я, напевно, піду, поки знову не прибіг Мерлок.

— Цей сторожовий пес... — протягнув Джек з погано прихованим презирством. — Гаразд, біжи. Як, до речі, тебе звуть?

— Дженні, — усміхнулася вона, простягаючи руку.

Кухар приязно потиснув її долоню.

— Я — Джек, будемо знайомі. Можеш заходити до мене на кухню. Тільки... — Він, не випускаючи руку Дженніфер, ще раз пильно подивився їй в очі. — Тільки з ножем на мене більше не кидайся, домовилися? Навіть якби у вас і вийшло скрутити мене, це все одно ні до чого не привело б — у мене немає ключа від дверей назовні. І у Саймона теж. Двері на вулицю відкриває лише охорона, коли привозять продукти або забирають сміття. Тут все передбачено, тож не роби дурниць, дівчинко.

— Я зрозуміла... — прошепотіла Дженніфер. — Дякую...

— А ти не вішай носа, Дженні. Я бачу, ти — дівчина дуже навіть кмітлива. Думаю, наш лікар прийме щодо тебе правильне рішення, і скоро ти приєднаєшся до нас.

— «До нас»? — здивувалася вона. — Про що це ви?

Джек, відвернувшись, вдав, що раптом згадав про важливу справу і тепер дуже зайнятий.

— Про те, що все буде добре, — пробурмотів він, втупившись на холодильник. — Ось, візьми, це тобі й твоїм «грабіжникам», — кухар простягнув їй невеличкий пакунок. — Там бутерброди із шинкою і швейцарським сиром. Невдалу втечу слід заїсти чимось смачненьким... А тепер тобі й справді час йти.

— До побачення, Джеку!

Кухню Дженні покидала зі змішаними почуттями — полегшення і сум'яття. Так, їх втеча з тріском провалилася, але завдяки їй вона знайшла одного товариша, вільного від тюремних законів, що поширюються на пацієнтів. Це могло б стати їм у пригоді...

— Що ж... Тепер я хоча б знаю, що через кухню вийти не вийде, — сама собі прошепотіла дівчина. — Але що він хотів сказати своєю останньою фразою?

Глава 20

Рожеві таблетки

Пригнічений настрій відчувався у всій палаті. Макіяж Емми був неабияк зіпсований слідами сліз, а Софія лежала на своєму ліжку і, згорнувшись калачиком, демонструвала повну байдужість до всього. Джастін завмер біля вікна, немов велика нерухома статуя. Та тільки-но Дженні переступила поріг, як всі погляди звернулися до неї.

— Слава богу... — прошепотів Раян.

— Що це у тебе? — поцікавилася Емма, вказавши на згорток з бутербродами.

Однак відповісти Дженніфер не вдалося — в отворі дверей виросла Голка. Дівчина ледь встигла заховати згорток в тумбочку.

Голка обійшла всіх з підносом, на якому красувалися їхні звичайні коробочки з ліками. На подив Дженніфер, кожна порція складалася з однакових п'яти таблеток рожевого кольору.

— Ковтати і спати! — скомандувала медсестра, похмуро спостерігаючи, як всі п'ятеро по черзі беруть ліки.

— Дивно, нам дали однакові таблетки, — пробурмотів Раян, ледь за Голкою встигли зачинитися двері.

Але більше сказати він нічого не встиг, та й слухати його ніхто не міг — сон одразу почав огортати тіла всіх мешканців палати номер вісімнадцять. Нездоланна тяжкість скувала їх повіки.

Дженні лише встигла здивуватися такій швидкій дії таблетки і швидко поринула в темряву...

...Темрява була м'якою, заколисуючою, як руки рідної людини. Згорнутися клубочком, гойдаючись на хвилях тихої радості, і ні про що не думати, не згадувати. Згадувати — про що? Немов розриваючи міхур турботливої темряви, холодним і різким променем пробилася думка — «хто я?» Слідом за нею — «де я?» І тут, ніби завантаження файлів у комп'ютер, зі страшною швидкістю з'являлися картини. Сонячні гойдалки, зелений луг, татова усмішка, рожева і липка повітряна вата на тонкій паличці, радісний сміх, шум морського прибою, сліди на мокрому піску. А далі — сліпуче світло в очі, силует жінки під білим простирадлом, чужі запахи моргу, палата для душевнохворих... Дженні сіпнулася, немов вистрибнувши з незрозумілого марева, котре огортає мозок павутиною, і відкрила очі.

У палаті було темно. Як не дивно, ліхтар за вікном не горів. Навколишня темрява здавалася живою істотою, яка заповнила собою простір між вузькими лікарняними ліжками.

Дівчина поворухнулася — рухи давалися їй важко, а в усьому тілі відчувалася свинцева тяжкість. Напевно, це від ліків. Усі сусіди спали, навіть Джастін, який частіше дивився у вікно, ніж бачив сни.

Дженніфер знову закрила очі. З підступною сонливістю боротися було важко, та й не потрібно: абсолютно не краще проводити ніч у невеселих думках, прислухаючись до чужого подиху. Але в палаті щось невловимо змінилося. Це не був звук, скоріше — просто відчуття, що поруч хтось є. Хтось живий.

Знову відкривши очі, дівчина побачила щось таке, що змусило її одразу, не роздумуючи, схопитися з ліжка: прямо над нею в повітрі завис яскравий згусток, схожий на кульову блискавку.

Не знаючи, що робити далі (з палати не втекти!), Дженні схопила подушку, неначе таким чином могла б відбити атаку цього чогось незрозумілого, якби воно думало напасти. Згусток висів нерухомо, проте ледь дівчина встигла трохи заспокоїтися, як з його середини витягнулася димчаста пелюстка.

«Не бійся, — зазвучав голос прямо у неї в голові. — Я не заподію тобі зла».

Дженніфер тільки судорожно зітхнула, щосили стискаючи подушку, але набралася хоробрості, щоб відповісти:

— Хто або що ти таке? І чому ти тут?

«Мені треба дещо тобі показати. Це дуже важливо. Від цього може залежати твоє життя», — пролунав голос, а тьмяне світло знову набуло форми кулі розміром з апельсин.

«Сюди», — сказав голос, і куля поплила до дверей. Здивована, Дженні вирушила слідом, прекрасно знаючи — двері замкнені. Що буде робити далі дивна кулька? Перетвориться на ключ?

Однак цього не було потрібно — двері відчинилися відразу ж, як тільки чудова куля торкнулася їх. Дженніфер лише зараз помітила, що поспіхом забула надіти капці, але це було навіть на краще — босими ногами вона могла ступати по підлозі майже безшумно. А кулька вже виднілася далеко попереду. Вона вела її до сходів парадного входу. Затамувавши подих, Дженніфер озирнулась по боках: нікого — ні санітарів, ні охоронців — видно не було. Але ще більш дивним виявилося те, що всі двері — і ті, що вели із центрального коридору, і ті, що закривали перехід до сходів, — завжди замкнені, якщо тільки біля них не стояла охорона, зараз були відчинені, немов манили дівчину до небезпечної подорожі.

Втомившись дивуватися, вона слухняно слідувала за дивним об'єктом. Минаючи двері другого поверху, вони піднялися вище і зайшли на третій. Тут було темно, жодна лампочка не горіла. По обидва боки від коридору ховалися двері кімнат, і жодні звуки не порушували навколишню тишу.

Тіло Дженніфер тремтіло. Дівчина щосили вдивлялася в темряву, щоб вчасно помітити небезпеку. Але її провідник світлою плямою маячив уже в самісінькому кінці коридору. Обережно ступаючи по м'якому ворсистому килиму, котрий вбирав звуки кроків, Дженні поквапилася наздогнати свою кульку, яка просто зникла біля входу в останнє приміщення. Зібравшись з духом, Дженніфер штовхнула двері — якщо дійсно тут є для неї щось важливе, вона повинна це побачити...

Світло на мить засліпило її. Тільки злегка звикнувши до нього, вона змогла роздивитися. Невелика вузька кімната була заставлена стелажами та шафами. Товсті запилені папки на полицях, пронумеровані під картотеку скриньки. Мабуть, тут зберігалися архіви закладу. А яскрава кулька раптом перетворилася на бліду високу жінку із сумним і суворим обличчям. Її можна було б навіть назвати красивою, якби вона не була... напівпрозорою, немов виткана з туману. Дивлячись на неї, Дженні раптом зрозуміла, що злякалася б набагато більше, будь та справжньою — а привид, котрий плавно погойдувався в повітрі трохи вище підлоги, особливого страху не викликав.

Повільно рухаючись, жінка мовчки підійшла до однієї зі скриньок.

— Дістань дві верхні папки, — пролунав голос, і Дженні так і зробила.

Папки були звичайними, нічим не примітними.

«Історія хвороби. Олівія Вінстон, 1991 рік», — значилося на обкладинці першої.

Дженні розкрила її і пробіглася очима по рядках, вишукуючи щось значуще.

— Олівія Вінстон, 26 років. Спроба суїциду. Депресія на ґрунті незадоволеності своєю зовнішністю...

Дженніфер подивилася на фотографію дівчини — гм... Дійсно, у тої була причина для нервового розладу: більш непривабливого обличчя вона, мабуть, не бачила. Щоки звисають, подвійне підборіддя, рідельке волосся, що стирчать соломою над вузьким чолом. Близько посаджені очі й величезний рот з риб'ячими губами... Крім того, дівчина вочевидь страждала ожирінням — наскільки можна було судити з фотографії, важила вона не менше ста кілограмів. Дженні навіть стало шкода її. Вона розкрила другу папку. З фотографії на неї дивився похмурий чоловік середніх років з одутим, темним обличчям. Але щось у цьому обличчі здалося їй знайомим.

— Джек Макалістер, 42 роки... Розлади на ґрунті алкоголізму... Агресивний...

Дівчина вдивлялася в худого сутулого чоловіка на лікарняній фотографії, потім звернула увагу на його очі, що здалися їй знайомими, і раптом здогад немов вжалив її: чи не може цей Джек-алкоголік бути тим самим Джеком-кухарем, з яким вона спілкувалася на кухні? За віком вони більш-менш схожі. Але ось тільки кухар був сильним чоловіком високого зросту, а цей Джек з фото виглядав кволим і слабким. Ні натяку на мускулатуру, пропите стомлене обличчя... Невже мова може йти про одну й ту саму людину? І якщо таке чудове перетворення можливо, то, ймовірно, і Олівія Уїнстон — це її нова знайома, красуня-прибиральниця? Ні, це якась фантастика...

Привид так само мовчав. Дженні поклала обидві папки на полицю.

— І що ти хочеш мені сказати? Чому для мене так важливо побачити ці історії хвороби?

Але замість відповіді жінка-привид раптом різко повернулася до дверей.

«Поспішай! Вони повертаються!» — знову пролунав її голос у голові Дженні.

— Вони — це хто? — пошепки запитала дівчина, однак відповіді знову не було.

«Вони йдуть сюди! Швидше!» — майже кричав голос, і Дженніфер мимоволі затулила вуха, щоб приглушити цей крик.

Задкуючи до дверей, вона вискочила в коридор. Але, перш ніж двері кімнати закрилися, на тому самому місці, де щойно стояли шафки і полиці, з'явилися обгорілі уламки і закопчена чорна стеля. Дверна коробка була такою ж чорною, немов постраждала від сильного вогню.

Намагаючись впоратися з наростаючим занепокоєнням, Дженні кинулася до сходів. Єдине вікно, що відкривало вид на вулицю із самого коридору, зараз так яскраво висвітлювалося місячним світлом, немов там, за цим вікном, був день.

«Звідки взявся місяць, якщо пару хвилин назад панувала суцільна темрява?» — подумала Дженніфер, мимоволі затримавшись, всього на мить, щоб виглянути з вікна.

Місячне світло заливало доріжки навколо лікарні. Одна з них вела далі в ліс і виднілася між стовбурами сосен, які немов перетворилися зараз на срібні струни. А по доріжці неспішно підтюпцем рухався величезний вовк. І хоча місяць підмішував срібну фарбу до всіх кольорів, але навіть його блиск не міг облагородити брудно-буре забарвлення шерсті нереальної істоти.

Не вірячи своїм очам, Дженні забула про обережність і визирнула з вікна ще більше, намагаючись краще розглянути тварину. І тут вовк несподівано завмер на місці й повернув морду в бік лікарні. У дівчини тьохнуло серце: вовчі очі дивилися прямо на неї... У наступну мить бігли вже обидва — Дженніфер вниз по крутих сходах, а вовк — прямо до дверей лікарні.

«Тільки б встигнути, тільки б встигнути першою», — пульсувало в голові Дженні. Промчавши порожнім коридором, вона добігла до дверей своєї палати, рвонула їх на себе і трохи не впала, коли двері несподівано легко відчинилися. Дівчина увірвалася всередину, підбігла до свого ліжка, збираючись стрибнути в нього і прикинутися сплячою... Вона відгорнула ковдру і... побачила під ним сплячу незнайомку. Але хто міг заснути тут? Дженні з силою схопила дівчину за плече, намагаючись розбудити її, повернула до себе і... застигла вражена, дивлячись на своє власне обличчя.

— Цього не може бути! — викрикнула Дженніфер, геть забувши про обережність, і... прокинулася.

Місячне світло дійсно заливало зараз палату, м'яко освітлюючи кожен куточок. Всі мешканці вісімнадцятої спали.

Двері, як і годиться, була закриті. І тільки серце дівчини билося в шаленому ритмі.

— Так це лише сон? — пробурмотіла Дженні, витираючи спітніле чоло. Руки не слухалися її через дрібне тремтіння у всьому тілі. — Який дивний жах! Привиди, вовки... Маячня. Продовження галюцинацій... Чи я спала?

Вона трохи заспокоїлася, і їй вдалося повірити в те, що це все-таки був сон. Дженні навіть змусила себе встати і зробити спробу відкрити двері — звісно ж, вони виявилися замкненими. Ймовірно, уві сні все переплуталося в голові Дженніфер — і мрії про втечу, і розмови з кухарем Джеком, і пережите за довгий день... От і вийшла така химерна мозаїка з частинок неіснуючих подій.

Але знову заснути їй вдалося тільки перед світанком — занадто тривожними були спогади про дивний сон.

Глава 21

Під крилами смерті

День знову покотився наїждженою колією, і все ж щось невловимо змінилося. Не можна було не відчути, як незрозуміла, темна напруга дзвеніла в повітрі.

Напевно, саме від цього мало не у всіх буйних майже одночасно почалися припадки — крики чулися з різних палат. І навіть під час сніданку санітарам довелося заспокоювати деяких пацієнтів, бо ті починали битися об столи або кричати на весь голос. Решта хворих виглядали ще більш млявими, ніж зазвичай. Всі ці зміни настільки кидалися в очі, що їх важко було не помітити. Особливо, якщо спостерігаєш з подвійною увагою, як це робила Дженні. Швидше за все, причина того, що відбувається, крилася в ліках, якими їх напхали.

Дженніфер теж почувалася втомленою і розбитою, млявість і сонливість сковували рухи дівчини. І хоча раніше вона не помічала за собою нападів ліні, останнім часом вони стали з'являтися у неї частіше й частіше. Ніби щось потихеньку випивало з неї сили, залишаючи спустошену оболонку. І цій порожній оболонці не хотілося вже нічого, лише щоб їй дали спокій...

Ще гірше виглядали інші пацієнти вісімнадцятої: вони не тільки ледь переставляли ноги, а й з труднощами були здатні до зв'язного мовлення.

Відразу ж після сніданку відбулося щось несподіване: санітари почали розводити всіх по палатах. Причому робили вони це стримано, майже ввічливо, без звичайної лайки і зуботичин. Навіть Лео сьогодні не шкірився і не загравав, а був надзвичайно мовчазним і зібраним.

— Що сталося? Чому нас замкнули? — звернулася Дженні до сусідів, маючи надію почути щось правдоподібне.

— Мені здається, я бачила поліцейського, — несміливо повідомила Емма. — Правда, я не впевнена.

Раян відразу ж упав на ліжко і по вуха укутався ковдрою, що було на нього не схоже. За весь сьогоднішній день він не зронив і пари з вуст. Дженні, наблизившись до нього, сіла поруч, обережно заглядаючи в обличчя юнака, незвично бліде і напружене.

— Раяне, що з тобою? Ти погано почуваєшся? Чи щось трапилося?

Хлопець мовчав і навіть не повернувся до неї. Зрозумівши, що не дочекається відповіді, Дженніфер вже піднялася, щоб іти, коли почула його слабкий голос:

— Минулої ночі помер пацієнт. Знову.

Дженні здригнулася.

— Ти впевнений? Звідки знаєш про це?

Раян лише невизначено смикнув плечем.

— Нас тому й замкнули, щоб ми не заважали поліції. Вони встановлюють причину смерті.

Дівчина відчула, що у неї холонуть руки, але все ж відповіла якомога більше бадьорим голосом:

— Але ж всяке трапляється. Може, він був...

— Це відбувається кожного разу після того, як приходить листоноша. Старий завжди приносить смерть, — прошепотів Раян, зовсім не слухаючи її. В його голосі звучали нотки страху.

— Я не хочу вмирати. Я занадто молода, дуже кохана, щоб померти ось так, — у своїй звичайній манері раптом промовила-проспівала Емма.

Напевно, вона і справді мала дивний слух, якщо змогла почути з далекого кута те, про що майже пошепки говорили Дженні і Раян.

— Я не хочу вмирати, чуєте? Не хочу! — продовжувала вона, і з кожним словом її голос ставав все голосніше. — Мені не можна... Мене чекає Алекс! Дурна, дурна дівчина! Ти всіх нас підставила! Це через тебе ми не змогли втекти, через те, що ти хотіла упадати за кухарем, замість того щоб прибити його! Ти в усьому винна! — тепер її тонкий вібруючий крик перейшов майже в крик. Емма підійшла впритул до Дженні і заглянула їй в обличчя. — Алекс чекає на мене, розумієш? Він досі чекає біля старої церкви, де ми повинні були повінчатися! Він чекає... А я не змогла прийти! — Дівчина раптом стиснула зуби і з люттю кинулася на двері, замолотивши по ній кулаками. — Випустіть мене, чуєте! Випустіть! Я не хочу вмирати! Я повинна йти до Алекса, він чекає на мене! Інакше він теж помре... від туги!

Перелякана таким несподіваним перебігом подій, Дженні лише розгублено дивилася, як Емма з криками кидається на двері, у кров розбиваючи від ударів кісточки пальців. Але Софія раптом виявилася кмітливішою: з незворушним обличчям вона підійшла до Емми і, не соромлячись, з усієї сили заліпила тій ляпас.

— Прокинься, дурепа! Твій Алекс кинув тебе! Він давно живе з іншою і забув, як тебе звати! Ти йому не потрібна — припини згадувати про нього!

Емма дивилася на неї переляканими очима. Немов повітряна кулька, з якої разом вийшло все повітря, вона раптом знітилася, опустилася на підлогу, закривши обличчя руками, і заплакала.

Софія сіла там же, поруч з нею, обнявши її за плечі і схиливши тремтячу голову сусідки собі на плече.

— Пробач мені, Еммо... Але ти ж сама це знаєш. Не треба більше згадувати того зрадника. Ти знайдеш своє кохання, своє справжнє кохання, ось побачиш... Щойно ми виберемося звідси...

Емма, продовжуючи плакати, двома руками обняла Софію, яка все ще гладила її по голові.

Ошелешена побаченим, Дженні повернулася до свого ліжка.

— Господи, дай мені сил! — раптом несподівано для себе самої вона зашепотіла слова молитви, що ніби виривалися з її серця. — Дай мені сил, щоб пройти всі випробування, що випали на мою долю. Дай мені шанс вирватися звідси і забути про все, жити далі нормальним життям. Допоможи мені...

Сльозинка покотилася по щоці дівчини, яка сиділа, заплющивши очі. А уява, проти її волі, знову взялася малювати похмурі картини. Картотека... Обвуглена кімната... Обвуглена... Кімната. Обгоріла. Вогонь. Вогонь!

Ніби від удару, Дженні здригнулася. І коли вона знову відкрила очі, в них більше не було сліз. Там палахкотів, розпалюючись, найяскравіший вогонь — вогонь надії.

Глава 22

Епізод, вкритий димом

— А тобі ніколи не снилися пожежі? — безневинним голосом запитала Дженніфер, дивлячись на Джека.

Вони сиділи на кухні й пили чай з маленькими тістечками. Залишалося тільки дивуватися, як Джек примудрявся готувати такі вишукані штуки своїми величезними ручищами, якими можна було тримати рукоять молота, а не ополоник. Однак водночас все приготоване ним було витонченим і напрочуд смачним.

— Ні, — заперечливо похитав головою Джек. — А чому ти питаєш?

— Мені сьогодні наснився дуже дивний сон... Ніби нашу палату огорнуло полум'я, а ми всі всередині й не можемо вийти. Навколо дим, вогонь, і нас ніхто не рятує... Це було дуже реально, тому тепер я й справді почала боятися, що подібне може статися. Знаєш, кажуть, найгірші передчуття часто збуваються...

— Не переживай даремно, — посміхнувся Джек. — Нічого такого тут статися не може, заспокойся.

— Але чому не може? Адже ми в божевільні, — сумно посміхнулася вона. — Раптом хтось кине сірник...

— По-перше, це не так просто. Сірників немає навіть тут, на кухні, — всі плити автоматичні. Але якщо все-таки хтось і умудриться щось підпалити, відразу спрацює пожежна сигналізація і завиє сирена. Тоді всі двері розблоковуються автоматично — крім тих, що замкнені на ключ. Але такі є тільки в палатах, а туди, звичайно ж, прибіжать на допомогу.

— Так? Це добре, — пробурмотіла Дженні, відводячи погляд. — Бо я трохи боюся вогню...

— Що, довелося побувати на пожежі? — співчутливо запитав Джек.

Дженніфер лише кивнула, бажаючи підіграти йому.

— Буває... — зітхнув кухар і долив собі чаю з круглобокого заварника з дрібними квіточками. — Мені теж довелося таке пережити кілька років тому. Тоді велика пожежа сталася, ледь встигли загасити, а то півповерху згоріло б до того часу, як прийшла допомога...

— Дивно, я не чула про пожежу тут...

— Горіло на третьому, вночі — хворі не бачили. Тоді ще не було такої автоматики, а ключ... Загалом, довелося ретируватися через вікно, — усміхнувся Джек.

— Нічого собі! І ти стрибав з третього поверху?

— Навіщо? У цьому немає потреби, там пожежна драбина поруч.

— І ніхто не постраждав?

Джек на хвилину звузив очі, але Дженні дивилася на нього з такою простою цікавістю, що він тут же заспокоївся. Однак відповів неохоче:

— Третій поверх нежитловий. Згорів архів і картотека... Причина пожежі — несправна проводка. Будівля ж стара, а все поремонтувати... — Джек тільки махнув рукою, відставляючи чашку.

Не зловживаючи гостинністю кухаря, Дженні подякувала йому за частування і сама зголосилася допомогти Саймону прибрати посуд.

Під пильним поглядом Мерлока дівчина мелькала з підносом туди-сюди, зображаючи старанність, а в цей час думки гули у неї в голові, як розтривожені бджоли у вулику. Невже таке можливо? Невже те, що наснилося їй, може бути правдою? Картотека і архів, третій поверх... Саме там вона бачила обгорілу кімнату.

І в ній — справи двох пацієнтів. Але, навіть якщо пожежа і справді була, яке відношення це все може мати до неї?

...А ось яке! Розмовляючи про пожежу, Дженні з'ясувала, що з третього поверху можна спуститися пожежною драбиною. Значить, на вікні, крізь яке вона бачила тоді вовка, дійсно немає решітки — інакше Джек так просто через нього не вибрався б. І під час пожежі двері автоматично відкриваються. Тобто... Означає це дуже багато. І тепер для неї, як колись для печерних предків, життєво важливо добути вогонь!

Глава 23

Королівський подарунок дракона

— Ти сьогодні цілий день малюєш драконів. До чого б це? — запитав Раян, уважно розглядаючи малюнок Дженніфер.

Вони сиділи за хитким столиком, на якому зазвичай недоторканими лежали аркуші паперу і стояли олівці в дерев'яному стаканчику. Але зараз Дженні взялася за них всерйоз.

— А ти знову став спостережливим, — усміхнулася дівчина. — Бо пару днів назад я вже було подумала, що наближаєшся до стану «овоча»...

— Це все через ліки. Ти тут ще занадто короткий час, щоб по-справжньому робити висновки. Нас завжди накачують таблетками, перед тим як... — Він зітхнув і різко змінив предмет розмови, свідомо не бажаючи торкатися болючої теми. — То що дракони?

— Якщо нам вдасться роздобути джерело вогню, вважай, втеча у нас в кишені, — тихо відповіла Дженні, малюючи прожилки на зелених крильцях істоти. — А дракон — символ...

— І що ми зробимо з цим, як ти кажеш, «джерелом вогню»?

— Влаштуємо пожежу, звичайно. У своїй палаті, — спокійно пояснила вона. — Тільки треба буде підпалити так, щоб отримати побільше диму. Спрацює сигналізація, всі побіжать гасити палату і рятувати нас... Коли підніметься метушня, нам потрібно буде лише вибігти на третій поверх і через вікно спуститися пожежною драбиною. Тільки зробити це все слід дуже швидко.

— Там же решітки! І двері закриті...

— Двері автоматичні. Але в палатах для підстраховки є ще й звичайні замки. Все інше працює на автоматиці й відкривається за пропуском. Так ось, у разі пожежі всі автоматичні двері розблоковуються — це такий запобіжний засіб. А ґрати на вікнах третього поверху не ставили — туди ніколи не приводять хворих.

— Але звідки тобі все це відомо? — здивувався Раян, неуважно роздивляючись її останній малюнок — життєрадісного дракончика біля маленького вогнища.

— Мені Джек розповів, — не без гордості заявила Дженні й тут же схаменулася, побачивши, як спохмурніло обличчя Раяна.

— Джек? Чого це він з тобою розговорився? — з підозрою запитав хлопець. — Ти що, сподобалася йому?.. А може, і він тобі?

Дженніфер не змогла стримати сміх.

— Що за вигадки? Мені потрібно втертися до нього в довіру, щоб дізнаватися про все, що тут дійсно відбувається. Розумієш?

— Розумію, — видихнув Раян, відводячи очі. — Вибач.

«А він, здається, ревнує! — подумала Дженні. — Які ж вони, ці чоловіки, все-таки самозакохані діти...»

Її не полишали думки про вогонь. І дракончиків дівчина малювала невипадково: вони приходили до неї уві сні — танцювали біля великого багаття, і в цьому вогнищі згорали решітки. Вони горіли так, ніби зроблені були з паперу, а не із заліза.

Чи був це знак або результат нав'язливого бажання — так просто не скажеш. Дженніфер відчувала, що після прийому ліків, за яким суворо стежила медсестра, реальність ставала якоюсь розмитою, ніби грань між вигадкою і правдою починала стиратися. Думки хиталися, як душевнохворі плетуться по коридору без мети... Чим довше вона тут перебувала, тим слабкішим ставав її розум.

Раніше, у своєму іншому житті, житті не тут, їй потрапила до рук книга про силу думки. Там говорилося: щоб «притягнути» щось у свою реальність, слід якомога чіткіше уявити, що ти вже володієш цим. І зараз був хороший випадок випробувати теорію на практиці — зрештою, нічим більше допомогти собі вона не могла...

Можливо, автор книги мав рацію. Або просто доля ще не повністю відвернулася від Дженні, але щасливий випадок трапився раніше, ніж вона могла сподіватися.

Вони з Олівією прибирали другий поверх. Дівчина охоче брала її собі в помічниці, і Дженні від такої пропозиції ніколи не відмовлялася. Зазвичай прибиральниця довіряла їй тільки протерти підлогу в коридорі підлогомийною машиною, яка дзижчала і вила, як вовк у бджолиному вулику, хоча роботу свою виконувала безвідмовно. Однак зараз кабінет директора був порожній, а Олівії скоріше хотілося закінчити прибирання. Весело розмовляючи, вона сунула в руки Дженні швабру і доручила протерти підлогу в кабінеті, поки сама витирала пил і більше створювала вигляд, ніж насправді працювала.

У кабінеті, наповненому казенними запахами, клітка з папугою виглядала трохи недоречно і зовсім не прикрашала обстановку. Великий білий папуга сидів на жердині, уважно спостерігаючи за рухами дівчини. Птах був по-своєму красивим, але чомусь викликав у Дженніфер негативні емоції. Щось відразливе було в цього пернатого вихованця лікаря... Як і вперше, виникло відчуття, що вона вже зустрічала його колись і що ця зустріч була не з приємних... Може, справа просто в тому, що папуга належав «хазяїну» лікарні, який був у ній не тільки «царем», а й всемогутнім володарем доль?

Нахилившись, щоб пересунути урну з паперами, дівчина раптом побачила те, що змусило її серце забитися втричі частіше.

На підлозі лежала... запальничка. Звичайнісінька пластикова зелена запальничка — невеличка частинка мозаїки в її відчайдушному план втечі. Скосивши очі, вона помітила, що Олівія не дивиться в її бік. Ще мить — і жадана штучка виявилася всередині капця Дженні — більш затишного місця зараз їй годі було й шукати...

«Хррр! Хррр-авг!» — хрипкий напівкрик-напівгавкіт вирвався раптом з горла папуги так несподівано, що Дженніфер, не встигнувши розігнутися, вдарилася потилицею об кришку столу.

— Що трапилося? — Олівія тут же опинилася поруч.

— Дурний птах, — пробурмотіла Дженні, потираючи потилицю. — Він налякав мене.

Олівія підозріло глянула на папугу, який вже не кричав, але почав метушитися туди-сюди по своїй клітці.

— Августе! Втихомирся! — шикнула на нього прибиральниця, однак папуга і не думав заспокоюватися.

Весь час, поки Дженні квапливо домивала підлогу, їй здавалося, ніби папуга ось-ось викрикне звинувачення в крадіжці, і на цей крик прибіжить лікар... Але страхи, звичайно ж, були безпідставними. Швидко закінчивши прибирання, дівчата вийшли з кабінету і прикрили за собою двері. Тільки зараз, не бачачи шаленого птаха, Дженніфер змогла трохи заспокоїтися.

Спускаючись у ліфті, вона ледь стримувала усмішку — в її взутті тепер лежав подарунок того самого дракона, що прийшов до неї уві сні, щоб палити решітки. Воістину королівський подарунок.

Глава 24
Вікно у ніч

Дженніфер ледь змогла дочекатися, поки вщухнуть звуки по той бік дверей, що відділяли їх палату від решти царства божевілля. Весь цей час вона стискала в долоні захований у лікарняній подушці маленький прямокутник. Більше несила терпіти, дівчина вислизнула зі свого ліжка і швидко опинилася біля Раяна. Схопивши юнака за руку, вона приклала пальця до губ, подавши сигнал мовчати, і дістала свою коштовність.

Клацання коліщатка, що крутнуло по кременю, пролунало несподівано голосно. Крихітний язичок полум'я здавався найбільшим з можливих чудес.

Нічого не розуміючи, вже трохи сонний, Раян розгублено закліпав.

— Я дістала! Ось! Запальничка. Робоча, — прошепотіла Дженні, намагаючись впоратися з радісним і тривожним трепетом, що охопив її зараз від маківки до п'ят.

Бажання діяти негайно керувало нею, тому доводилося докладати великі зусилля, щоб не почати зараз же підпалювати все підряд.

— Так? І що тепер? — пробурмотів спросоння хлопець.

— Ми влаштуємо пожежу! Напевно, найкраще буде підпалити матрац, від нього точно буде багато диму. А коли завиє сирена і двері автоматично відкриються, побіжимо в коридор і — по сходах — на третій поверх!

— А ти впевнена, що ми зможемо звідти спуститися?

Дженні на секунду забарилася з відповіддю. Дійсно, стовідсоткової впевненості у неї не було. Навіть більше — весь цей злегка божевільний план, в якому головна роль відводилася щасливому випадку, будувався переважно на здогадах і уривчастих відомостях. На третьому поверсі вона була... тільки уві сні. Але ж примарна надія — це краще, ніж взагалі ніяка?

— Сподіваюся, ми зможемо. У будь-якому разі спробувати потрібно.

— Коли? — прошепотів хлопець тремтячим від напруження голосом.

— Сьогодні. Після півночі, коли всі заснуть. Але треба, щоб наші були готові.

Синхронно кивнувши, змовники так само одночасно кинулися в різні боки — Дженні шугнула до дівчат, які вже готувалися до сну, а Раян побіг торсати Джастіна.

А далі залишилося найважче — чекати...

Боротися зі сном не довелося — Дженніфер була в такому напруженні, що сон їй не загрожував. Вона міцно стискала в руці свій маленький скарб, немов хтось міг відібрати його прямо зараз. Думки кружляли в голові, билися, як хвилі об берег, перекочуючись з однієї теми на іншу, не зупиняючись у своєму хаотичному русі. Чим викликані були її видіння? Чи не занадто вона ризикує, спираючись на безтурботно сказані слова і власні домисли? Чи в порядку її психіка, чи не доведеться знову зіштовхнутися з тими кошмарами, через які вона потрапила сюди? Що чекає їх по той бік огорожі? Куди вона піде після того, як опиниться на волі?

Думати про те, що нічого не вийде, дівчина категорично собі забороняла. Не може не вийти. Все буде добре...

У неї не було ні годинника на руці, ні будь-якого орієнтира, щоб визначити час початку їхньої «операції». Тому, коли очікування здалося вже зовсім нестерпним, Дженні вирішила: пора!

Вона схопила свій матрац, згребла ліжко і подушку в одну купу. Раяна не довелося довго будити — почувши звуки метушні, він одразу прокинувся. Так само швидко приєдналися до неї і дівчата з Джастіном — всі разом вони зробили з ковдр і подушок одну велику купу.

Дженніфер ще раз поглянула на напружені й радісні обличчя своїх друзів, які зібралися навколо неї, чекаючи появи маленького язичка полум'я так, немов це був вогонь Прометея. І... клацнула запальничкою.

Ще кілька хвилин вони метушилися біля імпровізованого багаття, щосили допомагаючи крихітній помаранчевій квіточці розростися. Вогонь, що весело почав поглинати сухі ганчірки, незабаром перекинувся і на матрац — вгору розповзлися хмари смердючого сірого диму.

— Прикрийте обличчя одягом! — скомандувала Дженні.

Збившись біля дверей, вони стали чекати, коли увімкнеться сигналізація. Але, разом з розмірами багаття, котре гарячим кругом охопило вже все ліжко, ріс і запізнілий страх — а якщо сигналізація не ввімкнеться? Якщо ніхто не прийде до них на допомогу?

Тріск вогню і сморід горілої тканини заповнювали собою весь простір палати, від диму різало в очах. Першою не витримала Емма.

— Допоможіть! Рятуйте! У нас пожежа! — Дівчина відчайдушно забарабанила в двері, намагаючись привернути увагу, але по той бік було тихо. — Вря... Врятуйте нас!

І лише коли від чаду ледь можна було продихнути, клацнуло щось зверху, під вже добре закопченою стелею, в коридорі пролунало виття сирени і тупіт ніг. Двері в палату відкрилися, випускаючи разом з «погорільцями» стовп смердючого їдкого диму.

Навколо метушилися люди, щось кричали, забігали в палату і вибігали назад ...Звуки сирени розбурхували і без того натягнуті нерви, двері інших палат відкривалися теж, випускаючи з них пацієнтів, які приєднувалися до натовпу, котрий кричав, вив і був наляканий...

Все, що відбувалося далі, Дженні бачила наче в уповільненому кіно з прикрученою гучністю: звуки пролітали ніби повз неї, не торкаючи розум. Поглядом відшукавши чотирьох товаришів, вона першою позадкувала далі в коридор. Решта пішли за нею. Зараз, серед загальної метушні і криків, ніхто не звертав на них уваги.

Дженніфер дісталася до дверей у кінці коридору, із завмиранням серця рвонула її на себе і... двері відчинилися! Не зупиняючись ні на секунду, дівчина кинулася вгору по сходах. Слідом за нею мчали інші — спотикаючись, перестрибуючи через сходинки... Двері на третьому поверсі піддалися так само легко — Джек не обдурив Дженні. Правдою виявилося й інше — ледь залетівши на третій поверх, вона кинулася до вікна — воно було саме там, де бачилося їй уві сні. Ніякої решітки, але відкрити його виявилося не так-то просто. Джастін одразу прийшов на допомогу — в його залізних пальцях ручка вікна лише пискнула, немов скаржилася на своє нелегке життя, і воно одразу відкрилося, впускаючи всередину сире холодне повітря.

Трохи осторонь від вікна виднілися залізні скоби пожежної драбини.

— Я перший! — вигукнув Раян хрипким від хвилювання голосом і рішуче піднявся на підвіконня.

За ним хоробро пішли дівчата: спершу — відважна Софія, потім — з голосінням і зітханнями — Емма, згодом — Дженні, і останнім почав спускатися Джастін. Вони часто дихали, і в холодній нічній імлі з їхніх уст злітали хмаринки пари.

Чіпко хапаючись за слизькі залізні скоби вмить закоцюблими пальцями, Дженні намагалася не дивитися вниз. З останньої сходинки довелося стрибати. Там уже стояли інші. Великою плямою вгорі темніла постать Джастіна.

Розбурхані, ледь вірячи у своє щастя, втікачі переглядалися і обіймали один одного. Їх усіх трясло — чи то від радісного збудження, чи то від страху, чи то від холоду, а може, від усього відразу. Дочекавшись, поки Джастін теж буде внизу, Раян першим зробив крок у бік темних стовбурів сосен — треба пробігти зовсім небагато, і почнеться ліс!..

Чотири важкі тіні відділилися від темної стіни лікарні і несподівано швидко опинилися поруч. Не вірячи своїм очам, пацієнти з вісімнадцятої палати завмерли на місці.

Це не було випадковістю. На них чекали. Мерлок мовчки зняв з паска свою гумову палицю. Посмішка на його фізіономії нагадувала вовчий оскал.

— Яка зустріч!..

Глава 25

Душа в камені

Голова боліла жахливо, і відкрити очі виявилося непросто. Навколо панувала напівтемрява, крізь яку пробивалося тільки темно-жовте світіння, яке падало звідкись зверху. Насилу розтуливши важкі повіки, Дженні почала шукати очима джерело світла — ним виявилася маленька лампочка під товстим ковпаком з мутного скла.

«Напевно, воно непробивне», — подумала дівчина, тупо дивлячись у стелю. Рухатися абсолютно не хотілося. Обвівши очима приміщення, де вона опинилася, Дженніфер зрозуміла, що рухатися поки особливо й нікуди: її сковували сирі брудно-сірі стіни, а єдиним предметом умеблювання була пригвинчена до підлоги залізна полиця з худим рваним матрацом, на якій вона й лежала.

Карцер. Для одного. Як довго вона тут пробуде — залежить від того, наскільки велике бажання лікаря Руффа покарати її. І не тільки її — інші, мабуть, зараз перебувають у таких самих умовах.

Розмір приміщення — два на чотири метри. Порита щурячими норами бетонна підлога... Чомусь навіть думка про щурів не викликала в дівчини належної реакції. Раніше вона злякалася б. Зараз їй було все одно.

Тіло зрадницьки нило, немов після важкого робочого дня. Але роботи не було, а лише порція невідомої гидоти, яка зараз бродила по її венах, і... зламані надії.

Тим часом крах однієї надії — це ще не повний крах. Дженніфер не залишить боротьбу, ось тільки б зібратися з силами...

Минав час. Тьмяна лампочка під стелею ніколи не вимикалася, і тому відрізнити день від ночі було неможливо. В кутку, в цементній підлозі, виявилася дірка, звідки доносився жахливий запах — мабуть, це був туалет... На тому зручності закінчувалися. Раз на день (або двічі — хто знає?) внизу дверей відкривалося невелике залізне віконце. З нього з'являвся піднос, на якому стояла залізна кружка і миска з юшкою. Зрідка — шматок хліба. Якщо вона не встигала схопити їжу і воду, піднос просто забирали, і тоді — до наступного разу. Голод був не таким болісним, як спрага. Крім того, Дженні підозрювала, що її ще й посилювали спеціально чимось, що підмішували в їжу, — пити хотілося нестерпно, і це, разом із самотністю, було одним з головних випробувань.

Вона могла кричати, битися об двері або сидіти в кутку нерухомо — від цього нічого не змінювалося. Час збігав невблаганно повільно. Скільки вона вже тут? Тиждень? Місяць? Рік? Дженніфер не знала. Все, що було їй доступно, — це мрії. Єдине, в чому вона могла знайти розраду, — це в мріях про свободу. І про море.

Ось воно — дике, просторе, невгамовне у своїй первозданній силі. І прекрасне, таким прекрасним може бути дикий звір. Дивно, саме так вона зараз думала про море — як про дикого, вільного звіра, який чекає її там, по той бік всіх дверей і огорож...

Кілька разів під дверима дівчині ввижалося протяжне виття і звук кігтів, котрі шкребуть об камінь. Дженні не знала, наскільки міцні двері, що відокремлюють її від кошмару, і наскільки розумні чудовиська, які рвуться, прагнучи встромити в неї свої залізні пазурі... Нарешті вона втомилася навіть від страху, і звуки за дверима, що доводили її до несамовитого плачу, тепер викликали тільки глухий пульсуючий біль у скронях.

«Я або виберуся на свободу, або збожеволію остаточно», — думала вона, розуміючи, що вже недалека від того, щоб щось усередині надломилося, змінивши її світ назавжди...

Надія, відчай, байдужість багато разів мінялися місцями. І лише коли байдужість майже накрила собою напівмертву надію, двері нарешті відчинилися. Це сталося так несподівано, що дівчина не відразу відреагувала. Тільки підвелася на своєму ліжку і подивилася порожніми очима на фігуру, яка займала собою весь дверний отвір.

— Вставай! Йдемо!

Голос Голки здався їй дивно незнайомим, немов вона чула його під якимось зовсім іншим «кутом слуху». Або Дженні просто відвикла чути звук голосу.

— Ворушися! Чи хочеш ще затриматися на курорті?

Відверта насмішка ніяк не зачепила дівчину. Злегка похитуючись, вона підійшла до медсестри, яка тут же з огидою скривила ніс.

— Зараз же в душ!

Дорогою в душову Дженні хитало ще більше, кожен крок давався через силу. Коли переступили поріг, Голка наказала їй роздягнутися і стати біля стіни.

Тупо виконуючи наказ, Дженніфер не відразу зрозуміла, що покарання ще не закінчилися. Усвідомила це хвилиною пізніше — разом зі струменем холодної води, який відкинув її на жорсткі плитки стіни, змусивши розпластатися. Брандспойт в руках Голки вібрував від шаленого напору. Досі дівчина не знала, що вода може по-справжньому бити...

Коли тортури закінчилися, Дженні просто впала на слизьку холодну підлогу, будучи не в змозі стояти на ногах...

...Голка, відкривши двері, грубо всунула Дженніфер у палату. Як же вона була рада знову бачити всіх своїх побратимів у нещасті! Хоча вигляд мали вони, чесно кажучи, поганенький. Джастін схуд і змарнів, його очі немов закривала каламутна пелена. Він так само сидів на своєму ліжку, тільки тепер дивився не у вікно, а прямо перед собою.

Емма і Софія, із зацькованими очима й запалими щоками, кольором обличчя скидалися на лікарняну білизну — сіро-білу, і це не дуже додавало їм привабливості.

Найменше, судячи із зовнішнього вигляду, дісталося Раяну — він хоч і був дуже блідий, але все ж виглядав краще за інших. Склавши руки на грудях, медсестра почала по черзі свердлити поглядом усіх присутніх. Від її шумного дихання жорсткі вуса над верхньою губою похитувалися, як трава на вітрі.

— Запам'ятайте на майбутнє, — нарешті промовила вона, намагаючись надати поважності кожному своєму слову, — це ви ще легко відбулися. Більше поблажок не буде. Спробуєте втекти знову — вас прив'яжуть, як буйних, і так нашпигують уколами, що... — Вона знову багатозначно подивилася на Дженніфер і вийшла, зачинивши за собою двері.

Усі мовчали. Здавалося, ні в кого не було сил просто вимовити кілька слів.

Дженні повільно підійшла до вікна: за ним пропливали, гойдаючись у повітрі, кошлаті великі сніжинки, що нагадували мініатюрні хмари. Внизу, на землі, лежало біле покривало з колючих чистих іскор.

— Дженні... Як я радий, що ти знову з нами... — прошепотів Раян і підійшов до дівчини.

Обережно, наче вона була зі скла і від неправного руху могла розбитися, він обняв її за плечі.

Не кажучи ні слова, до них приєдналися інші — до Дженні кинулися дівчата, не стримуючи сліз, і тепер уже всі стояли, обійнявшись. Навіть Джастін переминався з ноги на ногу поруч, не наважуючись приєднатися, і лише ніяково усміхався.

Вона стільки хотіла сказати, стільки запитань мала намір поставити, обдумуючи свої слова в полоні кам'яного мішка, але зараз просто стояла і розгублено усміхалася, відчуваючи з усіх боків дружні обійми.

— Я повернулася... Все буде добре... адже ми не здамося, вірно?

Глава 26

Переживання Джека

Цього разу, йдучи в їдальню, дівчина немов заново знайомилася з ненависною лікарнею: після тісноти задушливого карцеру все виглядало трохи по-іншому. Навіть стіни стали ніби вищими і світлішими, і не таким нікчемним здавався похмурий коридор... Але відчуття в'язниці, від якого хотілося просто вити або розривати на шматки все, що попадеться під руки, загострилося ще сильніше.

«Господи, я, здається, дійсно божеволію», — думала Дженніфер, поки змушувала себе проковтнути хоча б частину обіду.

Смак їжі зараз після того, що доводилося їсти в карцері, здавався дівчині насиченим і приємним, але апетит не з'являвся. Понуро розмішуючи ложкою підливу у своїй тарілці, Дженні міркувала про те, що починає реально бути схожою на божевільну. Адже якщо не стримуватися щосили, то вона буде поводитися як буйно схиблена. А може, так і зробити? Відпустити на волю весь свій відчай? Кому потрібна її удавана покірність, спокій, на підтримку якого йде стільки сил? Закричати зараз щосили, запустити ложкою в кого-небудь із цих живих-мертвих, що сидять, розгойдуючись над своїм посудом? Заліпити в пику Мерлоку залізною тарілкою із залишками каші...

Можливо, вона ще встигне огріти табуреткою когось із санітарів — цього противного Лео... Дженніфер майже побачила, як падає на підлогу довготелесий ловелас і як красиво виливається рідка каша за воріт отетерілому Мерлоку. І якою витягнутою від подиву стає його противна пика...

Уявивши таку картину, дівчина усміхнулася, і на душі у неї стало навіть трохи легше. Тільки...

«Ні, сволота, я не дозволю вам знову скрутити мене і кинути в карцер або обколювати ліками до повного отупіння. Якщо з вами можна впоратися лише хитрістю, я буду хитрою, немов змія, — думала Дженні. — Але я знайду спосіб звідси вибратися, чого б мені це не коштувало...»

Проходячи повз стійку роздачі, Дженніфер підскочила від несподіванки, коли чиясь сильна рука схопила її за комір і потягла на кухню. І не встигла вона отямитися, як Джек згріб її на оберемок — в його потужних руках Дженні сама собі здалася іграшковою лялькою.

— Дівчинко! Що вони з тобою зробили?! Тебе що, морили голодом?

На обличчі Джека відбивалося щире вболівання, і дівчині стало навіть приємно від такої турботи.

— Привіт, Джеку! Я теж рада тебе бачити.

Кухар дійсно мав засмучений вигляд.

— Навіщо вони так з тобою? Я був впевнений, що лікар Руфф запропонує тобі... — Джек тільки зітхнув і грюкнув себе руками по боках. — Чого це я стою? Ану, сідай швидше! Я просто повинен тепер тебе відгодувати! Адже якщо подує хороший вітер, ти просто полетиш!

— Я б зараз багато віддала за хороший вітер, — прошепотіла Дженні. — Щоб відчути його, вдихнути...

— Відчуєш! Ще як відчуєш! І більш того, зможеш робити те, чого не могла раніше, — багатозначно усміхнувся Джек, саджаючи свою гостю на все той же єдиний стілець.

— Про що це ти? Розповідаєш мені казки, щоб заспокоїти? — сумно посміхнулася дівчина.

— Жодних казок! Іноді буває так, що реальність крутіше будь-якої казки. І тоді, коли ти цього зовсім не чекаєш.

— Джеку, ти говориш загадками. Ти щось знаєш, чого не можеш сказати прямо?

— Чесно кажучи — так, — зітхнув Джек і, захопивши дві великі тарілки, які за цей час встиг наповнити чимось ароматним і привабливим на вигляд, поставив одну з них перед Дженні. — Їж, поки не охололо. Я приготував морські гребінці з авокадо, тобі сподобається.

Дженніфер обережно підчепила виделкою один золотистий шматочок і відправила його в рот. Це було надзвичайно смачно.

— Для кого ти готуєш такі ласощі, Джеку? Щось я не бачила в тарілках у хворих морських гребінців.

— А хто ж їм дасть? — широко усміхнувся Джек, мабуть, задоволений тим, що повів розмову подалі від слизької теми. — Для лікаря Руффа, звичайно, він у нас великий гурман. Та й інші смачно поїсти не відмовляються...

— А решта — це хто? Його помічники?

— Точно, — кивнув кухар, теж налягаючи на гребінці. — Ми всі йому допомагаємо. Ну що, тобі подобається?

— Чудово, — чесно зізналася Дженні. — А де ти навчився так готувати? І чому такий хороший кухар пропадає в цій дірі, а не працює в якомусь популярному ресторані?

Лестощі подіяли — обличчя Джека світилося від похвали.

— Так ніде я не вчився, — зробив він несподіване зізнання. — Просто я відчуваю смаки і запахи дуже чітко. Тоді нескладно і будь-яку страву приготувати.

— Так ти не кухар за професією? — здивувалася Дженні. — Але як ти взагалі потрапив сюди, якщо не прийшов працювати кухарем?

— Так само, як і ти, — раптом буркнув Джек і глянув на дівчину. — Тільки нехай це залишиться між нами, добре? Мені б не хотілося, щоб ти розповідала про це іншим.

Від подиву Дженніфер навіть забула про гребінці. Округленими очима вона дивилася на Джека. Від її погляду він трохи зніяковів.

— Ти теж був тут пацієнтом? — про всяк випадок перепитала вона.

— Ну, був, — не відразу зізнався Джек.

Мабуть, він уже пошкодував про свою відвертість.

— І тебе вилікували?

— Щось на зразок того, — посміхнувся кухар, при цьому чомусь відвернувшись. — Якби не вилікували, ніхто мене на кухню не пустив би, це зрозуміло... Йти мені було нікуди, ось я тут і залишився. Спочатку помічником на кухні, а потім і сам непогано освоїв кулінарну науку. Ось так і живу тут, — зітхнув він.

— Але чому ти не хочеш піти і пошукати своє місце в тому, великому, житті? — невпевнено запитала дівчина. — Невже тобі комфортно... тут?

Кухар знизав плечима.

— Може, коли-небудь... Поки я ще не дозрів. Але коли куплю японські ножі й навчуся готувати дійсно відмінні страви, тоді, можливо, і спробую, — несподівано погодився він. — До речі, зовсім забув тобі сказати: я вже майже зібрав необхідну суму! Думаю зробити собі подарунок до Нового року...

І Джек з палаючими від захоплення очима знову завів свою улюблену пісню про перевагу японських ножів. Дженні, неуважно слухаючи, кивала іноді в такт його словам, проте голова її зараз була зайнята іншими думками.

Джек теж був пацієнтом! Значить, він — перший «речовий доказ», що хворих тут все-таки лікують, а не просто «заліковують» до стану «овоча», як досі переконували їй сусіди по палаті. Він вилікувався, це безперечно — Джек зовсім не схожий на божевільного! Ну, є у нього, звичайно, цей пунктик з ножами, але це ж не показник божевілля. Скільки таких, захоплених чимось! І японські ножі — це ще не найгірше, на чому може зациклитися самотня людина, якій нікуди йти...

— Дженні, мені здається, це станеться дуже скоро. Тоді, якщо захочеш, я візьму тебе своєю помічницею. А що? Саймон — ледар і бовдур. Я навчив би тебе готувати...

Дженніфер стрепенулася і здивовано закліпала. Мабуть, вона пропустила в його словах щось важливе, якщо зараз не розуміє, про що їй тлумачать.

— Що ти маєш на увазі? — обережно перепитала вона.

— Я кажу про лікаря Руффа. Думаю, він зробить тобі одну пропозицію, від якої ти не відмовишся. — Широка добродушна усмішка надала обличчю Джека чарівності. — Тож усі ці твої спроби втечі — це пусте, повір. Втекти звідси не так просто, та й не потрібно.

Він нахилився до Дженні і подивився прямо в її очі. Це лише здалося чи зіниці Джека на секунду дійсно витягнулися, як у кішки?

— Послухай мою дружню пораду, Дженні: не треба більше тікати і всякі підпали теж залиш — так ти тільки додаси собі страждань. І це ні до чого доброго не приведе. Просто почекай трошки, все вирішиться само по собі. Будь розумницею. Добре?

Дівчина лише кивнула, не знаючи, що відповісти. Мана вже минула, і перед нею сидів звичайний Джек.

— Ну і добре. А зараз — біжи, бо ще Мерлок прийде тебе шукати...

Вона квапливо схопилася зі стільця, віднесла тарілку в раковину і, подякувавши Джеку за смакоту, поспішила з кухні. Уже біля дверей він мовчки сунув їй паперовий згорток з частуванням.

Подякувавши жалісливому кухареві усмішкою, Дженніфер швидко приховала згорток під полу лікарняної сорочки. І якраз вчасно: виходячи, вона зіткнулася з охоронцем Мерлоком. Той подивився на дівчину з таким грізним видом, немов мав усі повноваження заарештувати її і розстріляти на місці. Але Дженніфер, не злякавшись, відповіла спокійним, впевненим поглядом.

Ця беззвучна дуель тривала не менше хвилини. Ніхто не збирався відводити очі першим. І одному богу відомо, чим би вона закінчилася, якби не з'явилася Олівія.

— О, Дженні, дорогенька! Куди це ти поділася? Щось я давно тебе не бачила, — заторохтіла красуня, безцеремонно протиснувшись між Дженніфер і Мерлоком.

Охоронець, одразу забувши про Дженні, повернувся до Олівії.

— Мерлоку, я заберу її в тебе, добре? Мені якраз потрібна допомога... — почала було прибиральниця, але страж порядку грубо перервав її.

— Не дозволено, — буркнув він, не дивлячись на Олівію. — У палату, швидко! — гаркнув уже на Дженні, і дівчина поспішила скоріше забратися подалі з його очей.

Олівія тільки знизала плечима, ображено надувши червоні вуста. Демонстративно відвернувшись від Мерлока, вона попрямувала геть.

Той лише вилаявся і теж попрямував до виходу давно спорожнілої їдальні. Перед тим як зникнути за дверима, він швидко озирнувся, дістав з кишені пляшечку з якоюсь рідиною, жваво перевернув її собі в рот, ковтнув і так само блискавично заховав у кишеню. Охоронець пішов далі виконувати свої обов'язки, наче і не було нічого.

Глава 27

Картина з пазлів

Олівія несподівано запропонувала Дженніфер: «Ходімо до мене, посидимо спокійно, попліткуємо». І Дженні сприйняла це на ура. Вони якраз закінчили прибирати другий поверх. Незважаючи на причіпки Мерлока, Олівія вже кілька разів поспіль брала дівчину з собою, щоб та, як і раніше, допомагала їй прибирати. І хоча Мерлок щось бурчав собі під ніс, але реально перешкоджати цьому не став.

Стіни невеличкої кімнатки були настільки обліплені вирізками із журналів, плакатами і календарями із зображеннями різних телезнаменитостей, що зрозуміти, якого кольору шпалери ховаються під ними, виявилося нелегко. Коли Дженні переступила поріг, її приголомшив цей строкатий «парад зірок». Тому вона не відразу помітила ще одну цікаву деталь обстановки: три величезних дзеркала в людський зріст, що розташовувалися в дальньому кутку поряд зі столиком, заставленим різноманітними баночками, флаконами і коробочками.

— Ух ти! — тільки й змогла видихнути вона.

Олівія задоволено усміхалася.

— Подобається?

— Непогано, — погодилася Дженні й підійшла до столика.

Її мама теж любила користуватися косметикою, але щоб цього було так багато... Пухнасті пензлики на спеціальній підставці, м'які пушки, рум'яна і помади, пудра і креми і ще багато-багато всього...

Дженні підійшла до дзеркал. Відразу з трьох сторін на неї глянула худенька дівчина в сорочці сіро-болотного кольору і таких же штанях. Насторожені очі, темні кола під ними, бліде обличчя... Знадобився певний час, щоб вона звикла до свого відображення.Олівія спостерігала, як Дженніфер задумливо споглядає свою зовнішність.

— О! У мене є ідея! — раптом весело вигукнула вона і швидко посадила свою гостю на єдиний в кімнаті стілець до дзеркал спиною, а сама забігала поруч.

Спочатку вона довго поралася з волоссям Дженніфер, укладаючи їх різними способами, поки не зупинилася на кращому, на її погляд, варіанті, й завершила зачіску за допомогою своїх спеціальних засобів. Далі почала наносити косметику, кілька разів стираючи макіяж і пробуючи заново. Дженні скорилася її примхам, продовжуючи розглядати плакати на стінах.

— Ти любиш кіно? — нарешті запитала вона.

— Не дуже, — відповіла Олівія, не відриваючись від свого заняття.

Дженніфер трохи спантеличила така відповідь.

— Не розумію... Тоді чому ти збираєш всі ці плакати?

— Актриси, — зітхнула Олівія. — Вони такі красуні... Але ж і я нітрохи не гірша за них!

Олівія підійшла до дзеркал і прискіпливо оглянула кожне зі своїх відображень, немов ще раз хотіла переконатися в тому, що має право так говорити.

— Звичайно, — легко погодилася Дженніфер і не тільки тому, що хотіла зробити співрозмовниці приємне, — це було чистою правдою. — Багатьом з них далеко до тебе, ще й як!

— Я теж буду зніматися в кіно. Мене обов'язково запросять, ось побачиш! Світ ще дізнається про нову зірку!

Олівія, картинно піднявши підборіддя, підвела лікоть угору, від чого стала схожа на статуетку, яку дарують під час вручення кінопремій.

— Так ти хочеш зніматися в кіно?

— Звичайно! Хто ж не хоче?

Вона знову повернулася до перерваного заняття і замахала перед носом Дженні пушком.

— Я, наприклад, не хочу...

— І дарма! — раптом заявила Олівія, а потім, точно задоволена своєю роботою, потягла Дженніфер до дзеркала. — Подивися! Впізнаєш себе?

Дженні часто закліпала: впізнавала вона себе знову-таки насилу. Її золотисте волосся було акуратно викладено на потилиці хитромудрими завитками, умілий макіяж підкреслив красу юного обличчя, приховавши зайву блідість. На щоки повернувся дівочий рум'янець, очі стали ніби яскравіші... Із дзеркала на неї дивилася молода дівчина, схожа на Елісон Паркер... Спогад про маму кольнув голкою, і Дженні відвернулася від свого відображення. Але Олівія зрозуміла її жест по-своєму.

— Звичайно, цей моторошний лікарняний одяг зовсім тобі не личить! Коли ти вийдеш звідси, я подарую тобі пару нормальних суконь, — великодушно пообіцяла вона. — І ось ще що... — Кілька хвилин Олівія ходила туди-сюди по кімнаті, прискіпливо розглядаючи Дженні з різних ракурсів. — Так! Згодиться! — нарешті винесла вердикт. — Знаєш, коли я стану відомою актрисою, то і для тебе щось придумаю. Будемо виступати разом, — додала Олівія беззаперечним тоном, немов від сказаних нею слів до їх втілення в життя був один крок.

Це здавалося черговою примхою навіженої красуні, капризом, настільки далеким від реальності, що Дженні навіть не стала сперечатися. Для того щоб вирватися звідси, вона погодилася б на що завгодно — навіть стати актрисою...

— Але чому ти працюєш тут, якщо мрієш про кіно?

Олівія невизначено знизала плечима.

— Ну, я поки не знаменитість і власного житла в місті не маю... Але все зміниться, як тільки мені підшукають відповідну роль. І не сумнівайся — тоді я втру носи всім цим зіркам!

— Чому б і ні, — примирливо зітхнула Дженні, їй не хотілося сперечатися з Олівією.

Однак прибиральниця не збиралася припиняти розмову на улюблену тему:

— Ти не думай, що я це просто так кажу. Я дійсно актриса! Нехай мої ролі — тільки в моєму аматорському театрі, але треба ж із чогось починати! Ось, зараз покажу... — Олівія кинулася витягати з нижнього ящика тумбочки стопки якихось старих журналів, кидаючи їх прямо на підлогу, поки не відкопала між ними великий жовтуватий конверт. — Ось, дивись! Впізнаєш?

Кілька якісних кольорових знімків перекочували з конверта в руки Дженніфер. На першому знімку на невеликій освітленій сцені стояла рудоволоса красуня в старовинній сукні, а поруч з нею — з бутафорською шпагою на поясі...

— Це що... Саймон? — здивувалася Дженні.

— Звичайно Саймон! А хто ж іще! — хмикнула Олівія. — Бачила б ти його в образі! Ні у кого так добре не виходило грати, як у Саймона...

Дженніфер з цікавістю розглядала фото.

— Я тут виконувала роль Афродіти, — не без гордості зізналася Олівія. — Чудовий спектакль вийшов! А ось і Саймон: тут він — вісник богів. А ось це — Джек, правда, у нього не дуже виходило. Зате він добре виглядає в образі Геракла...

— Невже в цій лікарні є театр? — така думка здавалася Дженні неймовірною.

— Є... Тільки він таємний. Правда, я думаю, лікар Руфф давно знає про нього, але просто закриває на це очі... Для нього наш театр — всього лише безневинні пустощі співробітників, для мене ж — втілення моєї мрії... Він у підвалі. Йдемо, йдемо прямо зараз, я покажу тобі моє королівство!

Вона, взявши Дженні за руку, поспішно потягнула її в коридор, потім вниз, далі у підвал. Відкривши двері, Олівія вітальним жестом запросила Дженніфер.

— Ось, ось моє королівство! Ласкаво просимо!

Увімкнувши світло, вона швидко підбігла до невеликої сцени.

Дженні з цікавістю оглядалася: обстановка театру була дуже простою і навіть, можна сказати, бідною, проте від всього тут віяло великою любов'ю.

— Я тут все зробила сама! — з гордістю сказала Олівія зі сцени. — Завісу шила зі старих простирадл... А костюми — з кольорових фіранок!

— А хто переніс сюди меблі? — запитала Дженні, розглядаючи ряди старих стільців, котрі вимагали ремонту.

— Уся важка робота лягла на плечі Саймона і Джека, — махнула рукою Олівія. — Знаєш, вони такі милі!

Дженні не змогла стримати усмішки.

— Як же ти їх змусила? Тягати сюди меблі та ще потім грати на сцені?

Олівія чарівно усміхнулася:

— Змушувати не довелося... Якщо у тебе красива зовнішність, то багато питань вирішуються самі. Всі люблять красивих людей. Краса — це те, що дає тобі можливість піднятися над іншими, над натовпом, який буде тебе любити, ловити кожен твій подих, кожен погляд...

Не зовсім справжня актриса вимовила свій монолог так пристрасно й артистично, що у Дженні виникла думка про її безсумнівний талант.

Олівія вмить нібито вся розцвіла. Плечі розпрямилися, в очах з'явився блиск — немов уже зараз вона стояла перед камерою і дивилася не на Дженні, а на своїх справжніх глядачів.

— Якщо немає краси — ти нікому не потрібен. І тоді — нема чого жити... — тихо сказала вона, відсторонено дивлячись кудись крізь стіну. Однак одразу струсила із себе сумні думки і усміхнулася Дженніфер: — Але нам з тобою таке не загрожує! Ми обидві — красуні. Натовп шанувальників буде цілувати наші сліди...

— Добре було б для початку просто вибратися звідси, — зітхнула Дженні.

— Я не знаю, чого чекає лікар Руфф, — промовила Олівія з деяким роздратуванням. — Я вже говорила з ним про тебе, але він вважає, що ще не час...

— Час — для чого? Щоб виписати мене? — ледь видихнула Дженніфер, хапаючись за раптовий промінчик надії, примарну соломинку.

— Ні. Не зовсім... — уникнула відповіді Олівія, згасивши тліючу надію, а те, що вона промовила далі, було взагалі недоречним: — Ну от скажи, чого б ти хотіла? Чого тобі найбільше не вистачає?

— Тата й мами, — швидко, не замислюючись, відповіла Дженні. — І свободи.

— Ну, батьків повернути тобі ніхто не зможе... А ось щось для себе, таке, заради чого варто було б пожертвувати чимось цінним...

— У мене немає нічого цінного... Чим я можу пожертвувати? — сумно посміхнулася Дженні. — Звичайно, крім цієї безглуздої піжами. Її можу віддати з радістю.

— Смішно, — кивнула Олівія, хоча й тіні усмішки не було на обличчі дівчини. — Але це тільки ти так думаєш, що нічим... — вона загадково посміхнулася і приклала пальця до губ, немов сама себе заспокоювала.

— Розкажи мені, я чогось не розумію... — почала було Дженні, однак Олівія зупинила її жестом.

— Ще не на часі... Думаю, скоро ти все дізнаєшся.

Вона почала шукати щось у великій скриньці на столі, ніби кажучи, що розмова закінчена.

Зітхнувши, Дженні підійшла до ліжка біля стіни. Звичайно ж, і цю стіну теж прикрашала гора плакатів і постерів. Але серед них були також фотографії в простих дешевих рамках. На одній з них красувалася Олівія на повний зріст — у розкішному вечірньому вбранні вона і справді була схожа на кінодіву. Наступний знімок виявився груповим: чоловік у центрі з папугою на плечі був, безперечно, лікарем Руффом. Ось і медбрат, товста Голка і ще якась медсестра, Олівія ж трохи збоку, біля високого молодого чоловіка з вусами, а поруч — дівчина, чиє обличчя теж здалося Дженніфер віддалено знайомим.

— Мені, напевно, пора йти, — звернулася вона до Олівії. — Бо мене ще почнуть шукати.

— Так, звичайно, я проведу тебе, — погодилася та.

Але вже біля самісіньких дверей Дженні раптом повернулася до фотографії.

— Слухай, ти тут прекрасно виглядаєш! А хто цей, вусатий? Мабуть, шанувальник?

Відверті лестощі, мабуть, пролилися бальзамом на серце Олівії.

— Ну, він, звичайно, мене домагався, — усміхаючись, кокетливо відповіла дівчина. — Ці чоловіки такі самовпевнені...

— А це хто, з іншого боку?

— Одна зі співробітниць, — знизала плечима Олівія. — Навіщо вона тобі?

— Не можу пригадати, де я її бачила...

— Це Люсіль, і ти не могла її бачити. Вона... Вона тут вже більше не працює.

— А чому? — Дженні продовжувала вивчати фотографію з найневиннішим виглядом. — Вона стоїть поруч з тобою, усміхається. Ви ніби подруги.

Обличчя Олівії раптом спохмурніло. Мабуть, ці спогади гнітили її. Але все ж вона відповіла:

— Ми ніколи не були подругами, хоча до неї всі ставилися добре. Її направили сюди на практику. Люсіль була лікарем і, здається, хорошим — пацієнти, з якими вона працювала, швидко прив'язалися до неї. Спочатку вона допомагала лікарю Руффу, а потім... Щось сталося між ними. Мені невідомо, що саме, проте Люсіль зібралася йти. В останній день перед її від'їздом на третьому поверсі сталася пожежа і... Я не знаю, чому вона не змогла вибратися... — Олівія замовкла, нерухомо втупившись на фотографію, потім похитала волоссям, немов скидаючи з себе важкі спогади. — Забудь про це! Це було давно... І взагалі, тобі пора повертатися, — додала вона вже з неприхованим роздратуванням у голосі. Її недавній гарний настрій випарувався без сліду.

Але Дженні зовсім не шкодувала, що засмутила приятельку, — те, про що вона дізналася, виявилося ще однією сторінкою похмурої історії клініки лікаря Руффа.

Повернувшись назад, щоб знову крутитися в смутному колесі лікарняних буднів, Дженніфер все-таки подумки час від часу поверталася до тієї фотографії. Щось притягувало до неї увагу, немов це була чергова деталь дивної головоломки, яку треба було розгадати.

Раніше, ще в тому своєму щасливому житті, вона любила збирати картини з пазлів. Їй подобалося спостерігати, як частинки з безладним, здавалося б, набором кольорових плям і ліній, займаючи своє місце, перетворюються в елементи єдиного візерунка. І, тільки склавши їх усі в правильному порядку, можна побачити картину цілком...

Уже пізно вночі, занурюючись в темні глибини сну, Дженні раптом згадала, де бачила обличчя тієї молодої жінки з фотографії... І від цього усвідомлення їй знову стало страшно...

Глава 28

Скільки коштує надія

Даремно Дженніфер сподівалася, що інспектор — та сама мулатка, яка раніше здалася їй нещирою, прийде знову. Повторного візиту не було: чи то соціальна служба визнала, що Дженніфер Паркер у надійних руках, чи то з іншої причини, проте більше в клініку для душевнохворих ніхто не навідувався. Не згадували про дівчину і далекі родичі, імена яких вона іноді перебирала в пам'яті ночами, немов нанизувала скляні намистини на ниточку надії. Але ниточка залишалася надто тонкою...

Можливо, соціальний працівник, ім'я якої тепер чомусь загубилося в глибинах пам'яті Дженні, не виконала свою обіцянку нагадати родичам про її існування. Або доля Дженніфер не цікавила їх. Але якою б не була причина, досі безнадійно сумне існування дівчини ніхто ззовні не турбував.

Підказка, яка подарувала ще один промінчик надії, прийшла, як завжди, несподівано...

Замість обіднього сну Дженні слухала балаканину Емми, зображуючи інтерес до її нескінченних розповідей про хитросплетіння вигаданих доль з якогось чергового серіалу, про який та згадала чомусь саме зараз і одразу вирішила розповісти подругам.

Але коли серед порожніх звуків звичайних імен раптом промайнуло ім'я Ніколь, Дженні ледь не підстрибнула на ліжку.

— Звичайно — Ніколь! — вигукнула вона на повний голос.

І Емма, і Софія здивовано озирнулися в її бік, однак Дженніфер не збиралася нічого їм пояснювати.

Звичайно ж, Ніколь! Чому вона раніше не згадувала про неї? Може, тому, що та часто була в роз'їздах і в останні роки рідко навідувалася до них? Але ж зараз вона могла бути в місті. Близька подруга мами, ще, здається, і далека родичка... Вони бачилися нечасто, проте Елісон сама не раз казала, що Ніколь — «єдина подруга, яка заслужила так називатися». Що їх пов'язувало і наскільки давньою була ця дружба, Дженні точно не знала. Але якщо дочка близької подруги в біді, та ніколи б її не залишила. Принаймні, Дженніфер дуже сподівалася на це...

Текст листа виник якось сам по собі, й дівчина ледве дочекалася години дозвілля, щоб, не привертаючи зайвої уваги, схопити в руки олівець і папір. Дженніфер була небагатослівна, однак вклала у своє послання все, що хотіла сказати. Згадати адресу вона теж змогла легко, адже кілька разів разом з мамою ходила в гості до Ніколь і добре пам'ятала її будинок. Проблемою виявилося інше — у неї немає ні марки, ні можливості відправити лист.

Склавши аркуш паперу конвертиком і нашвидку надряпавши адресу, Дженні поспішила сховати свій скарб. Але що робити з ним далі? Хіба що знайдеться хоч один друг. А якщо...

— Джеку, я можу попросити тебе про одну послугу?

— Звичайно, — з готовністю відгукнувся кухар, не перериваючи свого заняття — величезним ножем він різав листя салату.

Дженні простягнула йому складений листок.

— Я дуже хочу побачити одну людину. Це жінка, подруга мами. Але відправити лист не можу — у мене навіть марки немає. Ти зможеш зробити це за мене?

— Звичайно, Дженні, про що мова! У неділю я якраз збирався поїхати в місто. Давай сюди свій лист.

Трохи повагавшись, дівчина вклала листок в простягнуту долоню Джека.

— Тільки... Нехай це залишиться між нами, добре? — напевно, в її голосі звучали тривога і надія, тому що кухар, нарешті полишивши салат, уважно подивився на неї.

— Я друзів не обманюю. Тим більше не бачу у твоєму проханні зв'язатися із зовнішнім світом нічого такого... Всім хочеться, щоб хтось про них пам'ятав. Я б теж написав кому-небудь... Тільки нікому, — додав він тихіше і знову повернувся до своєї роботи.

Йдучи з кухні, Дженніфер вже не сумнівалася — він виконає прохання. Але чи буде від цього користь?

Однак не минуло й кількох днів, як поруч з однією примарною надією з'явилася інша, така ж несподівана. Це сталося вночі. Яскраве світло вдарило в обличчя — і різкий звук чужого голосу грубо увірвався в її сон.

— Вставай! Лікар Руфф чекає на тебе.

Від сліпучого світла Дженні закліпала, абсолютно не розуміючи, що з нею відбувається. Лише коли Лео відвів промінь ліхтарика вбік, вона побачила обличчя санітара, який схилився над нею.

— Швидше, спляча красуне, або мені доведеться нести тебе на руках...

Від масляної усмішки місцевого ловеласа дівчину пересмикнуло. Заїхати б йому хоч раз по пиці...

Дженні рішуче скинула зі свого плеча чіпку руку санітара і встала з ліжка. Швидко намацавши халат, накинула його собі на плечі і вскочила в капці. Всі сусіди по палаті спали. Хропіння Джастіна зависало в повітрі подібно звучанню несправного двигуна — ссс-чах-чах-чах-чах...

Дивно. За вікном ще темно.

— Ви впевнені, що лікар чекає на мене? Начебто рано. Або — вже пізно...

Але Лео, підхопивши дівчину під лікоть, потягнув її до виходу.

— Уже не пізно, дівчинко. Якраз вчасно, — засміявся він, і Дженніфер не зрозуміла, що саме його смішить.

Піднімаючись на другий поверх і на ходу остаточно струшуючи з себе сон, вона раптом згадала всі дивні натяки з боку Джека і Олівії. Вони казали про те, що лікар Руфф щось повинен їй запропонувати. Але що саме? Що такого є в методах Руффа, про що можуть знати кухар і прибиральниця в його лікарні?

Двері в кабінет лікаря залишалися відкритими.

— Прошу! — Лео галантним жестом відчинив їх перед Дженніфер і зачинив одразу, як вона переступила поріг.

У кабінеті лікаря панувала напівтемрява. Світло випромінювала лише низенька настільна лампа на столі, яка нагадувала бляклий жовтий гриб. Вловивши в повітрі знайомий запах, Дженні здивовано підняла очі й здивувалася ще більше: лікар Руфф, недбало розвалившись у своєму кріслі, курив сигару, пускаючи вгору круглі колечка диму. Бездоганний чорний смокінг, в який зараз він був одягнений, настільки ж дивно і недоречно виглядав у кабінеті головлікаря психлікарні, як і його сигара. Незвичайну картину завершувала напівпорожня пляшка віскі на столі.

Чи був лікар п'яний, визначити Дженніфер не змогла — його обличчя, як звичайно, гладко виголене, виглядало, як завжди. Хіба що незрозуміла посмішка блукала на тонких вустах.

— Дженніфер Паркер? Проходь, проходь.

Він подивився на дівчину через скельця окулярів і швидко зняв їх, ніби вони заважали йому бачити. Жестом запропонував присісти в крісло.

Дженніфер нерішуче опустилася на краєчок. Кілька хвилин лікар просто мовчав, дивлячись поверх її голови, немов бачив десь там, в глибині кімнати, щось надзвичайно цікаве, зриме тільки для нього.

— Як ти почуваєшся, Дженніфер? — нарешті він зупинив погляд на Дженні, від чого їй стало ще більш незатишно.

— Дякую, добре, — пробурмотіла вона і потім поспішно додала: — Мені здається, я абсолютно здорова. Мої галюцинації минули і...

Лікар махнув рукою, перериваючи розмову, потім скорчив презирливу гримасу.

— Дівчинко, у мене немає бажання вислуховувати ці нісенітниці. Повір мені, я знаю, що твої видіння не припинилися, і ти не зможеш переконати мене в протилежному.

Від підлої усмішки на його обличчі Дженні захотілося плакати. У той же час хвиля образи та злості піднімалася в ній і захлиснули свідомість. Чому, чому він поводиться з нею, немов з безправною полонянкою або — що було б точніше — хворою твариною, на якій дозволено ставити досліди? «Тому що тут ти і є піддослідний звір», — сказав раптом внутрішній голос. Погоджуючись з ним, вона одразу втратила всю свою колишню рішучість.

Чи помітив лікар, яка буря почуттів заволоділа в цей момент його пацієнткою, чи ні, але продовжував він уже спокійнішим тоном:

— Зараз ми будемо розмовляти про інше. Розумієш, дівчинко... У нашій клініці застосовується один експериментальний метод лікування. Про нього відомо мало за стінами лікарні, але це не робить його менш ефективним. Даний метод дуже дієвий. Більше жодних галюцинацій, жодних страхів — ніколи. Тільки свобода робити все, що ти хочеш. Не оглядаючись на минуле, — він виділяв кожне слово, але це було зайве, бо дівчина й так відчувала силу його слів, здається, всією шкірою.

Лікар Руфф несподівано опинився поряд з нею, заглядаючи в очі так, немов хотів зазирнути в саму душу. Від його «погляду» хотілося сховатися, але вчинити так їй було несила. І, долаючи страх, Дженні відповіла сміливим поглядом. Зіниці лікаря раптом витягнулися і блиснули, наче у дикої тварини.

«Як у Джека», — промайнула думка в голові Дженні.

— Ти не тільки позбудешся своїх проблем, ти знайдеш нові здібності, про які зараз і мріяти не смієш. Найзаповітніше твоє бажання буде виконано. Але, як ти розумієш, за все треба платити...

Лікар нарешті відірвався від Дженні, і його очі знову стали нормальними.

«Кррр-кхх!» — гучний скрип долетів раптом з боку клітки, змусивши дівчину здригнутися. Великий білий папуга, на подив, зараз не сидів у клітці, а розгулював по краю книжкової етажерки. Його кігті, дряпаючи лаковану поверхню, породжували неприємний скреготливий звук. Птах змахнув крилами, незграбно пролетів кілька метрів і важко опустився на плече лікаря.

Руфф, простягнувши руку, дістав з-під столу невелику тарілочку з шматочками сирого м'яса. Один за другим, він згодовував їх дивному папузі. Той їв з неймовірною ненажерливістю, мало не вихоплюючи шматки з рук свого господаря. Сцена справила на Дженні гнітюче враження.

— А в чому полягає таке... лікування? — обережно запитала вона, звертаючись до лікаря, але дивлячись чомусь на папугу. Огрядний білий птах здався їй зловісним.

— Ну, скажімо так, це моє ноу-хау... — лікар посміхнувся, і його посмішка не сподобалася Дженні. У всьому відчувався прихований підтекст, якого вона поки не розуміла. — Це щось на зразок гіпнотерапії. Один сеанс — і пацієнт почувається та навіть виглядає зовсім по-іншому. Він стає не тільки здоровим, а й сильним.

— Як Джек? — раптом само собою зірвалося з вуст Дженні, і лікар здивовано підняв брови.

— Так, як Джек, — обережно відповів він.

— І як... Олівія? — ще тихіше запитала Дженніфер.

Вона зараз, можливо, ризикувала, але знати правду було важливіше.

— Гм... А ти знаєш більше, ніж варто було б, — промовив Руфф. — Гаразд, тоді і я скажу більше, ніж збирався. Мені подобається твоя сміливість і твоя цікавість. Думаю, від тебе буде більше користі як від моєї помічниці, а не пацієнтки. Я пропоную тобі пройти один особливий сеанс і стати частиною нашої команди.

— А яка за все це... моя плата?

— Наскільки мені відомо, тобі належить непоганий будинок на вулиці Канталь... Ти відмовишся від свого майна на користь благодійного фонду, очолюваного мною, — обличчя Руффа розпливлося в усмішці. — Я в курсі, що ти є єдиною спадкоємицею. Вірніше, вступиш у свої права, коли станеш повнолітньою.

— А якщо я... відмовляюся?

Він з удаваною байдужістю знизав плечима.

— Звичайно ж, ти маєш на це право. І можеш залишатися звичайною пацієнткою, далі приймаючи лікування. Але ж душевні

захворювання — річ дуже ненадійна. І лікуватися можна рока-
ми... А ще вірогідні різного роду ускладнення... — Руфф знову
виразно подивився на Дженніфер.

— Мені треба подумати.

— Звичайно, це теж твоє право. Думай. Я тебе не обмежую
в часі. А коли надумаєш, просто скажеш мені про своє рішення.
Добре?

Дженні, кивнувши, піднялася зі свого крісла. Не озираючись
на лікаря, вона пішла до дверей, де її вже чекав Лео. Схопив-
ши дівчину під лікоть, немов вони були нерозлучними друзями,
санітар повів її до ліфта.

«Так ось чим займається лікар Руфф! Шляхом шантажу він
змушує пацієнтів передавати йому своє майно... Напевно, не я
перша в цій схемі, якщо Руфф говорить про все так легко. А в разі
непокори... Що тоді? Він натякнув про ускладнення, що трапля-
ються в лікуванні. Та й така „терапія“ може тривати роками. Інак-
ше кажучи — поки він сам не захоче, мені звідси не вибратися...»

Не вперше Дженніфер гостро пошкодувала про те, що там, у
величезному вільному світі, досі не знайшлося жодної людини, хто
хвилювався б про її долю...

Глава 29

Другий візит листоноші

Усе тривало поки без змін — таблетки, запаморочення, марення, і в них їй знову і знову ввижався то бурий вовк, котрий виє в лісі, то ворон, що довбає дзьобом обмерзле після нічних заморозків вікно.

Білий сніг вкрив доріжки у дворі, тому жовте світло ліхтаря ночами здавалося ще більш слабким. Зимове уповільнення життя перейшло і на всю лікарню: менше стало криків буйних і значно більше — байдужих поглядів пацієнтів, котрі безвольно дозволяють санітарам возити себе на візках. Вони дивилися кудись прямо перед собою, нічого не помічаючи навколо. Здавалося, душі цих людей полетіли в кращий, теплий світ, як перелітні птахи. Світ, в якому вони комусь були потрібні...

Спілкуючись і далі зі своїми друзями, Дженніфер не без подиву дізнавалася подробиці їх історій. Раян сказав тоді правду — ні у кого з них дійсно не було близьких родичів або просто того, хто взяв би на себе турботу про не зовсім здорових молодих людей. Обережно, щоб не викликати зайвих питань, Дженні спробувала довідатися, чи не робив лікар Руфф їм будь-яких пропозицій. Але відповіді переконали її у зворотному — ніхто не чув від лікаря нічого подібного. Невже тільки їй випала така «честь»? Або вона просто ближче інших до одужання і лікар поспішив перестрахуватися?

Звичайно, Дженніфер, що стала сиротою, зовсім не хотілося позбутися житла. Повинен бути інший вихід — як знайти свободу без таких втрат... Чи про це говорили їй Джек і Олівія? Невже вони теж залишилися без копійки за душею і зараз саме тому й жили в клініці? Дівчина хотіла було розпитати Джека, але він просто уникнув розмови, пояснивши, що зараз «не найкращий момент».

Дійсно, останнім часом кухар ставав все більш дратівливим, і це ускладнювало спілкування з ним. Однак Дженніфер помічала і ще одне: з кожним днем, проведеним в лікарняних стінах, все менше сил відчувала вона в собі, немов хтось невидимий по крапельці випивав з неї життя. Ніби павук, ховаючись у незримому темному царстві, отруєному власним диханням, змушував її серце битися все повільніше, обплутуючи, немов липкою павутиною, важким сном. І якщо достатньо в ній загрузнути, з неї не вибратися, не виринути назовні...

Вона не поспішала з відповіддю лікарю. Поки не побачила листоноші — знову. Він спускався по сходах, обережно ступаючи зі сходинки на сходинку ногами, взутими у великі хутряні черевики. Крислатий капелюх приховував пишну сиву чуприну. Невеликого зросту, акуратний дідок, він, як і раніше, був схожий на Санта-Клауса. Але, побачивши його, Дженні відчула, як миттєвий озноб пробіг по її спині і крижані щупальця страху заповзли під шкіру. Ось він, вісник чиєїсь смерті!

Чомусь вона більше не сумнівалася: листоноша не міг принести звичайний лист або газету. Вона ясно уявила, як він дістає із заплічної сумки там, перед дверима директора, щільний блакитний конверт... І незабаром хтось знову помре.

Дженні вирішила не ділитися новиною про листоношу з Раяном, хлопець і так знітився, наче сковане морозом молоде стебло, — щось надламане відчувалося в ньому. Навіть говорити він став тихим голосом, здавалося, у нього вже не вистачало сил на те, щоб вимовляти слова нормально.

Одного раз вона прокинулася в палаті від того, що почула голоси — його і Джастіна. Джастін плакав, як маленька загублена

дитина, а Раян намагався його розрадити. Адже він і був загубленим — якщо забуваєш себе, хіба можна загубитися ще більше? Спокійним, тихим голосом Раян, ніби знайому казку, розповідав про перемоги і титули Джастіна, відомого боксера. Про натовпи шанувальників, які зараз забули свого кумира. Про те, яким чудовим бійцем він був там, у своєму іншому житті. І про те, що один невдалий бій обірвав це життя і привів його сюди... Джастін, схлипуючи, слухав, і було неймовірно шкода цю велику і сильну людину, яка разом з ненадійною пам'яттю втратила себе як боєць.

Самотність — ось ті невидимі узи, що пов'язують п'ятьох таких несхожих один на одного людей. Почуття, зрозуміле їм усім. І яке позбавляє їх майбутнього...

І зараз, дивлячись услід листоноші, Дженні раптом прийняла рішення.

Глава 30

Непрохана порада

Лікаря Руффа не було на місці — принаймні, так сказав санітар, до якого вона звернулася з проханням відвести її до головлікаря.

— Доведеться чекати ранку, мила, — провуркотів Лео і, ковзаючи рукою, торкнувся до її талії.

Дженні відкинула його руку, але старий ловелас тільки посміхнувся, закотивши очі, немов усім своїм виглядом говорив: «Ох уже ці жінки...»

Спілкуватися не хотілося, та й інші були не налаштовані на розмови. Прийнявши звичайні ліки, Дженні незабаром відчула, що провалюється в сон.

Але заснути їй завадили: двері відчинилися і на порозі виріс Айвен, озброєний ліхтариком. Нікому нічого не пояснюючи і явно відчуваючи себе на своїй «мисливській» території, медбрат почав нишпорити в тумбочках — спокійно й діловито, немов він був зараз в палаті один, а вся їжа — те, що пацієнти приховали після обіду або їм передав жалісливий Джек, належала тільки йому.

— Як вам не соромно, Айвене! Ви ж обманюєте хворих! — подала було голос Емма, але промінь ліхтарика тут же впився їй в обличчя, засліплюючи його.

— Заткнутися всім! — гаркнув Айвен, проте не зі звичайною дратівливістю, а якось навіть ліниво. — І спати! Не дозволено в лікарняних тумбочках зберігати їжу, зрозуміло? Нам тут тільки мишей не вистачало...

Сперечатися з ним ніхто не став — це було точно марно, і Айвен спокійно обшукав інші тумбочки, вигріб звідти все їстівне у великій пакет. Закінчивши свою справу, він, так само не поспішаючи, перевальцем, потопав назад, знову ковзнувши променем по обличчю Емми, яка лише приглушено охнула, закриваючись руками.

Коли двері за ним закрилися і важкі кроки проскрипіли по коридору, в тишу палати вплівся звук приглушених ридань. Дженні підвелася на своєму ліжку. Біля Емми вже сиділа Софія і заспокійливо гладила її по плечах.

— Ну що ти справді? Перший раз, чи що? Він регулярно їжу вигрібає, так що ж тепер — вішатися? Так нехай він нею подавиться, гадина така! Ну, не плач...

— Та я не через їжу, — крізь схлипування подала голос Емма. — Просто... Прикро. Нас за людей тут не вважають, роблять, що хочуть... Адже ми — ніхто! Зайці в пастці...

— Не такі вже й зайці... — почала було Софія, але Емма лише відмахнулася, зарившись глибше в ковдру.

Дженні хотіла підійти до неї, однак Раян зупинив її жестом:

— Нехай! Вона так швидше заспокоїться...

Говорити і справді було ні про що — правота слів Емми здавалася настільки очевидною, що оскаржувати її ніхто не посмів. Поділяючи невеселі думки, мешканці вісімнадцятої знову влаштувалися на своїх ліжках.

Хвилин через десять палату вже наповнили звуки рівного дихання чотирьох людей — з усіх поки не вдалося заснути лише Дженні. Але коли вона, повернувшись обличчям до стіни, вирішила-таки змусити себе заснути, біля її ліжка з'явився яскравий згусток. На очах світла куля стала міняти свою форму, розтягуючись павутинням, поки не перетворилася на жіночий силует.

Ще раз глянувши в обличчя жінки, Дженні більше не сумнівалася: перед нею була Люсіль — лікар з фотографії в кімнаті Олівії.

— Навіщо ти прийшла? — не встаючи з ліжка, першою заговорила Дженні.

Зараз її не хвилювало, чи почують розмову сусіди, — напевно, вони давно звикли до дивацтв один одного.

— Ти не повинна погоджуватися на те, що він тобі запропонує, — тихий голос прозвучав у неї в голові. — Він обдурить тебе.

— Він уже запропонував, якщо місцеві привиди ще не в курсі, — незрозуміло чому уїдливо відповіла вона. — І якого ще чекати обману, коли він хоче просто позбавити мене всього, що у мене є? Але натомість я отримаю свободу.

— Він обдурить тебе. Ти не вийдеш звідси живою, — продовжувала жінка-привид, із сумним виразом обличчя дивлячись кудись крізь Дженні.

— Звідки ти знаєш? Він і тобі пропонував це?

Наче не почувши питання, жінка-привид продовжила свою плутану розповідь:

— Демон забирає душі... Листоноша, що приносить конверт, — це посланець пекла. Він приходить тоді, коли демону потрібна нова жертва... І він її неодмінно отримує, такий договір... Мені теж була призначена подібна доля — на жаль, я зрозуміла це надто пізно. Демон не прийняв мою душу — таке трапляється... Але й піти я не можу — чари чорного мага тримають мене тут під замком... Не повтори моєї долі.

Жінка-привид почала танути, її обриси тоншали, немов стираючи із себе багатошаровий дим.

— Скажи мені: як нам вибратися звідси?!

У відповідь — мовчання...

— Люсіль, допоможи мені, прошу!

— Рожева таблетка, — відповіла вже майже невидима жінка-привид. — У ніч ритуалу, в повний місяць, в лікарні нікого не буде, крім одного сторожа...

Силует продовжував танути, і в повітрі над головою Дженні висів тільки маленький язичок диму. В цю мить вона крикнула:

— Чи можу я допомогти тобі?

Але відповіді не було...

Дженніфер не довелося відкривати очі — вони були широко відкриті, коли жінка-привид зникла зовсім. Ущипнувши себе за руку, відчула біль, але безнадійно зрозуміла, що навіть своїм відчуттям довіряти більше не може. Напевно, вона ще спить, і їй сниться сон. Хто приходив до неї? Ким була зараз ця дивна жінка і чи можна довіряти її словам?

Подумавши ще, Дженніфер з гіркотою усвідомила, що не довіряє Люсіль. Ні їй, ні комусь іншому. Вона одна повинна приймати рішення. І лише на ній буде відповідальність. А все інше... Такий же обман, як і невиразний дим, який чи снився, чи був насправді.

Плювати на те, що думають привиди. Якщо у неї є шанс, вона повинна спробувати. А гроші... Хіба може бути щось дорожче свободи? І вранці Дженні знову стояла в кабінеті головлікаря.

— Я згодна, лікарю Руффе, — вимовила дівчина, тільки-но переступивши високий поріг. — Але тільки за однієї умови.

Склавши руки на грудях, Руфф мовчки спостерігав за нею, немов вона була цікавим диким звіром, який невідомо що зараз викине.

— Я відмовлюся від своєї спадщини на користь вашого фонду, якщо разом зі мною ви відпустите і чотирьох моїх друзів. Я кажу про пацієнтів з вісімнадцятої палати.

Руфф посміхнувся — Дженні ще не бачила, щоб він посміхався так — широко і весело, немов вона щойно розповіла йому щось дуже смішне.

— Мабуть, у моїй роботі є один безперечний плюс: іноді можна почути таке, що не лізе ні в які ворота... Це виключено, Дженніфер Паркер. Не-мож-ли-во. Як ти собі уявляєш подібну затію? З воріт виходять п'ятеро пацієнтів і під звуки фанфар йдуть прямо до червоного заходу? А далі? Всіх твоїх друзів уже на наступний день знову доставлять сюди. Або в іншу лікарню.

— В іншій лікарні, можливо, їм нададуть реальну допомогу. А тут... Їх по-справжньому ніхто не лікує, — неголосно, але твердо відповіла Дженні, хоробро дивлячись прямо в очі лікарю.

Він одразу спохмурнів.

— Не вам судити про мої методи лікування. Ідіть. Будемо вважати, що нашої розмови ніколи не було.

— Навіть якщо я розповім про неї соціальному працівнику? — так само неголосно, але впевнено промовила дівчина.

— Особливо, якщо ви про неї комусь розповісте, — мовив лікар з наголосом на кожному слові.

Дженні мовчки повернулася, щоб вийти з кабінету. Руфф їй не перешкоджав. Але коли біля самих дверей їхні погляди зустрілися знову, дівчина пошкодувала про сказане. Крім того, вона зрозуміла, що з цього моменту вже не може ручатися за власну безпеку.

Глава 31

Гра

— Таблетки... Якщо я не помиляюся — а я більш ніж впевнена, що це так, — нам сьогодні принесуть рожеві таблетки, — говорила Дженні, зібравши навколо себе інших мешканців вісімнадцятої.

Один Джастін не виявив бажання приєднатися, тому вони всі стояли біля його ліжка.

— Місяць, — раптом сказав колишній боксер, не відриваючи задумливого погляду від вікна.

— Що? — перепитала Дженні.

Чути від Джастіна якесь висловлювання, навіть якщо воно зовсім недоречне, було несподіванкою.

— Місяць. Він тепер повний. Сьогодні повний місяць.

Дженні тільки роздратовано відмахнулася.

— Ми зараз говоримо не про це. Рожеві таблетки! Вигадуйте, що завгодно, але ковтати їх не можна! Інакше ми втратимо свій шанс.

— Який шанс? — втомленим голосом запитала Емма, яка продовжувала стояти із нудьгуючим виглядом, немов говорили тут про речі, жахливо докучливі й обридлі.

— Я кажу про шанс на втечу! — майже викрикнула Дженніфер, і вираз обличчя її співрозмовниці одразу змінився.

— Алекс? Це Алекс передав тобі звісточку? Він нам допоможе, так? — залепетала дівчина, а Дженні з жалем зрозуміла, що доля істини у словах лікаря Руффа все ж була: до одужання їм ще ой як далеко...

— Нехай буде Алекс, — несподівано погодилася вона. — І ось що він просив нас зробити...

...Нафарбована, що вже стало звичним для неї, і на рідкість красива Емма йшла по коридору, томно спираючись на руку санітара Лео, немов їй важко було йти самій.

— Ось вони! — шепнула Дженні Софія.

Обох хлопців дівчата завбачливо випровадили з палати.

«Яка ж вона все-таки гарненька!» — мимохіть подумала Дженніфер, милуючись своєю сусідкою. Зараз, із палаючими очима і трохи зайвим рум'янцем на круглих щоках, Емма дійсно виглядала справжньою красунею. Варто було їй всерйоз зануритися у світ своїх мрій, в якому десь там, біля старої церкви, її чекав коханий Алекс, чекав її — свою кохану, як вона вмить перетворювалася з похмурої блідої пацієнтки на привабливу дівчину.

Але й Лео був зараз занурений у свої мрії не менш Емми: напевно, поруч з нею він уявляв себе таким собі Дон Жуаном, пристрасним мачо, що викрадає дівочі серця. Його хода, погляди, якими він відверто роздягав дівчину, навіть злегка тремтячий голос, коли, схилившись над нею, шепотів на вухо щось смішне, від чого Емма ще більше усміхалася... Сам собі він, мабуть, здавався чарівним чоловіком... не підозрюючи, що збоку напівлисий довготелесий санітар поруч з гарненькою пацієнткою виглядав просто смішно.

Дівчата підбігли до вікна, вдаючи, ніби розглядають там, на засніжених стежках, щось вкрай цікаве, коли Емма і Лео увійшли в палату.

— Я не можу, дорогенька. Тільки не сьогодні. Сьогодні ввечері я буду дуже зайнятий. Так шкода... — воркував Лео, схопивши Емму у свої цупкі обійми.

— У... — вона капризно надула вуста, немов і справді була засмучена. — А я сподівалася, що ти прийдеш до мене сьогодні ввечері. Ми могли б подивитися на місяць...

— Обов'язково, крихітко. Але не сьогодні. Це розбиває мені серце, але я не можу бути з тобою цього вечора. Борг важливіший серцевих поривів...

Прикривши рот рукою, щоб не засміятися, Дженні ледве стримувала себе, одночасно захоплюючись витримкою Емми. Це ж треба — таке терпіння! Ось хто справжня актриса!

— А коли? Коли ми зможемо побачитися? — продовжуючи усміхатися, Емма кинула в бік подружок виразний погляд.

— Що? Побачення? Лео призначив тобі побачення? Як цікаво! — вигукнула Софія, підбігаючи до парочки в кутку. — Розкажи нам!

— Ми теж хочемо подивитися на місяць! — підключилася до гри Дженні. Подолавши огиду, вона підбігла до Лео і кокетливо схилила голову йому на плече. — Чому тільки Емма піде з тобою на побачення? А ми?

— Лео, дорогенький, невже ми гірші від Емми? — промуркотіла Софія, обіймаючи старого ловеласа за шию.

З іншого боку на ньому тут же повисла Дженні.

— Так, Лео! Подивися на нас! Ми теж гарні!

— Дівчатка, дівчатка, не всі одразу! — очманілий від такої уваги, санітар взявся безсоромно обіймати дівчат. — Звичайно, ви всі мені подобаєтеся, але я ж не можу запросити одночасно трьох...

— А чому ні?

— Ти хочеш нас образити? — Софія і Дженні почали грайливо тріпати йому волосся і лоскотати шию.

Емма, яка спостерігала всю цю сцену мовчки, раптом сердито тупнула ногою і схопила обох за руки.

— Нічого чіплятися до мого хлопця! Лео призначив побачення мені! Ідіть!

— Гм... Ну й добре! — махнула рукою Дженніфер, зображуючи розчарування.

— Але далеко ми не підемо... Правда, Лео? — Софія лукаво підморгнула санітарові і, схопивши Дженні за руку, знову потягнула її до вікна.

Щасливий Лео залишився в обіймах Емми. Він, звичайно ж, не помітив, як за його спиною Емма подала знак Софії.

— Вони заздрять нам, Лео! При них ні слова! Поговоримо пізніше... — дівчина вислизнула з рук санітара і виштовхала його у відчинені двері. — Поговоримо пізніше...

— Як скажеш, люба... — проворкотів він і зник.

Ледве Лео вийшов, Емма одразу замахала руками, немов струшуючи із себе його погляди і дотики.

— Ну що? — шепнула вона двом іншим, які вже бігли до неї.

— Ось він! — Софія, сяючи як ранкове сонце, помахала у подруги перед носом заповітною штучкою, заради якої і було влаштовано увесь цей цирк.

Пропуск санітара був у її руках. Лео завжди тягав його пристебнутим до сорочки під халатом. Очевидно, у Софії були й інші таланти, окрім продажу нікому не потрібних квіток-почуттів...

І набагато корисніші, якщо невеликий прямокутник лежав зараз у її долоні.

— Одна маленька перемога є, — видихнула Дженні. — Моліться, щоб вона була не останньою...

Глава 32

Хвиля удачі

Напевно, успіх все ж був з ними: ввечері з підносом ліків замість Голки в палату ввалився усміхнений Лео.

Дженні не помилилася: на таці стояло блюдце з уже знайомими рожевими таблетками. Від одного їх вигляду дівчину пересмикнуло, але вона взяла себе в руки, продемонструвавши спокусливу усмішку.

— То як щодо прогулянки, Лео? — запитала кокетливо, забираючи стакан з таці й спрямувавши на противну пику санітара грайливий погляд. — Може, запросиш мене?

— Не сьогодні, сонечко, тільки не сьогодні, — кваплива шепнув він, швидко обертаючись в сторону Емми.

Цієї миті виявилося достатньо, щоб таблетка пірнула за комір піжами. Зробивши вигляд, ніби вона слухняно прийняла ліки, Дженні поставила склянку на місце і швидко шморгнула у своє ліжко.

Бідолаху Лео, мабуть, ще ніколи так запекло не зваблювали відразу три дівчини. Дженніфер залишалося лише сподіватися, що їх чари спрацювали і всі інші теж встигли заховати ліки, а не ковтати їх.

— Хто проковтнув таблетку? — тут же запитала Дженні, ледь за Лео встиг клацнути дверний замок.

— Я — ні, — швидко відповіла Софія. — Ось вона.

— І я теж, — зітхнула Емма.

— А ти, Раяне?

— Ні, я тримав її під язиком...

— Це добре, їх треба заховати, раптом ще знадобляться... Ну а ти, Джастіне?

Хлопець не відповів, тільки підняв вгору кулак і тут же його опустив. Напевно, це мало б означати, що все в порядку.

— Добре. Тепер будемо чекати, поки всі підуть...

Дженніфер і сама не повністю вірила словам жінки-привида. Але частина їх вже виявилася правдою — їм дійсно принесли рожеві таблетки. Про який ритуал у повний місяць говорила колишня лікар, дівчина не знала, але це зараз було не так важливо. Якщо всі дійсно підуть...

Хвилини спливали нестерпно повільно, як завжди, коли чекаєш. На небо з пелени хмар викотився круглий, ніби свіжий млинець, місяць, і став безсоромно заглядати у вікно.

— Пора? — запитала Дженніфер у нічного світила, але воно тут же зникло в хмарах. — Пора... — прошепотіла Дженні про себе і піднялася.

Більше ніхто в палаті не поворухнувся.

— Раяне! — Дженніфер торкнулася плеча хлопця, однак той ніби застиг. — Джастіне! — Та ж тиша. — Еммо, Софіє!

Жодної відповіді. Всі спали. Може, вони обдурили її, розповідаючи, як сховали таблетки, а може, інша напасть накрила їх непробудним сном, проте розбуркати хоч когось із них не вдавалося. А раптом все марно? А якщо їхні мрії про втечу так само не мають під собою підстав, як і раніше? Раптом весь персонал, як завжди, на своїх місцях, а привид — лише чергова ілюзія? Тоді чи варто піддавати ризику інших?

Дівчина, рішуче сунувши руку в кишеню піжами сплячої Софії, дістала звідти пропуск. Вона сама повинна дізнатися, що чекає їх по той бік.

Відповівши неголосним писком на дотик, крихітний екран на дверях моргнув зеленим світлом — і клацнув замок. Тремтячими руками Дженні якомога тихіше прочинила двері й вислизнула в коридор. Тиша. Її кроки по коридору здалися їй самій надзвичайно гучними — на цей шум, ймовірно, повинні зараз прибігти всі, хто тут є... Нікого. Ще одні двері відчинилися так само легко.

Опинившись у загальному коридорі, Дженні навшпиньки прокралася до сходів. Пусто. На звичному посту чергового нікого немає. Дівчина була впевнена, що камери спостереження все так само працюють — будь там хтось, їй назустріч уже давно б вибігли. Але навколо, як і раніше, тихо. Приглушене світло ллється з довгастої лампи під стелею. Тьмяно блимають вогники пульта в кабінці охорони.

Зібравши всю мужність — будь що буде! — Дженніфер вже без зволікання кинулася до виходу. Ще одне клацання — і двері відчинилися перед нею. Холодне повітря зимової ночі пекучою свіжістю вдарило в обличчя.

Дівчина в халаті та лікарняній піжамі стояла на порозі лікарні, а над нею, високо вгорі, в чорному небі, плескався у хмарах переможний місяць.

Глава 33
Поклик свободи

Не вірячи своєму щастю, Дженні втекла вниз по сходах і кинулася в бік темного лісу. Невже так просто? Невже вона на волі? Неймовірна і неможлива удача п'янила. Чи то від свіжого повітря, чи то від радості аж голова йде обертом, немов увесь світ почав танцювати зараз навколо дівчини. Тонка крижана кірка під ногами хрустіла, пласти неглибокого снігу виблискували в місячному світлі. Вперед, далі цією стежкою, і бігти, бігти без зупинок...

Але Дженні все-таки зупинилася. Похмура будівля височіла вже збоку, хижою темрявою вікон жадібно вдивлялася в кожен рух Дженніфер. Удача, неможливе щастя, про яке вони так мріяли... Мріяли разом, а на доріжці до цього щастя стоїть зараз вона одна.

Це неправильно. Нерозважливо. Шалено. Стримуючи підступні сльози, Дженні все-таки поверталася, щоб розділити надію з іншими. Вони не повинні залишатися там. Вона зобов'язана врятувати їх також...

Увесь зворотний шлях виявився так само легким — ніхто не зупинив, не виріс перед нею перешкодою. Вона влетіла в палату і побачила ту ж картину — мирно сплять, чорти б їх узяли!

— Прокидайтеся! Підйом! Шлях вільний! Чуєте!

Дженні кидалася від одного до іншого, але відповіді не було — такий, як і раніше, безпробудний сон сковував тіла її друзів. Невже все марно?!

— Та прокиньтеся ж ви! — викрикнула вона вголос, чи це був тільки шепіт, Дженніфер не знала.

Спересердя тупнувши ногою, вона немов сколихнула невидиме поле, над яким відгукнулася гучна луна і, розбиваючись від її шаленого натиску, розсипалося міріадами колючих уламків.

— Прокидайтеся!

Першим відкрив очі Раян. Нерозуміючим поглядом він дивився на дівчину, немов не міг збагнути, де опинився.

— Раяне, миленький, вставай!..

Хлопець підхопився, незграбно плутаючись у ковдрі, й упав з ліжка. Тут же подав ознаки життя і Джастін, несподівано легко зістрибнувши з ліжка, немов і не він щойно стрясав повітря мирним сопінням. І дівчата теж прокидалися, потираючи сонні очі. Ще не зовсім вірячи у реальність того, що відбувається, Дженніфер відчайдушно замахала руками, вказуючи на двері й закликаючи їх мовчати.

Не минуло й хвилини, як вся п'ятірка була вже у коридорі. Дженні бігла першою, стискаючи в руці заповітний шматочок пластика так міцно, що його край до крові врізався в її долоню, але вона навіть не помітила цього. Швидше. Ще швидше. Дорогоцінні секунди...

Вони вискочили до пульту охорони біля входу так швидко, що застали зненацька напівсонного Мерлока. Він все-таки знову був там, де йому належить... Сторопівши лише на секунду, Дженні тут же відчула, як страх змінюється в ній рішучістю. Невже цей паскудний щур зможе відняти їх свободу? Не чекаючи на інших, дівчина першою кинулася на розгубленого охоронця. Не встиг він навіть вихопити свою гумову палицю, як на нього накинулися вже усі п'ятеро — звуки боротьби і приглушений хрип змішалися в єдину какофонію. Пара точних ударів з боку Джастіна — і Мерлок мішком осів на підлогу. Затягнувши його в кабінку, хлопець засяяв, немов різдвяна гірлянда.

— А раптом він прийде до тями? — Софія з недовірою дивилася на нерухоме тіло в сірій уніформі.

— Ще нескоро, — сказав колишній боксер з несподіваною впевненістю в голосі.

Дженніфер здивовано побачила зараз перед собою іншого Джастіна — схоже, таким спокійним і рішучим був той, інший, забутий чемпіон, який повернувся зараз, подібно небесному ангелу, щоб виручити їх у скрутну хвилину.

— Пішли!

Тепер уже не було часу зупинятися і озиратися назад. Здається, всі чудово розуміли це — затримок більше не було, і вся команда мчала до лісу. Іноді хтось із них ковзався на обмерзлій стежці. Ось уже крони сосен важко зімкнулися над головами очманілих утікачів. Пронизливе холодне повітря вривалося в легені, але Дженніфер давно вже не відчувала нічого приємнішого, ніж цей непривітний лісовий вітер і нічний холод — це був вітер свободи. Його пориви свистіли у неї у вухах, натужне дихання інших, які втікали поруч, скрип снігу і тупіт ніг... Вони тікали все далі, в прозору від місячного світла ніч, і тіні дерев плуталися у них під ногами, звиваючись у химерному танці.

Невідомо, скільки тривав такий біг у дзвінкій холодній темряві, проте поклик волі зігрівав сильніше, ніж їх міг би гріти одяг. Зараз їм не вистачало його, але цього, здається, не помічав ніхто...

Чим далі, тим густішав ліс попереду... Ось уже їм доводиться продиратися крізь розчепірені гілки і грузнути в сніговій каші. Ліс ставав темнішим, що тільки радувало — адже якщо їх будуть шукати, переслідувачів зустріне така ж темрява...

Одна з дівчат зупинилася першою, інші теж почали зупинятися. Переступаючи з ноги на ногу, втікачі нарешті дали собі можливість вирівняти дихання і озирнутися. Навколо були густі нічні хащі. Місяць серед хмар кидав їм лише жалюгідні уривки випадкового світла.

— І куди тепер? — хрипко запитав Раян.

Здається, він втомився більше інших. Насилу ховаючи гримасу болю на виснаженому обличчі, юнак мужньо тримався, не показуючи свого стану.

Дженні раптом захотілося підійти і обійняти його, але вона стрималася. Не тепер. Не час.

— Через ліс йде дорога. Якщо йтимемо далі прямо, ми вийдемо на неї, — несподівано спокійно заявила Софія.

Зараз, розпалена від бігу і, здається, впевнена в собі, дівчина мала цілком здоровий вигляд. І здоровань Джастін озирався на всі боки з такою щасливою усмішкою, ніби перебував на банкеті у свою честь, а не в нічному холодному лісі.

— Ходімо! — рішуче скомандувала Софія і першою пішла навпростець, ніби їй одній була відома дорога.

Сперечатися ніхто не став — інші бадьорими кроками поспішили за нею.

Скільки ще тривав цей марш через ліс, невідомо, але коли попереду нарешті з'явився довгоочікуваний просвіт, місяць остаточно сховався в брудні копи снігових хмар. Уже зовсім утомлені, втікачі піднялися по схилу невеликого пагорба, вдивляючись у далечінь між верхівок вікових сосен.

Дорогу попереду дійсно було видно. І трохи віддалік від неї на тлі сіріючого неба безглуздо височіла... знайома триповерхова будівля психіатричної лікарні.

Глава 34

Коли мрії перетворюються на пил

Брудно-жовта смуга світанку вже розсікала похмуре крижане небо, коли втретє стомлені подорожні вийшли до тієї ж лікарні. Тепер зимовий вітер ігнорувати було не під силу: він повністю сковував їх рухи, непідйомним вантажем падав на тремтячі від холоду плечі. Сніг забивався в промокле взуття, зовсім не розраховане на тривалі прогулянки зимовим лісом. Виходу звідси немає — куди б вони не повертали, незмінно виходили до лікарні, немов всі дороги сплелися в туге кільце і не було іншого шляху.

Говорити не хотілося. Кинуті слова невідомо кому адресованих проклять не зігрівали також. Змучені, змерзлі, стомлені втікачі думали, що сил не залишилося зовсім. Але це було не так: коли попереду почулися гучні крики і замиготіли фігури в зимових куртках, виявилося, що сили на те, щоб повернутися знову до зрадницького лісу і кинутися вперед, не озираючись, знайшлися у всіх...

Далеко втекти їм уже не дали. Першим попався Раян — юнак просто звалився під ноги переслідувачам, послизнувшись на корені дерева, і його одразу схопили. Наступною виявилася Софія.

Найдовше пручався Джастін. Коли дівчат скрутили і потягли у напрямку до лікарні, він кинувся їх захищати. І якби не електрошокери, санітарам і охороні довелося б туго...

Як крізь туман, бачила і чула Дженні все, що відбувалося далі. Біль від ударів, крики і лайка, спотворені від злості обличчя персоналу... Ніби марення проносилися уривки фраз, не досягаючи свідомості, яка не хотіла приймати страшну правду — не хотіла відчайдушно! Їм не вдалося. Їх знову зловили. Вони знову бранці в лапах у монстрів... І біль від пекучого уколу, і чорнота слідом за нею здалися майже бажаними — адже це було порятунком від розуміння...

Прокинувшись, Дженні ще довго не могла прийти до тями. І ще більше часу їй знадобилося, щоб крізь каламутну пелену нечіткої свідомості зрозуміти, чому не виходить рухатися. Вона прив'язана до свого ліжка міцними ременями, і рухатися практично нереально. Тільки повернути голову з боку в бік виявилося можливим, але й це давалося важко — напевно, через ліки Дженні почувалася так, немов була живою лише наполовину.

У такому ж становищі перебували й інші — наскільки змогла вона розгледіти, прив'язали всіх...

Тепер таблеток більше не було — виключно уколи, нестерпно пекучі, якими з великою охотою нагороджувала їх Голка. Здавалося, споглядання чужих страждань лише додавало їй життєвих сил. Убивча доза невідомої каламуті, яка бродила зараз по жилах Дженні, була схожа на прокляття, відбирала можливість ясно мислити. Але вона ж була і порятунком, що не дає реально збожеволіти від приниження і безсилля, які душили гірше будь-якої хвороби.

Дженніфер приходила до тями і знову відключалася. Годування — через силу втиснути в себе кілька ложок якоїсь рідини, болючий укол — і знову зависання в холодному порожньому просторі на межі небуття... Навколо неї кружляли невідомі птахи. Напевно, вони могли бути воронами, якби не сліпучо-жовтий колір їхніх крил. Беззвучно літали вони над Дженні, обсипаючи її купою сонячних іскор, котрі, потрапляючи на шкіру, залишали на ній свої до болю гарячі дотики. Хаотичне кружляння безголосих птахів і шум далекого моря — він то наближався, то віддалявся, і неможливо було визначити, звідки линуть ці звуки. Дженні кидалася бігти то в один, то в інший бік, наосліп, найбільше бажаючи вдихнути в себе запах пінистої морської хвилі… Однак море лише лоскотало її, ховаючись за крилами жовтих птахів, і сонячне світло ставало часом таким нестерпним, що вона прокидалася, щоб через кілька хвилин знову провалитися в танцюючий калейдоскоп напружених шерехів і закличного морського шуму…

— Дженні! Дженні, ти чуєш мене? Відкрий очі, крихітко!

Цей голос — чи був він насправді або ж це продовження сну? — як і шум морського прибою.

— Ну ж, дитинко, не лякай мене!

Насилу розтуливши важкі повіки, Дженніфер прищулилася від яскравого світла. У центрі світлого кола вимальовувалося жіноче обличчя з красивими правильними рисами. Воно виражало занепокоєння і тривогу.

— Все буде добре, ти чуєш мене? Я витягну тебе звідси, — прозвучало в голові дівчини, і Дженні приречено закрила очі.

Тепер вона знала, що це точно був тільки сон.

Глава 35

Коли знаходиш те, що не повинен був втрачати

Чарівні звуки далекої музики долинали звідкись зверху. Мелодія плавно кружляла, а ритм її хвиль повторювали рідкісні удари серця. І таким тихим і міцним був спокій, що відкривати очі рішуче не хотілося. Але саме про це вже вкотре просив стривожений жіночий голос:

— Дженні! Відкрий очі, дитинко...

Чарівний аромат екзотичних квітів витав у повітрі, закликаючи до того, що слід все-таки послухатися. Хоча вона була майже впевнена — якщо відкрити очі, приємна мана пропаде. І над нею знову нависне вусате обличчя Голки...

— Дженніфер! Повертайся! — тепер уже більш рішуче наказав голос, і дівчина покірно розтулила повіки.

Побачене змусило її знову упевнитися, що видіння бувають нітрохи не менш яскравими, ніж сама реальність. Над нею схилилася красива жінка років тридцяти п'яти. Кулон на її шиї розгойдувався з боку в бік, поблискуючи в променях денного сонця. Але, хоча Дженніфер уже кілька разів опускала і знову піднімала повіки, видіння не зникало.

— Ніколь? Це дійсно ти? — пробурмотіла Дженні, насилу вірячи власним очам.

Видіння усміхнулося, проте усмішка здалася дівчині сумною.

— Ну нарешті ти прийшла до тями. Бо я вже думала, що буду змушена нести тебе на руках.

— Куди нести?

Дженні спробувала встати, і, тільки коли їй це насилу вдалося, вона згадала, що повинна бути прив'язаною. Однак ремені тепер просто висіли з двох боків ліжка.

Дівчина озирнулася: вільна від ременів була вона одна. Решта так само залишалися на межі напівсвідомості й лежали нерухомі. Перехопивши її погляд, Ніколь різко похитала головою:

— Нічого більше не бійся. Я забираю тебе звідси.

— Я-я-як?

— Просто. — З похмурою рішучістю жінка піднялася. — Я забираю тебе під свою відповідальність.

— А як же… лікар Руфф?

— Він уже підписав усі папери.

Дженні тільки кліпала очима, знову почавши сумніватися, що все, що відбувається, — не плід її хворої уяви. Невже таке можливо? А як же…

— Лікар пропонував мені…

Ніколь швидко зупинила її жестом.

— Про все ми ще встигнемо поговорити, але не зараз і не тут. Ти можеш іти сама?

Дженніфер обережно торкнулася ногами холодної підлоги й зробила кілька кроків. Ноги здавалися ватяними і злегка тремтіли, але це було терпимо.

— Можу, — відповіла дівчина, все ще до кінця не вірячи в те, що відбувається.

Однак, на підтвердження слів Ніколь, двері в палату відкрилися і увійшла похмура Голка з одягом Дженні в руках.

— Дякую, — сухо відповіла Ніколь, забираючи речі з рук медсестри. — Дженні, допомогти тобі переодягнутися?

— Ні, я сама.

— Тоді я чекаю тебе в кабінеті лікаря.

Ніколь під пильним поглядом медсестри покинула палату, залишаючи спантеличену дівчину. Вона стільки чекала цієї хвилини, стільки мріяла про неї, але тепер, коли мрія нарешті збулася, жодних бурхливих емоцій не було. Похапцем зриваючи із себе лікарняну піжаму, Дженні відчувала тільки те, що розлучатися з цим смутним нестерпним лахміттям було страшенно приємно.

Голка мовчки чекала, поки вона переодягнеться. Неслухняними пальцями абияк зашнурувавши черевики, дівчина тільки зараз почала всерйоз допускати думку, що для неї дійсно закінчилися всі випробування. Але замість полегшення і радості, як і раніше, щеміло й кололо в серці від розчарування і гіркоти, немов від шипів давно зів'ялої троянди. Чотири безвольних тіла, туго прив'язаних до своїх ліжок... Вона не змогла допомогти їм, хоча обіцяла. І зараз нічого не може для них зробити. Поки не може...

Коли Голка відвернулася, дівчина підійшла до ліжка Раяна і схилилася над ним.

— Я повернуся, чуєш? Повернуся обов'язково. Я витягну вас усіх звідси, — швидко прошепотіла вона і одразу пішла геть.

Дженніфер не знала, чи чула Голка сказані нею слова, але дівчині було на це наплювати. Коли вона переступила поріг кабінету Руффа, то побачила Ніколь, котра спокійно сиділа в кріслі навпроти лікаря. Він заповнював якісь папери, на його застиглому безпристрасному обличчі не можна було прочитати абсолютно нічого.

— Підпишіть тут, Дженніфер Паркер, — звернувся він до неї, навіть не дивлячись у її бік.

Дженні слухняно прийняла ручку з його рук і трохи незграбно, з тремтінням у пальцях, поставила свій підпис в потрібній графі. Лікар закрив журнал і віддав якісь папери Ніколь.

— Всього найкращого...

Ніколь не відповіла словами подяки. Вона просто встала і, високо піднявши голову, попрямувала до дверей. На мить розгубившись, Дженні одразу кинулася за нею.

Навіть спускаючись вниз гучними сходами, навіть зупинившись біля пульта охорони, поки Мерлок зі злим обличчям кілька хвилин уважно копався в її паперах, Дженні все ще не вірила...

І тільки коли охоронець, насилу приховуючи невдоволення, повернув папери незворушній Ніколь і натиснув на кнопку автоматичного замка, змусивши двері з тихим схлипом відповзти вбік, шаленим биттям серця правда просочилася у свідомість дівчини. Вона вільна! Як, якою ціною? Все це більше не мало значення.

Дженніфер зупинилася на порозі. Їй довелося докласти чимало зусиль, щоб просто не опуститися на ці сходинки в знемозі. Ніколь, мабуть, зрозуміла це, тому що вчасно підхопила дівчину під руку.

— Ну, дорогенька, ще трошки... Он там моя машина, ми зараз дійдемо туди, добре?

Дженні лише мовчки кивнула, обурюючись на свою невчасну слабкість і з великими труднощами роблячи крок за кроком. Але чим більше кроків відділяло її від цього страшного місця, тим більше сил вона, здається, відчувала в собі. А біля не нового, але ще досить солідного автомобіля Ніколь її вже не довелося підтримувати.

Пискнула сигналізація, і жінка відкрила перед Дженніфер дверцята машини. Нічого не кажучи, дівчина впала на пасажирське сидіння.

Ніколь ще раз уважно подивилася на неї, немов бажаючи переконатися, що Дженніфер нормально перенесе дорогу, і сіла за кермо.

Коли машина з тихим шумом рушила з місця і за вікном хитнувся силует лікарні-в'язниці, очі дівчини закрилися самі собою, їй немов було несила більше бачити все це.

— Поспи, тобі корисно... Відпочивай. Тепер усе буде добре...

Глава 36
Старий будинок

Дженніфер і справді відразу ж задрімала. Напевно, давалися взнаки ліки, які все ще залишалися в її крові. Крізь сон вона чула шум дороги, тиху музику з магнітоли. І знову відчувала запах екзотичних квітів — звідки він? Однак відкрити очі й переконатися в тому, що вона все-таки не в обплутаних ліанами джунглях, а в автомобілі тітки Ніколь, їй вдалося, тільки коли машина зупинилася.

Здригнувшись, Дженні одразу швидко озирнулася — набута за час перебування в клініці звичка була сильнішою за втому.

Машина припаркувалася біля великого кам'яного будинку. Це був будинок Ніколь — Дженні впізнала б його серед тисяч інших. Так, напевно, і будь-який інший запам'ятав би його — він виділявся серед будівель довкола. Високі стіни пісчано-сірого кольору, старовинна ліпнина під вигинами даху, дві колони біля входу. Дикий виноград, який не одне десятиліття обживав цю територію, міцно обплутав своїми обіймами південну стіну особняка. Будинок оточували дерева, котрі простягали над ним свої гілки, немов сильні руки, готові щохвилини захищати його від будь-якої напасті.

Дженні любила цей будинок на вулиці Спрінгсайд — такій же тихій, як і її рідна Канталь. Іноді, приїжджаючи сюди разом з матір'ю, вона годинами могла пропадати в саду, що тягнувся відразу ж за будинком, або розглядати старовинні речі, яких в кімнатах було чимало... І зараз, здавалося, будинок вітав її, як стару знайому.

Трохи похитуючись, дівчина йшла поруч з Ніколь. Двері їм відкрив чоловік років п'ятдесяти. Напевно, так і повинен був виглядати типовий дворецький: середнього зросту, з тонкою смужкою вусів над верхньою губою, в костюмі й з краваткою-метеликом.

— Міс Дженні! Радий знову бачити вас, — лагідно усміхнувся він, однак на його доброму обличчі промайнули одночасно розгубленість і жалість.

— Здрастуйте, Антоніо, — у відповідь спробувала усміхнутися Дженніфер.

«Невже я й справді так жахливо виглядаю, якщо навіть у дворецького викликаю співчуття?» — думала вона, поки передавала в руки Антоніо свою не за сезоном тонку куртку.

Покірно слідуючи за господинею будинку, Дженніфер, не без труднощів, піднялася сходами на другий поверх, де її вже чекала одна з гостьових кімнат.

— Тепер це твоя кімната. Думаю, ти захочеш прийняти ванну. У ванній — халат і рушники. У шафі — одяг для тебе. Не соромся, почувайся як вдома...

Ніколь тихо причинила за собою двері, залишаючи Дженні в затишній кімнаті зі стінами золотисто-медового кольору і дерев'яними світлими меблями.

Ще важко вірячи в те, що це не сон, Дженніфер обійшла свої нові володіння, обережно ступаючи по м'якому килиму.

Велике вікно виходило в сад. Навіть зараз, взимку, він виглядав охайним і доглянутим.

Дівчина увійшла в простору ванну і, тільки зупинившись біля великого дзеркала, зрозуміла, чому так дивився на неї дворецький. Жах... Бліде насторожене створіння зі скуйовдженим волоссям і темними колами під очима. Худе обличчя зі смужками потрісканих губ...

— Невже це я? — пробурмотіла вона, торкаючись дзеркала. — Для зйомок у фільмі жахів мені б і грим не знадобився...

Яке ж це блаженство — гаряча ванна! Занурившись у мереживо ароматної піни, Дженні тільки зараз почала вірити, що все це — реальність. Тонкі аромати і теплі обійми води немов стирали з її тіла спогади про пережиті незгоди. Розтираючи шкіру жорсткою мочалкою, вона змивала із себе ненависні лікарняні запахи і тугу безнадійності. Страхи, котрі в'їлися в тіло, розчинялися в мильних пластівцях ніжної піни...

Минула, мабуть, не одна година, поки дівчина нарешті стала схожою на себе. М'яка темна сукня — перше, що Дженніфер знайшла в шафі, здалася їй по-королівські розкішною після лікарняної убогості. Як все-таки чудово повернутися знову до нормального життя! Причепурившись, Дженні почувалася значно краще. І зрозуміла, що страшенно голодна. Взувши легкі домашні черевики, вона зважилася спуститися вниз.

Ніколь сиділа біля каміна з книжкою в руках. Побачивши Дженніфер, жінка піднялася їй назустріч.

— Ти якраз вчасно — стіл вже накритий. Антоніо приготував нам вечерю.

Дівчину не довелося довго просити. Опинившись за круглим обіднім столом, вкритим білосніжною скатертиною, вона ледве стримувалася, щоб не накинутися на їжу. Ніколь підбадьорливо усміхнулася їй.

— Їж, набирайся сил. Це зараз твоє головне завдання.

— Я ще не встигла подякувати вам...

— Не варто. Поговоримо про все пізніше.

Вечеря виявилася на висоті. Насолоджуючись простими, але водночас дуже смачними стравами, Дженніфер мимоволі згадала про Джека. І про своїх друзів, позбавлених зараз навіть надії на свободу...

Зміна в настрої дівчини не прослизнула повз увагу Ніколь. Дженніфер сиділа, замислившись, і раптом відчула на плечі руку жінки.

— Дженні, щось не так?

— Вибачте... Я не можу забути про своїх друзів, які залишилися там. По-моєму, я просто зобов'язана їм допомогти, хоча ще не знаю як. Може, вам це здається дивним, але вони зовсім не настільки хворі, щоб залишатися ув'язненими в тій жахливій лікарні. Те, що ви бачили в палаті, — це покарання за нашу спробу втечі. І вони... — Дженніфер не доказала, відчуваючи, як сльози підступають до горла.

— Я розумію тебе. І зовсім не вважаю це дивним, — м'яко сказала Ніколь. — Правда, лише хвилюваннями ти допомогти їм не зможеш. Однак я можу запропонувати тобі справжню можливість врятувати їх. І, ймовірно, не тільки їх.

Дженні підняла на неї здивовані очі.

— Але що я можу зробити?

— Ти дуже багато чого не знаєш про себе, Дженніфер. І про свою сім'ю. Ці знання допоможуть тобі зробити вибір.

— Вибір? Який ще вибір?

— Обіцяю, що завтра ми про все з тобою поговоримо. Я відповім на всі твої запитання. А тепер давай спробуємо не думати ні про що і просто будемо друзями, які давно не бачилися.

Дженні вдячно усміхнулася тітці Ніколь. Яка ж вона все-таки чудова! Дівчина щаслива була перебувати зараз поряд з нею, за тривалий час вперше почуваючись у безпеці.

— Якщо ти не заперечуєш, раджу продовжити вечір біля каміна.

Високий старий камін зустрів їх теплом і веселим потріскуванням полін. Язички вогню танцювали під музику, котра лунає тільки для них... Картина, на яку ніколи не втомишся дивитися...

Дивлячись на вогонь, Дженніфер влаштувалася просто на підлозі перед вогнищем, на ворсистому м'якому килимі. Несподівано до неї приєдналася ще одна мешканка будинку — чорний верткий клубочок, який нечутно ступає нагостреними лапками, виявився поруч, тільки-но вона встигла сісти. Ткнувшись мордочкою в руку Дженні, кішка одразу стрибнула до неї на коліна і сіла так спокійно, наче була вже давно знайома з гостею.

— Ой... Яка гарненька! Як тебе звати? — Дівчина обережно провела по м'якій пухнастій спинці долонею.

Кішка задоволено почала муркотіти, анітрохи не опираючись ласці Дженні.

— Це Моллі. Мабуть, ти їй сподобалася — вона так запросто ніколи не йде до чужих.

Погладжуючи пухнасту чорну грудочку біля дихаючого теплом каміна, Дженніфер раптом відчула, що більше не самотня.

Глава 37

Потрясіння і відкриття

Незважаючи на невеликий страх, що її нічні кошмари можуть повторитися, Дженні все ж була рада можливості провести ніч в окремій кімнаті, у чистій та м'якій постелі. Моллі склала їй компанію. Ще з моменту знайомства кішка майже не відходила від дівчини. І пішла за нею, коли та після приємного вечора вирушила у свою спальню. Присутність поруч когось живого заспокоювала, тому дівчина швидко заснула...

Дженні звикла за останній час прислухатися до своїх відчуттів, тому прокинулася від того, що відчула на собі чийсь погляд. Розплющивши очі й піднявшись на ліжку, вона побачила прямо перед собою яскраву золотисту кульку розміром з апельсин. Її цілком можна було б сприйняти як кульову блискавку, якби кулька, тихо писнувши, не відскочила убік, перелякана різкими рухами дівчини.

— Ти... Ти хто? — першою запитала Дженні, розглядаючи непроханого гостя.

Кулька здавалася живою і трохи нагадувала їй один із проявів жінки-привида там, в лікарні. Але ця була набагато яскравішою.

— Я — Промінчик, — відповіла вона чистим і тонким голоском, що прозвучав у неї в голові. — А ти хто?

— Я Дженні... Що ти тут робиш?

— Я тут мешкаю. Хоча можу перебувати в будь-якому місці...

Розглядаючи свого непроханого гостя, Дженніфер трохи заспокоїлася. Ця істота, ким би вона не була, здавалася вельми доброзичливою. Кулька продовжувала кружляти у неї над головою, відкидаючи в різні боки золотисті іскри.

— Давай пограємося! — запропонувала вона раптом.

— Дякую за запрошення, але... Пограємо наступного разу. Зараз я втомилася і...

Промінчик, мабуть, образився, бо більше нічого не сказав і просто розтанув прямо над головою Дженні. Знизавши плечима — що це таке було? — дівчина знову плюхнулася на подушку.

Решта ночі минула без пригод, і вона змогла добре відпочити...

Спускаючись вранці вниз, Дженні зрозуміла, що почувається значно краще. Здається, цей будинок і всі його мешканці ділилися з нею своєю спокійною, дружною енергією, а її власні сили стрімко відновлювалися.

— Доброго ранку! Як ти спала? — Ніколь усміхнулася, побачивши Дженні. — Бачу, ви з Моллі подружилися.

— Доброго ранку! — дівчина теж усміхнулася у відповідь. — Вона мене охороняла всю ніч, і я спала як убита. Хоча спочатку боялася, що... — Дженніфер не доказала, засумнівавшись, чи варто розповідати Ніколь про свої кошмари.

Але та продовжила сама:

— Хоча спочатку боялася, що твої кошмари повернуться? — Ніколь пильно подивилася на неї. — Розкажи мені про них. Що ти бачиш?

Дженніфер на мить розгубилася. Звідки про це відомо тітці Ніколь? Невже їй розповів про все лікар Руфф?

— Повір, я питаю не просто так. Довірся мені, — попросила Ніколь. — Від цього багато що залежатиме.

Зітхнувши, Дженні сіла в крісло навпроти Ніколь. Моллі одразу опинилася у неї на колінах.

— Це почалося відразу після того, як... Коли розбилися мої батьки...

Повертатися пам'яттю в ті страшні дні було нелегко, але все-таки Дженніфер знайшла в собі сили розповісти тітці Ніколь про все. Про те, що змусило її покинути рідний дім і чому інші люди вважали її божевільною. І про видіння вже в лікарні.

Ніколь слухала уважно, зберігаючи мовчання, і тільки іноді хитала головою, співпереживаючи. На запитання, чи не бачила Дженніфер ще щось незвичайне в лікарні, дівчина відповідала спершу обережно: найменше їй хотілося, щоб і тітка Ніколь думала про неї як про божевільну. Але ту, здається, зовсім не збентежила розповідь про жінку-привида, яка підказала їм час для втечі.

Підбадьорена увагою, Дженні зважилася розповісти все — і про помічені дивацтва, і про пропозицію лікаря Руффа.

Змовчала вона тільки про листоношу — зараз, за інших обставин, ірраціональний страх перед цією людиною їй самій здався надуманим. А розповіді привида... Чи можна їм довіряти, якщо це тільки плід її уяви? Дженні вирішила поки не ризикувати і одкровення Люсіль залишити в таємниці.

Вислухавши її, Ніколь деякий час мовчала, немов ніяк не наважувалася продовжити розмову.

— Я хотіла б заспокоїти тебе, Дженні, — нарешті вимовила вона. — Сказати, що всі твої страхи марні, а видіння — лише плоди фантазії під впливом пережитого стресу. Мені хотілося б, але... це було б неправдою.

Ніколь уважно подивилася на Дженніфер, і від її погляду дівчині раптом стало ніяково. Жінка, простягнувши руку, зробила в повітрі кілька ледь помітних пасів: несподівано над її пальцями спалахнуло блакитне світіння. Над ними просто з нізвідки, звита з блакитного прозорого диму, застигла дивовижної краси квітка. Прямо перед очима здивованої Дженні квітка так само несподівано розчинилася в повітрі.

— Що ти знаєш про магію?

Запитання застало дівчину зненацька ще більше, ніж цей фокус.

— Я? Нічого… майже. Це, напевно, така ж вигадка, як і зелені чоловічки в літаючих тарілках.

— А якщо я скажу, що ти помиляєшся?

Ніколь піднялася зі свого крісла. Вона нічого не говорила — здається, її губи взагалі не ворушилися, коли руки спритно замиготіли вгорі, і в наступну мить перед очима здивованої дівчини вималювалося в повітрі її ім'я, виткане з маленьких язичків вогню.

— Я — вогненний маг, — усміхнулася Ніколь так спокійно, ніби говорила про якісь абсолютно буденні речі.

Букви в повітрі погоріли ще кілька секунд і почали танути…

Глава 38

Давня історія

Дженні, широко відкривши очі, дивилася на тітку Ніколь.

Тим часом жінка продовжувала говорити, немов не помічаючи здивованого погляду дівчини.

— Взаємодія з вогнем дається мені найпростіше. Але для того щоб по-справжньому опанувати чари, потрібно вміти вправлятися з різними стихіями, перш ніж ти визначиш свою. По-твоєму, яка зі стихій тобі найближча?

Дженніфер мимоволі ущипнула себе за руку — як тоді, коли побачила жінку-привида. Невже все це теж може їй ввижатися? Або це...

— Те, що ти бачиш, — правда. Очі тебе не обманюють, — м'яко усміхнулася Ніколь, сідаючи поруч зі здивованою дівчиною. — Скажу навіть більше: те, що інші й ти сама вважають плодом своєї хворобливої уяви, теж було правдою. Ти можеш бачити те, чого не помічають інші.

— Але чому? І чому я не бачила цього раніше?

— Тому що інші маги охороняли тебе. Вони вважали, що ти ще не готова знати правду. Все це мало відкриватися тобі потроху, природно, не руйнуючи розум. Але вийшло інакше...

— Інші маги? Тітко Ніколь, ти говориш про... моїх маму й тата?

Ніколь ствердно кивнула.

Дженні, підхопилася й забігала по кімнаті туди й сюди, схрестивши руки на грудях, немов хотіла захиститися від нової надзвичайної правди, яка обрушилася зараз на неї подібно до лавини.

— Інші маги... Значить, і я теж?

— Інакше просто і бути не могло. У двох сильних магів могла з'явитися на світ донька тільки з такими ж здібностями. Ми часто сперечалися про тебе з твоєю мамою. Я вважала, що їй треба було розповісти тобі про все набагато раніше — діти сприймають подібне природно, без особливих потрясінь. Але Елісон хотіла, щоб у тебе було «нормальне» дитинство. На жаль, вийшло так, що, коли їх не стало, ти виявилася не готова до цього, а я була далеко і не змогла допомогти. — Ніколь уважно глянула на Дженні. — Що ти пам'ятаєш про ту аварію?

— Все сталося так несподівано. Ми поверталися з театру, їхали додому, коли... Автомобіль рухався за нами із включеним дальнім світлом, дуже яскравим. Батько збільшив швидкість, щоб відірватися від нього, а далі... У нас врізалася інша машина. Більше я нічого не пам'ятаю — прокинулася вже в лікарні.

— А якщо я скажу, що ця аварія не була випадковістю? — тихо запитала Ніколь, продовжуючи дивитись в очі Дженні.

Дівчина здригнулася.

— Як? Чому?

— Не всі люди, котрі володіють даром, залишаються на боці добра. І деякі в гонитві за владою і могутністю заходять занадто далеко. Так далеко, що втрачають людську подобу... Є одна людина, маг, який володів винятковою силою. Йому були доступні різні галузі цього мистецтва. Він міг бачити і руйнувати з однаковою легкістю — рідкісна здатність, бо, опановуючи свою силу, людина визначає, що їй ближче, і розвивається вже в цьому напрямі. Але Бенджаміну було доступно все. Поки що... — Ніколь, зітхнувши, підійшла до вікна. Вже не дивлячись на дівчину, вона продовжувала свою розповідь, немов так їй було легше ділитися давніми спогадами. — Ти повинна знати, Дженні: володіючи силою, треба насамперед навчитися керувати собою, своїми бажаннями. Якщо це не врахувати, можна перетворитися на маріонетку власних пристрастей... Така пристрасть погубила і Бенджаміна. Молода відьма, настільки ж чиста серцем, як і красива, стала для нього каменем спотикання. Її лякала та нестримна пристрасть, від якої згорав Бенджамін з їх найпершої зустрічі. Їй потрібне було інше кохання — те, що дарує радість, а не руйнує все на своєму шляху... Вона, як ніхто, вміла цінувати красу і творити гармонію... — Жінка знову повернулася до Дженні. — Елісон, твоя мама обрала іншого — твого батька. Але Бенджамін не хотів здаватися. Він напав на Патріка — підло і несподівано, не вступив в чесний поєдинок, а завдавши мерзенний, підступний удар. Однак це стало його помилкою. Ти повинна знати — зло має велику владу над тим, хто носить його в собі. Чиста душа здатна відбити напад темної сили, адже подібне притягується до подібного, а не навпаки. Бенджамін програв. Зло, надіслане їм, повернулося до нього ж. Смертельно поранений, він на якийсь час зник... А коли з'явився знову, це була вже інша людина. Вірніше — людина тільки наполовину.

— Що ж з ним трапилося?

— Щоб продовжити своє життя, він уклав угоду з силами темряви. І замість себе приносив в жертву інших людей, зміцнюючи свій союз і примножуючи сили. Знаючи, що рано чи пізно йому доведеться розплачуватися за це, він створив своє маленьке королівство, в якому став панувати безроздільно, оточивши себе живими мерцями, вампірами і перевертнями. А щоб вершити безкарно свої темні справи, в жертву вибирав тих, хто не міг чинити опору. Але він не забув про свою образу, в найнесподіванніший момент завдав удар і... Його вороги загинули, а їхня єдина дочка опинилася під його владою.

Дженні здивовано закліпала очима.

— Про кого ви кажете? Невже це...

— Бенджамін Руфф. Лікар Руфф, який намагався обманом заволодіти твоєю душею, щоб перетворити тебе в покірну виконавицю його волі. Якби ти погодилася пройти обряд, ти стала б такою ж залежною маріонеткою, як і твої знайомі Джек і Олівія, з якими ти встигла навіть подружитися.

— Але як? Чому? Невже вони теж...

— Лікарня — це прикриття. Бенджамін Руфф зробив так, що до нього потрапляють нещасні люди, про яких нікому подбати, або багаті спадкоємці, які з його допомогою залишаються сиротами. Їхнє майно потрапляє йому в кишеню, а їх душі... З темного царства Руффа немає виходу — ті, хто потрапив до його рук, або втрачають всю свою енергію, що підживлює його чари, або стають залежними від нього злими сутностями, приєднуючись до його особистої армії.

— Значить, Джек...

— Джек — один з пацієнтів, який погодився на його умови. І натомість отримав силу, про яку завжди мріяв. Так само, як та дівчина отримала красу, якої у неї ніколи не було. Але чи принесло це їм щастя? Вони зобов'язані постійно залишатися поруч зі своїм повелителем в повній готовності захищати його і виконувати будь-які його накази.

Вражена почутим, дівчина деякий час мовчала.

— Значить, мої друзі... Їх чекає така ж доля? Або загинути, або перетворитися в нечисть... Виявляється, Раян мав рацію у своїх побоюваннях? А я вважала його слова дурною вигадкою. І навіть сміялася над його страхом перед листоношею, який приносив для лікаря Руффа листи в блакитних конвертах.

— Раян відчував у ньому його справжню суть, тому листоноша і викликав у нього страх. Він бачив просто людину, але душа Раяна знала, хто він насправді — посланник зла, дух темряви, що прикривається людською оболонкою. Пекельний листоноша, який приносить листи від демона — господаря, якому служить чорний маг Бенджамін Руфф...

Дженні закрила обличчя руками. Головоломка з частинок, картина з пазлів, що досі розкиданими обривками спливала в її свідомості, тепер стрімко набувала своїх обрисів.

Усе ставало на місця — все, чому раніше вона не могла знайти пояснення.

— Значить, я ніколи не була божевільною! І все, що я бачила, відбувалося насправді... Але тоді... Мої друзі в небезпеці! Вони самі до кінця не знають, в яку халепу потрапили, і я маю допомогти їм! — Дженні схопилася, очі її світилися рішучістю. — Я повинна врятувати тих, кому покластися більше нема на кого.

Ніколь дивилася на дівчину майже з захопленням.

— Дженні... Як ти зараз схожа на свою матір! Елісон теж не терпіла несправедливості. Але, щоб впоратися з Бенджаміном Руффом, потрібна сила, здатна кинути йому виклик. Ти можеш пробудити в собі цю силу і навчитися керувати нею, якщо дійсно цього хочеш.

— Так, я хочу цього, — в голосі Дженніфер не було й тіні сумніву. — Що я маю зробити?

— Ти повинна будеш розкривати в собі силу і навчитися управляти нею за допомогою спеціальних технік, закляття та власної волі. А ще тобі не обійтися без певної бойової підготовки, якщо ти хочеш битися із самим Руффом і його армією.

— Ми допоможемо тобі в цьому, — пролунав ще один голос, і Дженні тільки зараз помітила Антоніо, який досі стояв трохи віддалік і не заважав їхній розмові.

— Антоніо... Ви — теж?

Дворецький лише усміхнувся, від чого вуса чоловіка завзято піднялися вгору.

— Такі люди, як ми, завжди шукають собі подібних. Ми можемо відрізнятися своєю силою і своїми вміннями, але все ж подібні між собою більше, ніж з іншими людьми.

— І не тільки ми, люди, а й інші істоти... — додала Ніколь.

В той момент Моллі гордо пройшла через кімнату й застигла біля Дженні. Здалося їй це чи на мордочці кішки, що встигла стати улюбленицею дівчини, дійсно з'явилася усмішка?

Глава 39

Книжковий бум

Наминаючи за обидві щоки пухкі круасани з ароматним какао, Дженні квапилася скоріше закінчити сніданок. Останнім часом вона свідомо намагалася добре харчуватися, адже поповнювати сили було такою ж важливою задачею, як і всі інші, які стоять перед нею.

Моллі давно вже крутилася біля її ніг, чекаючи на дівчину.

Ніколь натякнула, що кішка теж приєднається до уроку, причому як вчитель. Це інтригувало Дженніфер найбільше — чому можна навчитися у кішки? Хіба що муркотіти... Все те, що відбувається, здавалося якимось неймовірним, казковим, і зараз Дженні, отримавши відповіді на основні питання, готова була повірити у що завгодно... Проте кішка-вчитель — це вже занадто...

Акуратно поставивши в мийку порожній посуд, Дженні разом з Моллі пішла в бібліотеку. Ніколь була вже там. Вона неуважно перегортала сторінки товстої книги, що лежала на її колінах. Книги були скрізь: їх стопки громадилися на столі, на кріслі й прямо на підлозі. Між ними виднілися якісь сувої та тонкі брошури. Деякі з вигляду були старими, навіть древніми, інші ж поблискували ламінованими обкладинками. Поглянувши на таку велику кількість різноманітної літератури, Дженніфер насторожилася — щоб все це перечитати, знадобиться кілька років...

— У тебе буде перше завдання і негайно, — відразу ж заявила Ніколь, відриваючись від своєї книги. — Ти вибереш для себе підручники.

— Але яким чином? — здивувалася Дженні. — Тут так багато книг, і я поняття не маю, які з них мені потрібні.

— Саме так, — кивнула Ніколь і закрила книгу. — Використовуючи логіку, ми застрянемо на цьому питанні надовго. Значить, доведеться закликати на допомогу чуття. Закрий очі і простягни руки вперед, немов збираєшся рухатися в темряві, — сказала Ніколь, Дженні так і зробила. — А тепер поклич подумки саме ті книги, які зараз зможуть стати тобі в пригоді для прискореного курсу навчання.

— А скільки потрібно часу, щоб стати магом? — Дженніфер, відкривши очі, повернулася до тітки Ніколь, по вустах якої ковзнула поблажлива усмішка — надто вже наївно прозвучало запитання дівчини.

— Дивлячись, що ти маєш увазі. В середньому на знайомство і оволодіння силою йде кілька років. А потім — все життя, для того щоб удосконалювати свої знання і вміння. Магія — це не ремесло, це стиль існування. І як би ти не хотіла, не зможеш навчитися всьому, бо за кожним пройденим горизонтом будуть відкриватися нові.

Але Дженні зараз було не до філософії. Почувши про кілька років, вона відразу ж засмутилася.

— Як? Значить, доки я буду вчитися...

— Ось тому я й кажу про прискорене навчання. Зараз для тебе важливо в найкоротші терміни пройти базову підготовку. Тому закривай очі й роби те, що я тобі кажу!

Дженні знову заплющила очі й виставила вперед розкриті долоні. Її губи трохи тремтіли, хоча вголос вона не вимовила ні слова. Якийсь час дівчина стояла нерухомо, а потім почала обережно повертатися, немов намацуючи в темряві дзвенячу ниточку.

Повільно і злегка незграбно рушила вона до столу, взяла зі стосу одну книгу, потім другу. Потримала їх у руках і поклала назад. Її руки ковзали далі, зависаючи над обкладинками книг, ніби це тріпотіли білі птахи. Нарешті вона впевнено потягнулася ще до одного тому, потримала його в руках і звернулася до Ніколь:

— Ось, здається...

Тітка забрала книгу з її рук, знову надаючи дівчині свободу дій. Тепер справа пішла трохи швидше, і в наступні п’ять хвилин Дженні вивудила з підлоги, крісла та зі столу наступні чотири книги.

— Напевно, все.

Дівчина підійшла до тітки Ніколь, яка сиділа в кріслі, й стала з цікавістю розглядати свої знахідки. Жінці це було цікаво не менше, ніж їй самій. Заразом розглядаючи книги, вона, перш ніж віддати їх Дженні, коментувала кожну.

— Подивимося, що ти обрала... Так, «Біоенергія і карма» — гарна книга, теорію зможеш освоїти. «Вампіри і перевертні — як розпізнати і захиститися» — непогано, це тобі буде особливо корисно. «Рівновага стихій» — теж те, що потрібно. «Символи і знаки» — гм... може, не надто вчасно, але зайвим не буде...

Остання книжечка була зовсім тонкою і пошарпаною, однак на ній Ніколь, як не дивно, затримала погляд найдовше. Вона навіть трохи насупилася, немов розмірковуючи, чи варто віддавати книгу своїй учениці.

— Не знаю, чому на твій заклик відгукнулася саме ця книга. Я б сама не радила тобі займатися за нею, поки ти повністю не оволодієш своєю силою. Але раз ти відчула її... Ймовірно, зможеш знайти в ній щось корисне. Візьми. Тільки приступай до неї тоді, коли зрозумієш, що готова.

З обкладинки на них дивилося людське обличчя, зображене в темних тонах, немов відбиток на плівці негативу. «Танець з тінню» — назва анітрохи не розкривала суті.

— Про що вона?

— Про темну силу магії. Про страхи, ненависті та можливості використовувати це собі на користь. Але щоб у тебе вийшло... — Ніколь похитала головою. — Думаю, ти сама багато чого зрозумієш, почавши займатися. А тепер розкажи мені, як ти обирала книги?

— Я відчула тепло, що виходить від деяких з них. Від інших віяло холодом, — зізналася Дженні. — А біля обраних мною пальці немов поколювало маленькими голочками — нібито самим книгам не терпілося потрапити до мене в руки...

— Що ж... Думаю, інформації в них для початку досить. Погортай, вивчи. Якщо буде незрозуміло — питай. Про теорію краще розкажуть книги. А ми з Антоніо — це вже практика. — Ніколь, усміхнувшись, встала зі свого крісла. — Тож бібліотека тепер у твоєму розпорядженні. Успіхів!

Легкою ходою, яка робила її струнку красиву фігуру ще граціознішою, жінка попрямувала до дверей. В останню хвилину, мабуть, згадавши про розкидані книги, вона зупинилася і, повернувшись, кілька разів змахнула руками — книги тут же майнули в повітрі, пролетівши повз Дженні. Через секунду вони вже зайняли свої колишні місця на книжкових полицях, ніби ніколи й не покидали їх.

Двері повільно зачинилися, і дівчина залишилася одна. Обкладинки книг дивилися на Дженні, немов вивчаючи свою нову господиню.

Глава 40

Танець сили

— Знання — це добре. Але книжкою перевертня не вб'єш, — заявив Антоніо, з'явившись у дверях бібліотеки.

Дженні навіть зраділа йому — після тривалого вивчення книг у дівчини вже паморочилося в голові від великої кількості нової інформації — про силу, енергетику та різні сутності.

Пішовши за дворецьким в більшу кімнату, вся обстановка якої складалася з кількох гобеленів на стінах і пари крісел під ними, Дженніфер слухняно прийняла з його рук довгу гладку палицю.

— Зброю давати тобі поки рано, — діловито почав він, — а відпрацювати базові прийоми цілком можна і на цьому. Значить, так: три основні комплекси рухів, стеж за мною. Напад, відступ, блок. Повторюй...

Дженні нарешті зрозуміла, яке призначення цієї кімнати. Раніше її дивувало, що великий красивий зал з широкими вікнами стояв майже порожнім. Але зараз, намагаючись правильно повторювати рухи слідом за своїм новим учителем, вона була рада вільному простору.

— Дженніфер, зосередься! — спинив її Антоніо. — Від будь-якої вправи можна отримати користь, шкоду або взагалі нічого — залежно від того, що ти в це вкладаєш. Думки важливі не менше, ніж рухи тіла. Роби себе воїном, відчувай себе ним, приступаючи до оволодіння бойовим мистецтвом, і, коли це відчуття стане для тебе звичкою, тоді дійсно почне щось виходити. Якщо бездумно махати руками, жердина залишиться жердиною. Але якщо вкладати в рухи розуміння того, до чого прагнеш, будь-яка палиця у твоїх руках перетвориться на зброю.

Несподівано Антоніо зробив випад в її бік, і Дженні довелося захищатися — вона встигла поставити блок, перш ніж знаряддя Антоніо опустилося на її плечі.

— Увага і усвідомленість! Ти повинна не просто бачити і передбачати рух супротивника, а й відчувати їх усім тілом. Дозволь своєму сприйняттю розширитися. Відчувай, що я буду робити зараз.

— Але як? Я ж зовсім не знаю... — обурилася було Дженні.

Однак Антоніо спокійно зупинив її жестом:

— Спробуй відчути своє тіло, все повністю. А потім — енергетичну оболонку навколо себе, схожу на велике яйце або кокон. Для початку просто уяви собі це.

Заспокоївши дихання, Дженні заплющила очі й зробила спробу уявити. Виходило не дуже добре, можливо, тому що вона хвилювалася, — всі її відчуття сплуталися.

— А тепер уяви, як цей кокон розширюється, заповнюючи собою простір. Спочатку на крок, потім на два... Зараз ти маєш заповнити ним усю кімнату. Відчуй це як продовження себе — висоту, предмети, істоти. Знову ж таки, для першого разу досить просто уявити...

Коли і другий урок добіг до кінця, Дженні була спантеличена не менше, якщо не більше, ніж після вивчення книг. Як можна відчувати простір? Не обертаючись, знати, що робиться у тебе за спиною? Напевно, щоб досягти такої майстерності, потрібні місяці наполегливих тренувань... Якщо у неї взагалі щось вийде... Невже вона теж зможе рухатися так само впевнено, як Антоніо? Незважаючи на свій уже далеко не юний вік, він відрізнявся надзвичайною легкістю і швидкістю рухів, що для неї поки було недосяжно.

«Бій — це танець сили. Наповни своєю силою рухи! Прагненням без емоцій, обережністю без страху — і тоді ти зможеш перетворитися на воїна. Не так уже й важливо, наскільки сильний твій супротивник, важливо — що ти відчуваєш в собі...» — ці загадкові слова настанови продовжували кружляти в її голові. Але якщо зі страхом було більш-менш зрозуміло, то як все-таки може прагнення до перемоги існувати окремо від бажання перемогти? Хіба це не одне й те саме? Або, можливо, Антоніо навмисне заплутує її, щоб Дженні зрозуміла — їй не можна навіть думати про змагання з таким небезпечним супротивником, як лікар Руфф...

Злегка розчарована, вона вирішила трохи побути наодинці й піднялася у свою кімнату. Їй ніхто не перешкоджав, однак, щойно Дженніфер сіла на стілець біля вікна, з'явилася Моллі.

— Все це дуже складно, — зітхнувши, сказала дівчина чи то самій собі, чи то кішці. — Я починаю думати — а чи до снаги мені це? А якщо я не зумію розкрити свою силу, як написано в книзі? Тоді мені не вдасться допомогти моїм друзям...

Туга і гіркота раптом розлилися по її серцю. Об гострі краї цих почуттів, здавалося, можна було поранитися, і сльози мимоволі з'явилися у неї на очах.

«Стоячи біля підніжжя гори, дуже важко повірити, що до скелястої вершини можна дістатися, — прийшла раптом ясна та чітка думка в голову Дженніфер, і вона навіть здригнулася від несподіванки. — Але, коли починаєш робити хоча б маленькі кроки у напрямку до мети, все змінюється. Шлях складається з кроків, якими ти ступаєш по своїй дорозі. І кожен крок робить заповітну вершину все ближче. Треба просто йти...»

Дженні навіть замотала головою, щоб відігнати ману. Невже це вона сама придумала? Таким чітким, мудрим, а головне — вчасним було її осяяння. Ні, вона не почерпнула ці думки з книги.

Поглянувши на Моллі, дівчина здивувалася спокійному сяйву яскраво-жовтих розумних очей кішки. У цей момент та пром467исто усміхалася.

Глава 41

Незвичайні бесіди

— Це що, ти... говориш зі мною? — обережно пробурмотіла Дженні, сама дивуючись з того, що розмовляє з кішкою. — Це твою думку я чула?

«А ти кмітлива, — пролунав у голові той же голос. — Добре, що тебе насторожила чужа думка і ти сприйняла її як чужорідну. Вами, людьми, так легко управляти — досить лише вчасно підкидати потрібні думки. У своїй гордині людина прийме таку думку за власну».

— І цього достатньо, щоб управляти? — здивувалася Дженні.

«Думка — як зерно. Кинь його, і з часом з'являться плоди. Рано чи пізно, але з'являться обов'язково».

— Та ти кішка-філософ! — захоплено вигукнула Дженні. — А я-то думала, що кішки вміють тільки молоко з миски хлебтати і спати на дивані, — зізналася вона.

«Невже? — тепер голос був злегка глузливим. — Думати так про кішок — все одно, що думати про людей, ніби вони вміють лише міняти одяг, спустошувати холодильник і дивитися телевізор».

Дженні досі не усвідомила, яким чином кішка може говорити з нею. І не просто базікає при цьому, а пояснює розумні речі. До того ж у тої, виявляється, було ще й почуття гумору!

— А ти, бува, не зачарована принцеса? — обережно запитала дівчина, ще уважніше придивляючись до чудо-тварини.

«Значить, ти впевнена, що кішки здатні лише хлебтати молоко і ганятися за клубком вовни? — Моллі одним легким рухом опинилася поруч з Дженніфер. — Тобі важко прийняти те, що істота іншого виду може бути не дурнішою за тебе?»

— Загалом-то, так, — чесно зізналася Дженні.

Вона простягла було руку, щоб погладити чорну спинку Моллі, але раптом застигла. Кішка усміхнулася знову.

«Те, що я сперечаюся з тобою, ще не означає, що я не хочу, щоб ти мене погладила. Це мені дуже подобається».

На підтвердження своїх слів Моллі перестрибнула на коліна до дівчини і замуркотіла вже зовсім по-котячому. Погладжуючи м'яку шерсть, Дженніфер трохи заспокоїлася.

«У тебе вже є два хороших вчителя. Будь старанною, і ти зможеш швидко опанувати основи бойового мистецтва і магії. Але є ще дещо, чому тобі не завадило б повчитися», — продовжувала кішка, повернувши до Дженні розумні жовті ліхтарики очей.

— Що ж це таке?

«Уміння довіряти собі. Чути голос інтуїції, відрізняти швидкоплинні страхи від відчуття реальної загрози... Зазвичай люди не ставляться серйозно до своїх снів, вважаючи їх чимось на зразок забавного кіно. Однак саме уві сні ми можемо подорожувати між світами й отримувати інформацію прямо з космосу», — мовила далі Моллі, і дівчина не переставала дивуватися, як доладно вона говорить.

— Так, але в снах не так просто розібратися... І в передчуттях теж. Як дізнатися, чому можна вірити, а чому — ні?

«Навчитися можна всьому... Якщо дозволиш, я допоможу тобі в цьому. Адже кішки тонше, ніж люди, чують голоси природи і відчувають присутність Сили. Я навчу тебе бродити між світами, ставити правильні запитання і отримувати на них відповіді...»

— Буду тобі дуже вдячна, — щиросердно зізналася Дженні. — Стільки відкриттів в один день... Що на мене чекає далі?

«Нові відкриття! Адже це лише початок… Ти маєш навчитися сприймати світ без обмежень», — пролунав у Дженні в голові все той же спокійний голос.

— Але як же інші люди? Чому вони не розмовляють з кішками і не бачать перевертнів? Виходить, вони не здатні на це?

«Зовсім ні! Просто вони неусвідомлено вирішили, що не можуть цього робити, тому вдало відгороджуються від всього чудесного і незрозумілого. Погодься, набагато простіше жити так, ніби людина — єдина мисляча істота, а тіні в темряві — тільки тіні. Простіше вважати, що все, що з людьми трапляється, відбувається з волі долі та не залежить від особистого вибору», — Дженніфер чітко почула зітхання, а сама Моллі згорнулася в клубок.

Уражена її міркуваннями, дівчина замовкла. Дивлячись на цей акуратний пухнастий клубочок, Дженні зрозуміла, що абсолютно несподівано знайшла ще одного вчителя.

Глава 42

Нові знання

...Жовті, червоні, сині павуки звідусіль простягали до Дженніфер свої липкі, покриті ворсинками лапки. Деякі з них були величезними, інші ж могли поміститися на долоні. Павуки не ховалися і не зникали, навпаки, їй довелося ховатися від них, щоб не попасти в чіпкі мережі павутини, котра таїлася в найнесподіваніших місцях. Це вона була їхньою здобиччю, і це на неї полювали...

З гучним викриком Дженні прокинулася, оглядаючи в темряві ще незвичні обриси стін. Моллі далеко не йшла — кішка спала на кріслі поруч, в її кімнаті. І, прокинувшись від крику Дженніфер, поспішила до неї.

«Поганий сон?» — промайнуло в голові дівчини, і вона кивнула у відповідь.

Відчувши присутність друга, Дженні поступово приходила до тями. Моллі влаштувалася поряд. Прислухаючись до її рівного дихання, Дженніфер теж незабаром змогла заснути. Засинала вона з почуттям невимовної подяки: як все-таки добре, що поруч є надійні друзі, готові захистити її від будь-якої небезпеки! У цих стінах їй не страшні ніякі перевертні й чорні маги...

А вранці сон здавався вже чимось нереальним, і Дженні зовсім би про нього забула, але Моллі думала інакше. Невідомо, про що говорили вони з Ніколь, проте, ледь дівчина спустилася на сніданок, жінка одразу почала розпитувати її:

— Дженні, тебе турбують страшні сни? Що тобі наснилося?

Трохи збентежена такою пильною увагою, Дженні розповіла свій сон про павуків. І хоча вона обізвала все це «порожньою нічною нісенітницею», Ніколь не вважала сон дріб'язковим.

— Це він... Шукає можливості впливати на тебе, підпорядкувати твою свідомість. Він буде пробиратися в неї всіма можливими способами... Ти повинна бути дуже обережною і уважною.

Не витримавши, Дженніфер поставила запитання, яке не давало їй спокою з того часу, як вона вийшла з лікарні:

— Тітко Ніколь... Якщо Бенджамін Руфф так ненавидить мене, чому тоді... Чому він дав мені піти? Чому не затримав? Адже в клініці я була б повністю в його підпорядкуванні! А владі сказав би, що я небезпечна для суспільства...

Ніколь поставила чашку на блюдце. На її вустах з'явилася сумна посмішка.

— Тут справа не в поясненнях. Звичайно, він знайшов би підстави й надалі утримувати тебе силою. Просто... — Вона зітхнула. — Руфф — мій боржник. Колись я зробила для нього те, що не захотів зробити ніхто інший. На знак подяки він пообіцяв мені виконати будь-яке моє прохання... І змушений був, нехай і через багато років, стримати обіцянку.

— Але хіба такі, як він, залишаються вірні своєму слову? Він міг легко обдурити тебе.

— Клятвопереступ для мага — це найбільша з усіх мислимих провин. За таку провину можна і дару свого позбутися. Це визнає і найбільш пропащий лиходій... Нам теж невідомо все про сили, котрі керують цим світом. І непорушність слова мага — один із законів, які порушувати не можна. За таке завжди буде кара... Тому і Бенджамін обрав меншу загрозу, а не більшу.

Дженніфер задумливо накручувала на вилку спагеті, не помічаючи цього. Її думки були зараз далеко.

— А інші темні? Вони могли б... змінитися, якби захотіли?

Ніколь ще раз зітхнула.

— Теоретично — так, хоча подібне рідко трапляється. Колись я і сама в це повірила, бо дала Бенджаміну другий шанс, в той

час як всі інші вважали його небезпечним і негідним допомоги…
Я допомогла йому. І дарма.

Спостерігаючи за Ніколь, яка з задумливим виглядом віддавала належне вже холодній каві, дівчина зрозуміла, що казала та не тільки про книжкові істини. Швидше за все, тітка Ніколь перевірила це на власному досвіді — можливо, і гіркому. У Дженні такого досвіду поки не було. Що ж, тітці Ніколь варто вірити…

Ще один день, як і попередній, минув у заняттях. Дівчина щосили намагалася: вона старанно сиділа над книгами, виписуючи в зошит все, що могло бути корисним. Хто б міг подумати — старанній учениці Дженніфер Паркер доведеться присвячувати себе такому навчанню! Але тепер вона з подвоєним старанням освоювала нове. Правда, багато з цього виявилося зовсім несподіваним, тому дівчина відчувала — їй потрібен час, щоб прийняти іншу сторону того світу, який перш здавався знайомим і передбачуваним. Тепер вона змушена була на багато речей дивитися по-іншому, з несподіваного ракурсу. Наприклад, Дженніфер дуже здивувалася тому, що поряд з красномовними кішками існували й інші істоти, також здатні до телепатії. Здатність спілкуватися подумки, виявляється, мали більшість тварин. Просто люди не хотіли їх чути або сприймали сигнали тварин за свої власні, як і сказала спочатку Моллі…

Не тільки звірі, а й усе живе могло передавати та приймати інформацію. Більш того, навіть неживий предмет можна було наситити певною силою, надаючи йому потрібних якостей.

Цим вони і зайнялися ввечері: Дженні допомагала Ніколь майструвати хитрий прилад, іменований «ловцем снів». Моллі всіляко допомагала їм порадами, розповідаючи про сни і способи «замовляти» сновидіння. На круглий каркас вони намотали шкіряні і тканинні стрічки, спорудивши щось на зразок павутини зі зав'язаними в певних місцях вузликами. Вийшло дуже незвично і навіть красиво, особливо після того, як на довершення Моллі принесла їм трохи пташиного пір'я і Ніколь помістила їх знизу як своєрідну прикрасу.

Потім за допомогою спеціальних заклинань Ніколь зарядила пастку для кошмарів. Дженніфер і Моллі допомагали їй подумки — представляючи захисне поле, що оточує цей предмет. Під кінець Дженні навіть змогла дійсно його побачити — блакитні блискучі павутинки тоненькими промінчиками простягалися від ловця на всі боки. Жінка лише схвально усміхнулася, зазначивши перші успіхи своєї підопічної.

І хоча ловець снів, покликаний тепер оберігати її від насланих кошмарів, повісили над ліжком Дженні, Моллі все одно залишилася ночувати поруч з дівчиною.

Чи то загальна магія справді виявилася потужною, чи то присутність кішки діяла настільки заспокійливо, але ні в цю, ні в наступні ночі кошмари більше не поверталися.

Глава 43

Із закритими очима

— Ти робиш деякі успіхи.

Така, нехай і стримана, похвала Антоніо виявилася для Дженніфер дуже значущою. Вона прекрасно розуміла, що від його вміння вчити, як і від її здатності вчитися, залежало дуже багато.

— Але цього недостатньо.

Голос вчителя анітрохи не змінився, проте його слова подіяли як відро холодної води, миттєво стерши з лиця Дженні усмішку.

— Ти все ще не довіряєш своїм відчуттям, сподіваючись лише на зір. А видимість, як я тобі вже казав, часто буває оманливою... Це ми і будемо виправляти.

Стримуючи подих, з неприємним передчуттям, дівчина слідом за Антоніо спустилася до дверей підвалу. Моллі супроводжувала їх — кішка часто трималася поруч під час занять.

«Добре їй! Ось кого темрява анітрохи не лякає», — з деякою заздрістю подумала Дженніфер, на хвилину забувши про те, що кішка не тільки прекрасно ділиться своїми думками, а й ловить чужі. У відповідь в голові Дженні пролунав сміх Моллі, що трохи розрядило атмосферу. І дуже до речі, тому що йти в темний підвал дівчині абсолютно не хотілося. Вона була впевнена — нічого небезпечного там немає, але все ж давня, ще дитяча нелюбов до темряви змушувала її надмірно напружуватися. Хто знає, що придумає Антоніо? Дженніфер намагалася тримати себе в руках, не бажаючи виглядати перед своїм учителем боягузкою, однак впоратися з одвічним страхом у неї не виходило.

— Вперед! — коротко скомандував Антоніо, зупиняючись біля відчинених дверей.

Дівчина глянула на нього майже благально, але обличчя дворецького залишалося байдужим, ніби він і не помітив її сум'яття.

— Що я маю зробити? — запитала вона, зрозумівши, що відступити не вийде.

— Знайти вихід, всього-на-всього, — майже весело заявив учитель.

Тим часом Дженніфер аж ніяк не розділяла його легкого настрою — навпаки, з кожною секундою затримки відчуття робилися все тяжче.

— А хіба вихід не тут — не там же, де і вхід? — дівчина щосили намагалася прикритися здивуванням, щоб не підпустити ближче думку, яка вже стала невідворотною: «І якого ж розміру повинен бути підвал?»

— Вважай це невеликим випробуванням. А для чистоти експерименту я зав'яжу тобі очі.

— Тоді як же я...

— Використовуй всі інші почуття. Відчуття, внутрішній зір — що завгодно, тільки не звичайний погляд. Вчися довіряти собі.

— Угу... Вчитися довіряти... — дівчина зітхнула майже приречено і дозволила Антоніо прикрити їй очі щільною темною пов'язкою. — А можна... Моллі піде зі мною? — з надією запитала вона, проте відразу ж зрозуміла, якою буде відповідь.

— Самотність теж буває корисною, якщо ставитися до неї як до уроку, а не як до проблеми... Хай щастить тобі!

Уже зробивши крок вперед, Дженніфер відчула руку Антоніо на своєму плечі.

— Головне — не бійся.

— Намагатимуся, — кивнула вона і тепер більш рішуче зробила кілька кроків вперед.

Якщо це випробування, значить, їй слід пройти його достойно. Крім того, навряд чи б їй дали завдання, з яким вона не змогла б упоратися...

Але, коли звук дверей, що закриваються, пролунав за її спиною, Дженніфер мимоволі здригнулася. На кілька хвилин дівчина застигла, намагаючись прислухатися до своїх відчуттів, проте нічого доброго з цього поки не виходило. Витягнувши руки вперед, вона зробила кілька кроків навмання.

Приміщення було не дуже широким — незабаром Дженні торкнулася долонею шорсткої поверхні стіни. Камінь виявився прохолодним і сирим, але ніякої підказки їй це дати, звичайно ж, не могло. Крім одного: якщо, дотримуючись стіни, рухатися вперед, то рано чи пізно прийдеш до виходу. Якщо він не там, де вхід, тоді...

— Просто йти вперед, всього-на-всього, — сама собі сказала Дженніфер, і звук власного голосу заспокоїв її. — Тут повинен бути вихід...

Намагаючись триматися ближче до стіни, дівчина рушила далі. Підвал був майже порожнім — дорогою їй траплялися якісь перешкоди, але вона обходила їх без особливих зусиль.

— Це легше, ніж я думала. Просто не боятися темряви...

Але чим більше минало часу, тим тривожніше ставало в неї на душі. Підвали не бувають такими довгими! Вкотре спіткнувшись об невидиму перешкоду, Дженні вирішила рахувати кроки.

— Один, два...

На п'ятсот п'ятдесят четвертому кроці вона остаточно зрозуміла: щось тут не так. Зітхнувши, трошки (адже ніхто не бачить!) зсунула пов'язку. Але це нічого їй не дало — темрява була такою ж всеохопною: навіть слабенький промінчик світла не просочувався в цей кам'яний лабіринт. Рішуче насунувши пов'язку на очі, дівчина внутрішнім зусиллям поборола вже близьку паніку.

— Гаразд. Значить, тут завдання із секретом. Тільки ось яким?

Притулившись спиною до стіни, вона почала згадувати те, що недавно почерпнула з книг. Однак все, що приходило в голову, ніяк не могло допомогти їй зорієнтуватися в темряві. Хіба що...

Дженні розпрямила спину і виконала розминку, з якої починалося кожне її заняття з Антоніо: відчути свою оболонку і розширити її до кордонів простору кімнати. Подумки дівчина потягнулася відразу на всі боки, і, на її подив, відчути кордони зверху (не більше двох метрів) і знизу вийшло майже відразу. А ось в боки сприйняття розтягувалося, немов розтікаючись. Якщо повертатися назад немає сенсу, значить, треба рухатися вперед...

Зосередившись на несміливому зміщенні сприйняття, Дженніфер здивовано відзначила, що довгий і не дуже широкий прохід попереду поступово змінює напрямок, плавно звертаючи вправо. І раптом — вся картина вималювалася у неї перед очима, ніби зіткана із тонких, струмуючих срібних павутинок. Довжелезний прохід, що веде... по колу!

— Так ось що за секрет! Значить, я вже кілька разів могла пройти повз ціль!

Підбадьорена своїм відкриттям, Дженні рушила вперед тепер майже впевнено. І раптом почула... поклик. Він був тихим, ледь помітним, схожим швидше на неясне відчуття, ніж на голос, але все-таки тут була жива істота. І вона кликала її до себе.

— Напевно, це Моллі. Вона хвилюється за мене, тому вирішила дати знак, щоб я скоріше вибралася! — зраділа Дженніфер і одразу подумки відповіла: «Я чую! Я вже йду до тебе!»

Поклик на якусь мить замовк, немов спантеличений, а потім відновився із новою силою. Однак разом з цим додалися й інші відчуття: істота, яка кликала Дженні, була невеликою і чомусь — холодною. Від неї виходили хвилі сили, але це була незрозуміла, навіть чужа сила. А ще одне розуміння, яке прийшло немов з нізвідки, змусило дівчину знову хвилюватися. Це не могла бути Моллі. Волаюча істота не дихала... Вона не була живою!

— Стає все цікавіше, — пробурмотіла дівчина сама собі. — Схоже, мені призначили побачення з привидом...

Однак, чим або ким би не була прихована в темряві істота, ворожості в ній не відчувалося, скоріше це був нейтральний настрій. Поклик дійшов до чіткого відчуття, а потім раптом стало чути зі спини, вже віддаляючись.

Стоп! Виходить, вона його минула? Дженніфер зупинилася і знову повернула обличчя у напрямку до поклику. Сигнал відновився і знову став наростаючим. Тепер вже обережніше ступаючи по трохи слизькому каменю, вона рухалася з зупинками. Крок. Ще крок. Десь тут, попереду...

— Привіт! — почула раптом вона життєрадісний голосок.

Світло від жовтої кульки було таким сильним, що пробивалося навіть через її пов'язку.

— Ти граєш у хованки?

Спочатку Дженні здивувалася — адже вона майже забула про дивного гостя, котрий відвідав її в першу ніч у тітки Ніколь, вона вважала побачене просто дивним сном. Але тепер була рада навіть такому несподіваному союзнику.

— Щось схоже на це, — погодилася дівчина. — А ти що тут робиш?

— Дивлюся, як ти граєш, — зізнався Промінчик. — Я часто за тобою спостерігаю.

— Чому? — щиро здивувалася Дженні.

— Просто так, — відповіла кулька і раптом стала стрімко танути.

— Почекай! — крикнула їй вслід Дженніфер, проте марно — Промінчик більше не було видно. — Як тільки виберуся звідси, треба буде дізнатися, що ж ти таке...

Остаточно змирившись з умовами гри, вона не стала знову підглядати. Замість цього просто простягла руку вперед, торкнувшись пальцями нерівностей кам'яної кладки. Тут, десь близько... Пальці ковзнули по вигину каменю і чітко відчули контур овального поглиблення — просто ніша в стіні. Може, тут прохід у ще одне приміщення?

Але замість провалу в порожнечу Дженні намацала щось тверде і холодне. Вона поспішно відсмикнула руку, прислухаючись, однак нічого більше не сталося. Поклик припинився. І його джерело було прямо перед нею. Дівчина обережно обвела рукою контури предмета — холодна смужка сталі, кістка зверху і трохи нижче — груба цільна шкіра і дерево. Трохи помовчавши, вона зняла зі стіни меч у піхвах. Це був просто предмет, зовсім нежива істота, однак відчуття, що клинок теж вивчає її, не тільки не минуло, а й посилилося.

Не знаючи, як вчинити далі, Дженніфер мала намір повернути знахідку на місце і відразу відчула смутний протест з боку предмета.

— Ти хочеш, щоб я взяла тебе із собою? — обережно запитала вона.

Меч відповів згодою, вона відчувала задоволення навпіл з цікавістю.

— Тоді ти повинен підказати мені, куди йти.

У наступну секунду до срібних павутинок, з яких було виткане її сприйняття, додалася ще одна чітко помітна пружна нитка, що тягнулася виключно вперед. Напевно, меч краще знав напрямок, і Дженні вирішила йому довіритися, тим більше вона сама до зустрічі з ним рухалася туди само.

Стискаючи знахідку в руках, дівчина впевнено пішла вперед. Перешкоди були їй уже не страшні — відчуття предмета з'являлося, перш ніж вона встигала до нього доторкнутися. Без особливих проблем хвилини через три вона дісталася до дверного отвору. Чи були це ті самі двері, чи інші — тепер не мало значення.

«Я пройшла випробування», — не без гордості подумала Дженні, з подивом відчувши, що темрява більше не бентежить її.

Страх дівчини зник — «упав переможеним». Остання думка могла бути як її власною, так і належати знайденому мечу, дивну спорідненість з яким вона починала відчувати. Дженніфер пізнала дивне почуття: їй здавалося, що разом з ним вона може піти куди завгодно — і у вогонь, і у воду.

— І у вогонь, і у воду, — чомусь вголос промовила Дженні, простягнувши руку до дверей, які з несподіваною легкістю піддалися, потік свіжого повітря торкнувся щоки дівчини.

— Випробування пройдено!

Дженні, обережно знявши пов'язку з очей, одразу заплющила очі від світла, хоча воно й не був яскраве. Внизу блиснули бурштином трохи примружені круглі, вже знайомі їй очі.

— І чому так довго? — запитала Моллі зі своєю звичайною усмішкою. — Ще трохи, і обід безнадійно охолоне.

Глава 44

Одне ціле

Віддаючи належне правилам хорошого тону, які закликали не вирішувати за їжею нагальних питань, Дженніфер нашвидку проковтнула обід — їй не терпілося розпитати у тітки про ті речі, які здавалися незрозумілими. Ніколь, відчувши це, не стала мучити дівчину очікуванням:

— Запитуй. Слова так і готові посипатися з тебе...

— Меч, знайдений мною... Це випробування — заради нього, так?

— І заради нього теж. Але передовсім — заради тебе. Судячи з того, що ти вже не шукаєш виходу, із завданням впоралася вдало.

— Це вийшло не відразу, — чесно зізналася дівчина. — Спочатку мені було моторошно. Поки я не зрозуміла, що ходжу по колу.

Антоніо лише вдоволено усміхався, наливаючи собі в чашку каву із фарфорового чайника.

— Але що я не можу зрозуміти, так це — чому я відчувала меч як живу істоту, а не як предмет? Мені навіть здалося, ніби він говорив зі мною.

— Це незвичайний меч. Він магічний. А сила, укладена в ньому, робить його майже живим. Він не тільки може, а й повинен спілкуватися зі своїм власником, це робить їх обох сильнішими.

— Власником? Так він... мій?

— Зараз так. Ти знайшла його, він відгукнувся. Якби меч не відчув в тобі силу і готовність слідувати разом з ним одним шляхом, то не дав би знайти себе.

— А хто був його колишнім власником?

Це просте запитання, здається, застало Ніколь зненацька — вони з Антоніо багатозначно переглянулись, перш ніж господиня будинку дала відповідь.

— Думаю... Він краще сам розповість тобі про це. Нехай це буде твоїм наступним завданням.

Дженні зітхнула, але тиха радість і деяка гордість торкали її серце. Все-таки у неї є здібності, раз магічний меч визнав її! Така дорога несподіваних відкриттів подобалася їй все більше, і бентежило тільки одне — у неї не так багато часу, щоб розвивати і зміцнювати свої сили. Поки її друзі залишаються в небезпеці, вона зобов'язана пройти навчання якомога швидше. А потім у неї ще буде час, щоб спокійно надолужити згаяне. Принаймні, дівчина на це дуже сподівалася.

— І ще про одне, тітко Ніколь, я хотіла тебе запитати... У найпершу ніч тут мені наснилася дивна істота у вигляді сяючої кульки. А сьогодні я побачила її знову. Вона називає себе Промінчик...

— Промінчик?

Дженніфер не могла не помітити, як здригнулася рука Ніколь і як жінка швидко поставила на блюдце чашку з недопитою кавою. Складка скорботи пролягла між її брів.

— Я... Щось не так, тітко Ніколь?

— Ні, дорогенька, вибач... — Її усмішка здалася дівчині трохи вимученою. — Просто Промінчик... Мені важко згадувати про це. Промінчик — це моя дочка Ліза. Вірніше — душа моєї маленької дівчинки, яка померла, проживши всього лише рік... Навіть моїх сил не вистачило на те, щоб утримати її на цьому світі... Я не знаю, чому вона залишилася тут. Здогадуюся лише, через що називає себе Промінчиком, — це я так називала її, «мій маленький промінчик»...

Дженні судорожно зітхнула — одкровення жінки вразили її. Дівчині було ніяково, що вона зачепила в душі тітки Ніколь хвору струну. Вибачившись, Дженніфер скоріше вирушила займатися, подумки пообіцявши, що більше без особливої на те причини не стане говорити про Промінчик — занадто сумними були ці спогади для її матері...

Залишок дня Дженні під чуйним керівництвом Моллі присвятила знайомству з базовими закляттями. Тільки пізно ввечері дівчина відправилася у свою спальню. Меч вона захопила з собою.

Сидячи на ліжку, Дженніфер дбайливо дістала його з піхов, акуратно погладила пальцями рифлені завитки на рукоятці, торкнулася гострого прямого леза. Від меча й раніше віяло холодом і впевненою силою. А крім того — чимось таким, що вона поки ще визначити не могла. Немов залишки чужих переживань, як і відбиток чужої могутньої сили, все ще зберігалися в ньому.

— Хто був твоїм колишнім господарем? — тихо запитала дівчина, звертаючись до меча, але відповіді так і не дочекалася.

Чи то вона очікувала занадто багато, чи то магічний предмет не вважав її гідною відповіді... Підкоряючись несподіваному імпульсу, Дженні поклала меч під подушку. Сьогодні вона буде спати, як справжній воїн, не розлучаючись зі своєю зброєю. Моллі так і не з'явилася — дівчина згадала про неї, засинаючи. Мабуть, розумна кішка вирішила не заважати їй в експериментах.

«І дарма», — подумала Дженніфер уже крізь сон. Вона почувалася захищеною, проте деяке стримане занепокоєння, що йшло від меча, все ж відчувала. Чи їй лише так здавалося? Уже кілька днів будучи ученицею магів, дівчина зрозуміла, що своїм відчуттям слід довіряти. Однак чи завжди варто на них спиратися? Цього вона поки не знала.

...Істота стояла, тримаючись з останніх сил, але все ж не дозволяючи собі просто впасти до ніг переможця. Це був величезний вовк з палаючими очима, проте зараз у них, сповнених передсмертної туги, вгадувалося ще й затаєне благання. Вовк був дуже поранений. Кривавий слід тягнувся за ним по траві. У передранковій прохолоді тремтів від весняного вітру ліс, пронизаний криками стурбованих птахів. Вони, як і все живе навколо, слухали, як відбувається битва. І бій добігав кінця.

Завмерши в польоті на мить, лезо блиснуло, розсікаючи рідке повітря, і тиша прийняла в себе хрипкий подих вмираючого вовка. Мечу не зупинити руку господаря. Мечу невідомі співчуття і сумніви. Тим часом те, що сталося тепер, не повинно було трапитися — і відчував це навіть меч...

...Коли його дістали з піхов наступного разу, навколо все було приховано опівнічною імлою. Покинутий пустир поглинав обережні звуки таємних рухів. Гаряче полум'я багаття кидало відблиски на відполірований до блиску жертовний камінь. На вівтарі, зіщулившись від страху в тремтячий клубочок, лежала дитина. Хлопчик був п'яти-шести років, з почервонілим від сліз обличчям і гарячковим блиском великих переляканих очей, в яких страх уже втопив під собою надію. І ця приреченість була ще болючішою, ніж потреба проспівати над маленьким кволим тілом його останню пісню — пісню смерті...

І здригнулася раптом сталь, і вогнем протесту вдарила руку мага, котрий шепотів закляття біля вівтаря. Суть меча — у зустрічі з гідним супротивником, в нападі та захисті свого господаря. Однак для такої жертви потрібен не меч... Радісно купатися у крові ворога — належна нагорода, що надає сил, але кров цієї істоти перетворить його в клинок з отруєною душею...

Може, підступний кинджал погодиться виконати твою волю, господарю, чи бездушний спис карателя, але не благородний меч, створений для битви! Маг скрикнув, випустивши меч з рук, — він не очікував такого повороту подій. У наступну секунду він уже знову схилився над своїм, тепер непокірним, знаряддям, однак цієї миті виявилося достатньо — за його спиною пролунав чийсь впевнений голос:

— Як же ти низько впав, Бенджаміне! До мене доходили чутки, але я не відразу зміг в них повірити... Невже прагнення до влади перетворило тебе на звіра, жадібного до крові?

Бенджамін у відповідь переривчасто засміявся. Його очі блищали диким азартом, і навіть вогонь багаття не зрівнявся б з ожилим у ньому жаром ненависті.

— Звичайно ж, Патріку, я був впевнений, що ти прийдеш, і чекав на тебе.

Патрік дістав із піхов свій меч, а меч в руці чорного чаклуна піднявся у відповідь. Але Бенджамін не отримав від своєї зброї довгоочікуваного відгуку — його меч зараз був просто мечем, готовим виконати своє призначення, і все. Меч більше не був його слугою. Два мечі, як дві білі блискавки, сухо розсікли чорне лахміття ночі й зустрілися в дикому танці. Ще й ще… Це був бій, справжній бій, проте меч тепер не вкладав свою силу в результат битви. Він був просто зброєю — виконавцем чужої волі. І коли він, вибитий з рук господаря потужним ударом супротивника, впав у траву біля багаття, не відчував гіркоти поразки. Йому було байдуже.

Він відчував гострий запах крові — це була кров його господаря. Дитина на кам'яному вівтарі більше не тремтіла — хлопчик впав у ступор і тепер разом з мечем мовчки спостерігав, як слідом за краплями пролитої крові важко падає на землю сам чорний маг, змахнувши подолом своєї довгої мантії, немов ворон чорним крилом. Коли над ним схилився високий темноволосий чоловік, його подих все ще залишався переривчастим — чи то від недавнього бою, чи то від страшного гніву, який він усіма силами намагався не випустити на волю.

За їх спинами тихо виросли інші тіні. Не потрібно було чути слів, щоб відчути їх засудження і презирство, — вони оточили людину на землі. Та й чи людину?

Його недавній супротивник, названий Патріком, відступив убік, дозволяючи іншим наблизитися до поваленого ворога. Він не хотів більше брати в цьому участь.

Заклинання падали на голову пораненого, роблячи його пошкоджене тіло нерухомим, змушуючи сили разом з кров'ю залишати його. Кожен додав свій удар, не шкодуючи того, хто сам забув про жалість… І тільки одна жінка, чиє обличчя було приховане під темною вуаллю, не зробила нічого.

Хтось забрав дитину. Закінчивши розправу, ті, що прийшли, так само тихо покинули місце недавнього бою, який переріс у побоїще, залишивши меч і його господаря лежати в опоганеній зім'ятій траві. Повалений маг все ще дихав, але він був занадто слабкий, щоб боротися зі смертю. До її приходу залишалися години — чи хвилини. Ніч наближалася до світанку, і небо бліднуло все більше...

А потім з'явилася та жінка. Вона прийшла безшумно. Так само безшумно плакала, закривши долонями обличчя, і біль її душевних мук виливався разом зі сльозами в траву, і без того вже напоєну стражданням. Потім вона раптом підняла долоні вгору, прошепотівши слова прощення, і звела руки над вмираючим. Червоно-зелені нитки потягнулися від її долонь до тіла вже майже непритомного мага, повертаючи йому подих життя. Але ці дії випивали життя з неї самої — надто різнилися чорний маг і вона, й лікування це приносило їй не менші муки, ніж зараз він відчував, приймаючи незаслужений дар... Коли смужки хмар над горизонтом вже встигли наситися яскраво-червоною загравою, ніби бинти — свіжою кров'ю, чоловік відкрив очі. Повільно він повернув обличчя до своєї цілительки. До того часу вона була блідою тінню, а її руки, здавалося, танцювали від холоду. Зустрівшись очима, чоловік і жінка довго дивилися один на одного.

— Чому? — насилу вимовив він.

Вона стримала сльози. Запитання було зайвим, адже відповідь на нього знали вони обоє. Але жоден з них не наважився б визнати цю істину — вона все ще кохала його. Кохала безнадійно і таємно, й навіть його жахливі вчинки не змогли до кінця вбити це давно прокляте нею почуття.

— Колись ти був іншим. Я хочу вірити, що ти зможеш змінитися знову, Бенджаміне. Припинити безглузду гонитву за силою й усвідом свої помилки...

— Ти врятувала мене, — прошепотів він, насилу підводячись.

Місця, де зовсім недавно на його тілі були глибокі рани, видавав тепер тільки одяг, що звисав брудними кривавими клаптями.

Жінка знесилено опустилася на траву, закінчивши своє чаклунство. Бенджамін повільно підвівся і тепер стояв, похитуючись, поруч з нею.

— Я твій боржник...

Невпевненою ходою він побрів геть, іноді оступаючись на нерівностях ґрунту.

— Прощавай, — прошепотіла жінка йому вслід, і тільки меч був свідком цього — самотній, покинутий, як і вона сама...

Дженні, здригнувшись, прокинулася. Розплющивши очі, дівчина не відразу усвідомила, що вона у своїй кімнаті, — настільки яскравою була недавня картина. Здавалося, ще хвилину тому тут, зовсім поруч, тліли, остигаючи, жарини багаття і плакала молода відьма, рятуючи того, хто цього порятунку був недостойний...

Частину ночі дівчина провела без сну. Те, що здавалося раніше таким простим, тепер стало позбавлене сенсу. Всі поняття добра і зла перемішалися у неї в голові й серці. Все не так однозначно і зрозуміло, як хотілося б... Адже меч, що лежав зараз у неї під подушкою, колись належав вбивці її найближчих людей. А жінка, яка врятувала цього вбивцю, — тітка Ніколь, подруга її матері. І у Дженні в цей момент був вибір — прийняти або відкинути їх обох...

Коли Моллі вранці обережно прочинила лапкою двері в спальню Дженні, її очам відкрилася несподівана картина: дівчина з мечем у руці виконувала серії рухів. Вони були то швидкими, то плавними, ніби якийсь дивний танець. Немов у трансі, Дженні рухалася із закритими очима і, тільки відчувши чиюсь присутність, зупинилася. Погляд її був ясним, а на обличчі з'явилася усмішка.

— Я знаю, чому цей меч — істота, а не предмет. Він здатний мислити й навіть відчувати, і у нього є власна воля. А ще я, здається, зрозуміла, що таке зв'язок меча та його мага. Це означає бути одним цілим, продовженням один одного. І нехай я ще тільки маг-початківець, але мені здається, що зв'язок між нами вже існує. Яким би не було минуле мого меча, набагато важливіше — теперішнє!

Дженні продовжила свої заняття, а Моллі уважно стежила за її рухами — в жовтих очах кішки світилося схвалення...

Глава 45

Треба вірити

Ніколь безцільно вертіла в руках край паска своєї сукні. Завжди взірець спокою і впевненості, зараз вона намагалася вгамувати почуття. В очах жінки був смуток, і вона мимоволі уникала погляду Дженні, яка сиділа поруч з нею біля каміна.

— Мабуть, це на краще, що меч розповів тобі про все. Мені було б дуже важко... — нарешті озвалася Ніколь.

— Вам нема в чому собі дорікати. Ваш вчинок не був поганим. Добро завжди залишається добром.

— Іноді за добро доводиться розплачуватися набагато більше, ніж за зло, — Ніколь гірко посміхнулася. — Скільки разів потім я докоряла собі за те, що зробила. Що дала другий шанс людині, яка виявилася його негідним. Особливо — коли дізналася, що він зробив із твоєю сім'єю... Але зупинити його я вже не могла. Єдине, що мені вдалося, — врятувати тебе, нагадавши йому про борг... Однак це не поверне ні Елісон, ні Патріка...

— Але ви ж не могли передбачити того, що трапиться! Ви врятували його... через кохання, — тихіше додала Дженні.

Їй було дуже шкода цю сильну жінку, яка зараз ледве стримувала сльози.

— Кохання буває сліпим. Ми схильні вірити тому, кого кохаємо... Так сталося і зі мною. Я хотіла бачити в ньому те добре, що було колись.

Вона дивилася кудись, немов крізь стіну, і — Дженніфер була впевнена в цьому — бачила зараз моменти далекого минулого, які зв'язали багато доль тугим вузлом.

— Якби я тільки знала, Дженні, якби тільки знала! Тоді я ще сподівалася, що створене добро здатне пробудити благородство навіть у черствій душі. Того, іншого Бенджаміна я продовжувала пам'ятати, незважаючи на те що від нього колишнього залишилося, напевно, лише ім'я... Колись ми були близькими, разом пізнавали нове, випробовували свої сили. Він мав здатність занурюватися в щось з головою, діяти на повну потужність і без оглядки... Мені цього завжди бракувало. Він ніби лікував мене від зайвої обережності й стриманості своєю готовністю жити тільки теперішнім моментом, тільки нескінченним «зараз», не заглядаючи в майбутнє... Ми були партнерами та кохали один одного — як мені тоді здавалося...

— Але що ж сталося? Що сталося з ним... З вами обома? — майже пошепки запитала Дженні, вона боялася зруйнувати крихкий місток довіри.

Вона розуміла, що зараз Ніколь — завжди така незворушна і впевнена — ділиться найпотаємнішим, пускаючи її в затишний куточок змученого серця.

— Ігри із силою затягують... Не дарма кажуть: якщо довго вдивлятися в безодню, вона почне вдивлятися в тебе. Я змогла зупинитися, не бажаючи грати життями інших. Бенджамін не зміг. Або не захотів... Життєрадісний, спраглий нових звершень маг став агресивним і безпринципним, одержимим одним бажанням — безмежної влади. Ми почали віддалятися один від одного, поки не перетворилися в чужих... А потім він зустрів Елісон, і... Сталося те, що сталося, — Ніколь зітхнула.

— А ви... і зараз... — Дженніфер не змогла до кінця озвучити своє питання.

Ніколь сумно похитала головою.

— Не можна кохати чудовисько... У ньому не залишилося вже нічого від того, ким він був раніше. Чоловік, якого я кохала, померти дуже давно. А чорний маг з каменем замість душі лише носить його ім'я...

— Ви самі вчили мене, тітко Ніколь, ніколи не шкодувати про скоєне, — неголосно, але рішуче знову через деякий час відгукнулася Дженні. — Минулого не зміниш. Нікого не можна звинувачувати за кохання. Вам потрібно пробачити собі, відпустіть власну провину.

Ніколь вперше за цей ранок прямо подивилася на свою юну співрозмовницю, і в її очах відбилася подяка.

— Я допоможу тобі, Дженні, звільнити твоїх друзів і зробити все, що тільки в моїх силах, щоб знищити зло, яке продовжує обривати та руйнувати чужі життя.

— Але... Чи вистачить наших сил? — тихо запитала дівчина.

— Вистачить. Якщо ти сама будеш в це вірити.

— Я вірю, — сказала Дженніфер. — Я повинна, просто зобов'язана зробити це!

Деякий час вони обидві мовчали.

— Поїхали.

— Куди?

Ніколь загадково усміхнулася.

— Погуляємо по місту.

Глава 46

За чашкою кави

Олівер безбожно запізнювався, і Вільям вкотре з досадою позирав на годинник. Яка жахлива звичка — призначати зустріч, а потім бути на неї годиною пізніше! Це можна пробачити хіба що жінкам, котрі спізнюються на побачення, та й то... Якби Олівер Вінтер серед всіх знайомих дизайнерів не був кращим, Вільям давно пішов би звідси — і нехай потім вибачається скільки душа забажає... Проте він потребував Олівера і тому смакував уже третю чашку кави, розтягуючи задоволення і не думаючи про подальше безсоння.

Розсіяним поглядом блукаючи поверх голів відвідувачів кафе, Вільям раптом затримав його на двох жінках, що сиділи за кутовим столиком. Одна з них, в темній сукні, про щось неголосно говорила іншій, молоденькій, яка...

Тут Вільям здивовано закліпав і сильніше напружив зір — невже це дійсно вона? Юна дівчина із трохи сумним обличчям була йому знайома. Він згадав її — як вона вийшла з театру і пізніше безпорадно сиділа на газоні... З того часу вона змінилася — тепер виглядала дорослі́ше. Але головне — очі її знову були живими, а не з застиглим поглядом, як тоді... Значить, вона переборола свою недугу? Вільям був щиро радий за неї.

Дівчина випустила щось із рук, проте, замість того щоб шукати пропажу під столом, стала розглядати людей за сусідніми столиками. Глянула вона і на Вільяма. На якусь секунду їхні погляди зустрілися, але дівчина знову відвернулася, розглядаючи жінок за столиком праворуч від себе.

— Вибач, запізнився! — перервав його спостереження захеканий Олівер, який важко плюхнувся на стілець навпроти приятеля. — У місті такі затори, ти не повіриш!

«Які затори? Нічого подібного я не помітив», — тоскно подумав Вільям, але не сказав цього вголос, неуважно слухаючи плутану розповідь дизайнера, який продовжував виправдовуватися. А коли він знову глянув на столик в кутку, то побачив тільки жінку — дівчина стрімко віддалялася кудись по коридору.

Дивлячись їй услід, Вільям раптом відчув досаду — так, немов прямо перед його носом щойно забрали з полиці буфета рідкісне тістечко, хоча досі він сам зовсім не збирався його купувати...

— Олівере, почекай, будь ласка. Я зараз повернуся... — кинув Вільям своєму співрозмовнику.

Піднявшись із-за столу, чоловік поспішив услід за дівчиною. Чесно кажучи, він і сам не знав, чому так вчинив. І що він скаже їй, коли наздожене? Але ця думка прийшла пізніше, а ноги вже несли його в дальній кут коридору.

Почувши клацання дверей, котрі закривалися, Вільям зупинився. Незручна ситуація — побіг за дівчиною до туалету... Ні, тут зовсім невідповідне місце для знайомства...

Обережно ступаючи, він повернув назад. Відкриті двері на невеликий балкончик — те, що потрібно! Зараз вона повертатиметься тим же шляхом, він вийде з балкона — це значно краще, ніж зіткнутися біля дверей у туалет...

Вільям відійшов убік — щоб зручніше було спостерігати за коридором. Але довго чекати не довелося: квапливі кроки по паркету, і... перед ним стояла та сама дівчина. Трохи мружачись від денного світла, вона дивилася прямо перед собою, здається, не помічаючи його. І лише коли Вільям зробив крок їй назустріч, їх очі зустрілися.

Глава 47

Каблучка Привидів

Ніколь і Дженніфер сиділи в невеликому ресторанчику в центрі міста за чашкою чаю із солодощами. Кремові тістечка в хрусткій вафлі були свіжими і чудовими на смак, але їсти їх Дженні чомусь зовсім не хотілося. Для пристойності дівчина пару разів торкнула випічку десертною ложкою і більше не чіпала. Її думки були зараз далеко.

Але Ніколь несподівано зуміла привернути її увагу: жінка дістала із сумочки невелику оксамитову коробочку.

— Поглянь, — вона простягнула її Дженні.

Відкинувши кришечку, дівчина з подивом дістала зсередини невелику золоту каблучку. На її поверхні виднілося вишукане гравірування, однак вигравірувані символи були їй незнайомі.

— Яка гарна! Виглядає, як старовинна...

— Так і є. Можеш її приміряти.

Дженніфер обережно одягла каблучку собі на палець правої руки — прикраса ідеально підійшла їй.

— Раніше вона належала твоєї матері, — тихо сказала Ніколь. — Тепер ти її господиня.

— Дякую, — прошепотіла Дженні, обережно проводячи пальцями по тьмяній золотій смужці.

На вигляд — звичайна, але відчувалося в ній щось таке...

— Це не просто прикраса, каблучка має одну дивовижну властивість — робить твоє магічне бачення світу стійким. Її просто потрібно кинути на підлогу.

— Кинути?

Дівчина відразу ж зняла каблучку, обережно опустила її на підлогу і озирнулася навколо. Там все, як і раніше, — поруч з ними була та сама обстановка і ті самі люди. Ось двоє дітей їдять морозиво, весело спілкуючись між собою. Ось молодий чоловік потягує з малесенької чашечки каву. Здається, вона вже десь його зустрічала, але не могла згадати, де саме...

— Дивись уважніше!

Погляд Дженні затримався на двох жінках за столиком у кутку. Вони жваво розмовляли між собою. Обидві — нічим не примітні, хіба що... Від однієї з них через столик тягнулася брудно-зелена пульсуюча нитка і впивалася в потилицю іншої. Придивившись, дівчина з подивом помітила, що картинка змінюється — буквально через кілька секунд це був уже швидше мотузковий канат, ніж нитка, і він здавався живим.

Нічого не помічаючи, друга жінка продовжувала уважно слухати першу, в такт її словам киваючи головою.

— Що вона робить? — здивувалася Дженні.

— Всього-на-всього забирає енергію. Це енерговампір, — спокійно пояснила Ніколь, на мить кинувши погляд у той бік, куди дивилася Дженні.

— А вона робить це навмисно?

Дівчина змусила себе відвести погляд від неприємної картини. Жива трубка, яка, немов величезна п'явка, тягнула із жертви життєві сили, здавалася Дженніфер огидною.

— Навряд чи. Часто такі люди самі не знають про свої нахили.

— Але чому вона це робить?

— Бо сама обмінюватися енергією зі світом не може. Їй не вистачає власних ресурсів, і вона змушена підживлюватися від інших.

— Але ж це зло...

— Повір мені, все не так однозначно, — знизала плечима Ніколь. — Іноді спілкування з таким енергососом для людини, у якої надлишок енергії і яка не вміє її використовувати правильно, — добро. Втративши частину своєї енергії, вона не буде страждати від нападів незрозумілого неспокою та нервозності. Підсвідомо такі особи шукають і знаходять один одного... Хоча взагалі енерговампіри — мабуть, найменше зло з того, що тобі ще доведеться побачити.

— А... кого ще я зможу побачити?

— Справжніх вампірів, наприклад. Або перевертнів. Магів. Потойбічні сутності...

Дженні згадала раптом істоту на кухні рідної домівки — дивного вигляду вовка, від пазурів якого вона врятувалася дивом...

Несвідомо вона швидко підхопила каблучку і одягла її на палець. І одразу злегка почервоніла, чекаючи осуду з боку Ніколь. Однак наставниця залишалася спокійною.

— Здається, я... Я поки не зовсім готова зустрітися з усім цим, — пробурмотіла дівчина. — Я почуваюся тут... незатишно. Може, ми поїдемо додому?

— Звичайно, як хочеш, Дженні, — швидко погодилася з нею Ніколь. — Тобі потрібен час, щоб прийняти все. І це не так просто... — Її долоня заспокійливим жестом торкнулася руки Дженніфер. — Тільки не треба звинувачувати себе. Повір мені, тримаєшся ти відмінно — ти дуже смілива дівчина. Просто, як правило, на підготовку мага йде значно більше часу... Тебе ж доводиться вчити майже в «польових умовах». Але ти впораєшся — дай собі трохи часу...

Дівчина не відповіла, лише неуважно кивнула головою. Потягнувшись за сумочкою, Дженніфер необережно зачепила ліктем тарілку з десертом. Тістечко, немов тільки й чекало цього моменту, спікірувало вниз, залишаючи на блузці дівчинки кремовий слід.

— Д-дідько, — тихо вилаялася Дженні, намагаючись серветкою стерти вологу липку пляму. — Вибач, я зараз...

Швидко схопившись із-за столу, вона вирушила на пошуки туалетної кімнати. Всі її почуття були напружені, немов туго натягнуті струни. Мирне дзюрчання води з крану трохи заспокоїло її. Майже відразу забувши про нещасливу пляму, дівчина набрала повні долоні прохолодної води і занурила в неї обличчя. Приємна прохолода діяла заспокійливо — після декількох хвилин «водних процедур» вона майже повністю заспокоїлася.

Знову повернувшись в коридор, котрий вів до зали ресторану, Дженні помітила невеликий балкончик. Його двері були відчинені, ніби запрошуючи увійти. Свіже повітря якраз до речі: їй не завадило б провітритися, перш ніж повернутися до Ніколь.

Занурена у свої думки, Дженніфер не відразу помітила, що на балкончику не одна. І тільки коли незнайомий чоловік опинився поруч з нею, вона здивовано підняла на нього очі. Але чи був він таким вже незнайомим?

— Доброго дня! — промовив чоловік з приємною усмішкою. — Я радий нашій зустрічі!

— Здрастуйте, — відгукнулася Дженні трохи розгублено. — А ми хіба знайомі з вами?

— Можна вважати, що майже знайомі. Хоча ми з Раджем і не встигли запитати ваше ім'я. — Побачивши здивування на обличчі дівчини, він поспішив пояснити: — Радж — це мій пес. Він ще налякав вас біля театру, пам'ятаєте?

Дженні усміхнулася з деяким полегшенням. Звичайно! Тепер все стало на свої місця. Ось чому обличчя молодого чоловіка здалося їй трохи знайомим — адже вони розмовляли тоді, біля театру, в той трагічний вечір...

— Так, точно, згадала.

— Ну, раз ми зустрілися знову... — продовжив він трохи зніяковіло. — Ви вірите у випадковості?

— Я тепер вірю в багато чого з того, у що ніколи б не повірила раніше, — трохи сумно посміхнулася Дженніфер.

— Вільям, — простягнув він розкриту долоню.

— Дженні, — дівчина ледь торкнулася пальцями простягнутої руки.

— Ви любите театр? Скоро намічається одна цікава прем'єра, і, можливо...

Тінь набігла на обличчя Дженніфер. Відповідь пролунала несподівано різко:

— Ні, з певного часу я не люблю театр. А тепер вибачте, мені треба йти.

Залишивши здивованого Вільяма — чому його слова могли образити її, — Дженні стрімко покинула балкончик. Уже повертаючись до Ніколь, вона відчула легкий укол совісті, що так нечемно повелася з новим знайомим. Він був дуже ввічливий і, ймовірно, мав найкращі наміри, однак розмова про театр знову сколихнула той біль, з яким вона весь цей час намагалася боротися. Занадто свіжі ще були спогади...

Та й взагалі — хіба час заводити нові знайомства, якщо не знаєш, чого чекати від завтрашнього дня? У місті можуть бути шпигуни Руффа... І хоча цей хлопець зовсім не схожий на шпигуна, але все-таки...

— Дженні, все в порядку? — Ніколь дивилася на неї з легкою тривогою.

— Так, тітко Ніколь, все нормально. Їдьмо додому...

Виходячи з ресторану, дівчина крадькома обернулася до дверей, але Вільяма вже не було видно.

Глава 48

Поповнення загону

Рипп-Рипп... Ліжко, як зазвичай, тремтіло під його вагою, коли він починав на ньому розгойдуватися — повільно, з одного боку в інший, не відриваючи від вікна тужливого погляду.

Рипп-Рипп... Ліжко схлипувало, немов плакало в унісон його серцю, і Джастін теж плакав разом з ним — беззвучно, без гарячих крапель на щоках — тільки у своєму серці.

Він уже давно звик так плакати, згадуючи минулі дні, коли він був Іншим, коли він був Справжнім... Того, іншого, Джастіна любили і поважали. Йому завжди було що сказати, його жарти були доречними. І все складалося б так і далі, якби... Якби не той бій, не той удар, після якого світ немов тріснув на дві половини — «до» і «після»...

Уся вісімнадцята палата спала. Немов нічний вартовий, Джастін не першу ніч проводив без сну. І не останню... Скільки їх ще буде, цих ночей у чотирьох стінах, безрадісних, як нічна темрява, і тьмяних, як брудне віконне скло. Там, за цим склом, був світ — справжній світ, в якому йому теперішньому не залишилося місця...

Обережно піднявшись, він підійшов до вікна. Голова трохи паморочилося, в роті відчувався неприємний металевий присмак — як завжди після прийому ліків.

З пониклими плечима, похмурою тінню продовжував він стояти біля вікна. Однак сьогодні була особлива ніч, і Джастін відчував це: повний місяць у похмурих хмарах покличе Їх. І він знову побачить дивний політ неймовірних істот, які вийдуть — обов'язково вийдуть, щоб віддати свою данину місяцю...

Він не помилився: в темному небі з'явилася крилата зграя. Тремтячи всім тілом — чи то від страху, чи то від збудження, — Джастін, як зачарований, дивився у вікно, де, то піднімаючись під самі хмари, то стрімко несучись до землі, грали, кружляли, впивалися польотом істоти, що нагадували крилаті тіні. Немов виткані з нічного мороку, вони здавалися невагомими, але разом з тим грізними дітьми нічного світу...

Ніби відчувши його погляд, одна з тіней раптом залишила зграю і підлетіла ближче. Завмираючи від жаху, він дивився, як крилатий згусток мороку пролетів за вікном, потім ще раз і... завис нерухомо, дивлячись на нього блискучими вуглинками червоних очей.

Що було в цьому погляді? Цікавість, здивування, насмішка або... очікування? Джастін не міг зрозуміти. І раптом, несподівано для себе, відчув пекучу заздрість до цих вільних і сильних сутностей, які не знають страху й жалості, не відають сумнівів і мук совісті, не пам'ятають про поразку!

Крилата тварюка немов прочитала його думки, і на мить очі її спалахнули яскравіше. Ще через мить вона зникла, залишаючи Джастіна наодинці з його відчаєм, котрий стрімко розростався, погрожуючи потопити слабку свідомість...

Він не міг сказати, скільки минуло часу, перш ніж двері в палату нечутно відчинилися і до нього підійшла Голка. Він бачив її сотні разів, цю грубу, безпардонну, нестерпну медсестру, але тепер, коли вона наблизилася нечутною ходою, ледь торкаючись землі, Джастін начебто побачив її в іншому світлі. Не кажучи ні слова, вона дивилася на нього, немов чекала чогось... Її очі раптом спалахнули червоним вогнем, немов палаючі на вітрі вуглики.

І він зрозумів усе... Ця хвилина, тремтяча й застигла між ними, вирішувала всю його подальшу долю. Дивлячись у блискучі очі, колишній боксер Джастін неголосно сказав:

— Візьміть мене до себе. Я на все згоден. Більше так жити не можу...

Повільно неслухняними пальцями він почав розстібати комір лікарняної сорочки. Другий ґудзик не піддавався, і він просто смикнув запрану тканину, відкриваючи потужну шию, де пульсувала, ніби насміхаючись, ледь помітна блакитнувата жилка.

Голка посміхнулася.

У тьмяному світлі мінливого місяця на мить блиснули ікла вампіра, котрі на очах збільшувалися...

Глава 49

Бойове хрещення

Минали дні. За вікном то наповзали важкі снігові хмари, огортаючи своєю густою масою сіре небо, то знову проглядало скупе зимове сонце.

Погода була не для прогулянок, але Дженні й без цього рідко відривалася від свого навчання. Доходило до того, що Ніколь, піклуючись про здоров'я своєї ревної учениці, просто змушувала її відпочивати, проганяючи на вулицю. Тоді Дженніфер виходила, щоб трохи побродити по саду або околицях — одна або в супроводі Моллі, з якою здружилася ще більше. Дійсно, вони стали справжніми подругами і вільний час майже завжди проводили разом.

Потроху стиралися з пам'яті лікарняні страхи. Дженні вже не здригалася від кожного різкого звуку і не прокидалася ночами, щоб озирнутися. Але спогади періодично поверталися до неї, як і почуття провини за те, що її друзі досі залишаються в пастці. Вона й сама не змогла б точно відповісти, чому так переживала за них. По суті, всі мешканці вісімнадцятої палати були чужими один одному і зовсім різними людьми, яких доля одного разу звела в недоброму місці. Але Дженні зуміла вирватися з цього місця, а вони — ні. І життями їх розпоряджався темний маг, готовий на що завгодно.

Так, зло не властиве її натурі — пізнаючи себе, вивчаючи власну силу, вона все чіткіше розуміла, що належить до світлих чарівників. Однак разом з тим думки про помсту будили в її серці нестримний гнів — те, чого раніше їй не доводилося помічати у своїй натурі.

Не дарма книга в чорно-білій обкладинці потрапила до неї в руки: скоро вона стала найулюбленішою. Саме з нею Дженні проводила найбільше часу, намагаючись розібратися в собі і своїх здібностях. Книга спочатку лякала її, часто залишала в роздумах над невирішеними питаннями, адже в ній ішлося про те, що поділ сили на добро і зло вельми умовний. Магія просто є, чорною або білою робить її вже сам маг, направляючи силу в потрібне для нього русло. Це твердження здавалося Дженніфер спірним. Якщо погодитися з ним, тоді, виходить, між тіткою Ніколь, її батьками, нею самою і жорстоким лікарем Руффом майже немає відмінностей?

Просто вони дотримуються різних поглядів на мораль? Але, приймаючи такі твердження, можна опинитися на небезпечній дорозі сумнівів...

«Сумніви вирішуються в дії», — свідчила книга, і цього Дженні теж не могла зрозуміти.

Після декількох тижнів успішного просування вперед у своїх знаннях і практичних навичках вона раптом зупинилася на місці. Крім того, Антоніо із завзятістю повторював, що Дженні ще не готова до цього бою. Він говорив про особливий бойовий настрій, який їй поки був незнайомий. Дженніфер ніяк не могла зрозуміти, про що саме йде мова, і побоювання Антоніо здавалися їй перебільшеними.

Може, її навмисне утримують, переконуючи, що сили її занадто малі? Так, вона довіряла тітці Ніколь, але чи не переросте її турбота в пута опіки? Можливо, Ніколь вирішила відтягнути бій з Руффом або взагалі не підпустити до нього Дженні — задля її ж добра?

Дівчина, навпаки, відчувала, що готова діяти — не дарма вона стільки часу намагалася з усіх сил, не шкодуючи себе. І чи так важливий цей «особливий настрій», якому Антоніо надавав настільки великого значення?

Зі своїми сумнівами Дженні звернулася до Ніколь. Вислухавши її уважно, жінка попросила дати їй час подумати і вже в кінці дня з'явилася з пропозицією.

— Я знаю, що може тобі допомогти… Амулет, який носив раніше твій батько, — річ для особливих випадків. Він повинен бути у вашому будинку — тобі необхідно його знайти.

Спогади про рідну домівку щоразу наганяли на Дженні тугу, однак тепер тітка вочевидь вирішила не щадити її почуттів.

— Антоніо відвезе тебе прямо зараз. Вечір — найбільш відповідний час, не варто привертати до себе зайвої уваги сусідів. Знайди те, що потрібно, і відразу повертайся.

На подив Дженніфер, сама Ніколь не збиралася їхати з нею, а просити її дівчині було ніяково, хоча вона дуже потребувала цього.

— А що я повинна знайти? Як виглядає цей амулет?

— Срібний кинджал. Патрік зберігав його в дерев'яній скриньці. Думаю, він повинен бути десь в його кімнаті або спальні.

Без особливого бажання збираючись в дорогу, Дженні все ще сподівалася, що Ніколь або хоча б Моллі погодяться скласти їй компанію, але обидві виявилися зайняті. Ніколь тільки неуважно побажала дівчині успіху й заглибилася у вивчення якогось сувою.

Приховуючи деяке розчарування, Дженніфер все ж сіла в машину разом з Антоніо. Дворецький теж особливо не хотів розмовляти — оповитий своїми думками, немов непроникною ковдрою, він за весь шлях сказав дівчині пару слів.

Коли вони прибули на місце, зимові сутінки вже переросли у справжню темінь. По всій вулиці Канталь вікна в будинках світилися привітними вогниками, і тільки її рідний дім зустрів Дженні темрявою і повною тишею. А коли, зупинившись біля знайомої доріжки, Антоніо не встав з крісла водія, дівчина взагалі розгубилася.

— Думаю, тобі вистачить півгодини, щоб знайти те, що потрібно, — сказав дворецький так спокійно, ніби мова йшла про щось зовсім буденне, а не про похід одній, та ще пізно ввечері, в будинок, де вона натерпілася стільки страхів. — Я якраз встигну зазирнути в одне місце, а потім повернуся за тобою.

Дженні хотіла висловити протест і попросити Антоніо залишитися, але щось їй завадило. Може, та сама гордість, що змушує виглядати сильніше, ніж ти є насправді?

— Добре, — пробурмотіла дівчина і вийшла з автомобіля.

Серце її стислося, коли вона підходила до знайомих дверей. Темрява у вікнах виглядала дуже вже непривітно. Або це просто відгукувалися в душі її страхи? Йти в будинок одною страшенно не хотілося. Причина була не тільки в страху — відчуття самотності, котре останнього часу трохи притупилося, відродилося з новою силою.

Набравшись сміливості, Дженні рішуче піднялася на ґанок. Відкривши двері своїм ключем, озирнулася, перш ніж переступити поріг. Їй здалося, що вона почула, як автомобіль Антоніо від'їжджає від будинку. Тепер вона дійсно залишилася одна.

— Гаразд. Усе в порядку. Я просто увійду туди, щоб знайти потрібну річ, — сказала вона сама собі.

Хоча незримі нитки всіх її почуттів були зараз натягнуті, дівчина все ж рішуче переступила рідний поріг. І одразу думка «щось не так» стала пульсувати в голові все наполегливіше, ніби замигала червона лампочка тривоги.

Глава 50

Друга стіна вогню

У будинку відчувалася ворожість — ось що було не так. Дженні зрозуміла це, дійшовши до середини сходів, що ведуть на другий поверх. У дівчини з'явилося гостре бажання втекти звідси і чекати повернення Антоніо на вулиці. Але вона втрималася — адже це означало б зізнатися у власній слабкості й боягузтві. Та й що, зрештою, з нею може тут статися?

Дженніфер змусила себе наблизитися до кімнати батьків. Однак уже треноване чуття продовжувало кричати їй про приховану загрозу. Що таке з нею відбувається? Чи варто було їй переступити поріг, як колишнє божевілля вирішило повернутися знову?

Ні, її відчуття — не просто збентеження важких спогадів. Є щось ще, це немов ледь вловимий запах, що витає в повітрі, присутній тут на зразок частини обстановки... Нової обстановки. Це був запах небезпеки.

І тут вона згадала про свій недавно здобутий скарб, який міг би кинути світло на те, що відбувається. Дженні, знявши з руки каблучку своєї матері, кинула її перед собою. Майнувши в повітрі жовтою іскрою, вона з тихим дзвоном покотилася по паркету... прямо через ланцюжок слідів, які тягнулися до кімнати і проявилися одразу ж, тільки-но Каблучка Привидів торкнулася підлоги.

Цих чужих слідів було безліч. З них склалася ціла багатошарова стежка. Вони вели в усі кімнати — схожі на вовчі, сліди петляли по коридору… Доріжка з них тягнулася і в ту кімнату, куди Дженні належало зараз зайти, — в спальню її батьків!

Раптом ніби щось клацнуло у неї в голові, і емоції зникли, немов їх просто вимкнули як кнопку дзвінка. Залишилися тільки думки, котрі надзвичайно ясно складалися в загальну картину… Істота, яку вона вперше побачила тоді, на кухні, найімовірніше, нікуди не поділася. Вона приходила ще і ще. Або взагалі обрала покинутий будинок як своє житло. А може, хтось із власної волі послав сюди перевертня — в її, Дженніфер, будинок?

Сліди здавалися зовсім свіжими, вони продовжували злегка відсвічувати в напівтемному коридорі. Перевертень міг бути ще тут. З цією думкою, яка раніше викликала в неї паніку, дівчина обережно повернула дверну ручку і переступила поріг спальні батьків. Іншою рукою вона вже витягала з піхов на спині свій меч.

Ледве зброя з'явилася в її руці, ще одне, досі незрозуміле відчуття, заволоділо нею — воно було схоже на нетерпіння. Майже радісне нетерпіння, передчуття зустрічі… Зустрічі з тим, хто посмів осквернити чарівну атмосферу цього будинку, де свого часу так щасливо жила вона, Дженні, зі своїми батьками.

І коли — зовсім несподівано — тінь від важкої портьєри хитнулася й від неї відокремилася ще одна, майже двометрового зросту, кинувшись до дівчини зі страхітливим гарчанням, Дженніфер відчула незрозумілий азарт.

«Мені слід було б злякатися», — майнула і згасла думка. Дивовижна істота весь цей час була тут! І вона посміла влаштувати свій барліг прямо в спальні її батьків! Гнів піднімався хвилями вгору, немов пробуджений від сну дракон. Вона сама в цей момент перетворювалася на вогонь, на люте полум'я ненависті. Вогонь виривався із самого серця, розливаючись по жилах, хвилями змішуючись з її диханням…

Дівчині здалося, що час раптом завмер, вміщуючи в себе ці чудові перетворення, хоча насправді минуло не більше декількох секунд. Випустивши пазурі, вовк не завершив ще свій смертоносний стрибок, коли Дженні встигла відскочити вбік. А в наступний момент, не чекаючи іншого стрибка, вона вже сама кинулася на чудовисько, опускаючи йому на спину свій меч. Удар припав нижче шиї. Густа шерсть трохи притупила його силу. Перевертень завив і знову кинувся на дівчину — але на цей раз клинок увійшов під самісіньке серце монстра.

Ще один повний злоби рик, проте вже змішаний з криком болю. Наче не вірячи своїм очам, звір дивився на руків'я меча в його грудях. Обхопивши його двома лапами, перевертень незграбно почав осідати на підлогу. В ту ж мить лапа з розчепіреними і гострими, як леза, пазурами майнула в повітрі в сантиметрі від обличчя Дженніфер. Якби дівчина не встигла вчасно відскочити, жахливий удар миттю зім'яв би її, ніби іграшку...

Обернувшись, вона схопила перше, що потрапило під руку, — важкий стілець з дубовою спинкою, і щосили обрушила його на голову перевертня. Поранений, а тепер і приголомшений, звір завив ще дужче і остаточно впав на підлогу. Завдавши ще один удар, Дженніфер зупинилася. На неї дивилися червоні, налиті кров'ю очі вовка-чудовиська. Дивилися майже осмислено. І — здалося їй або насправді — злість і лють в його погляді змінилися чимось, що нагадує полегшення.

Повіки вовка зімкнулися, потворна морда безвольно опустилася на лапи. Кров продовжувала струмочком бігти з рани.

Дженні мовчки дивилася на монстра, що лежав біля її ніг. Бурхливий вогонь у грудях потроху почав згасати...

— Чесно кажучи, не очікував, що ти так швидко з ним впораєшся...

Дженні, здригнувшись від несподіванки, обернулася — за її спиною у дверях стояв Антоніо. Давно він тут? І що встиг побачити?

Дівчина знову перевела погляд на звіра — вже майже розгублено. Її колишній стан — наснаги та дивного внутрішнього спокою — кудись подівся. Руки почали злегка тремтіти, із запізненням реагуючи на страх.

— Антоніо... Невже це я... я його, здається...

— Ти його вбила, Дженніфер.

Антоніо був спокійний і зібраний, немов сталося щось важливе, в чому він, однак, ніколи не сумнівався. Обережно переступаючи через нерухомі лапи, він підійшов до вбитого звіра. Дженні продовжувала тремтіти, вона тільки зараз почала дійсно усвідомлювати, що зробила.

Антоніо нахилився над звіром. Потім мовчки вмочив пальці в пролиту кров і торкнувся ними чола дівчини. Вона не чула, що він вимовив при цьому. Дрібне тремтіння, яке досі трусило її тіло, різко пропало, тільки дивний жар на секунду охопив її і тут же несподівано зник.

А з тушею мертвого звіра стало щось відбуватися: над убитим вовком сколихнувся напівпрозорий туман, після чого тіло почало змінювати обриси. Ще хвилина — і перед очима здивованої дівчини постала картина більш страшніша, ніж чудовисько з вискаленою пащею: на підлозі, зігнувшись у неприродній позі, в калюжі крові лежала... людина.

Онімівши, Дженні дивилася на нього, не в змозі повірити в це.

Аж раптом той самий туман знову огорнув нерухоме тіло — і воно стало танути, немов хтось невидимий витирав його з реальності. Мить — і замість убитого перевертня на підлозі залишилася жменя сірого попелу. Пролита кров зникла безслідно, ніби її й не було.

— Ну ось і все, — в такт думкам Дженні виголосив Антоніо.

— Що... що це було?

— Це обернений перевертень. Він уже наполовину мрець, коли стає таким, а далі живе і отримує сили лише завдяки своєму господареві. Тому від них нічого не залишається, якщо вони гинуть...

— А як ти опинився тут, Антоніо? Здається, півгодини ще не минуло.

— Я весь час наглядав за тобою. Не міг же я справді залишити тебе у твоєму першому бою зовсім одну, — Антоніо говорив так, ніби виправдовувався.

— Значить, ти знав про перевертня?

— Звісно, знав. Це було твоїм випробуванням. Бойове хрещення, так би мовити.

Дженні обережно торкнулася пальцями свого чола — краплі крові вбитого нею монстра, здавалося, ще досі горіли на ньому. Мітка кров'ю. Ще один новий для неї ритуал. Але дівчина відчувала себе настільки спустошеною після пережитого хвилювання, що їй, схоже, було все одно.

— А Ніколь... Вона теж знала?

— Ніколь хотіла переконатися в тому, що ти в змозі здолати свої страхи і невпевненість. У тому, що, зустрівшись з реальним ворогом, не будеш жертвою.

Дівчина лише коротко кивнула.

— Вибач, Дженні... Однак на нас чекає справжня війна, а не випускний бал, тому...

— Антоніо, не треба вибачатися. Я все розумію. І... навіть рада, що все так сталося. Адже я й справді... перемогла його...

— Ти перемогла не тільки його, а й свій черговий страх. Вже одне це має велике значення...

— А як же кинджал?

Антоніо з подивом глянув на Дженні.

— Ну як же? — дівчина була зовсім збита з пантелику. — Той, заради якого ми сюди приїхали, — бойовий амулет.

Антоніо знизав плечима.

— Це був усього лише привід для випробування. У тебе вже є власний амулет.

Дженні підібрала свій меч і мовчки вийшла з кімнати. Антоніо пішов за нею. Спускаючись вниз, вона затрималася лише на секунду, щоб забрати Каблучку Привидів.

Мовчки вони вийшли до припаркованого біля входу автомобіля. І тільки коли половина дороги до будинку Ніколь залишалася позаду, Дженніфер неголосно запитала:

— Так я пройшла випробування?

— Більше ніж, — відповів Антоніо, не відриваючи очей від дороги. — Я розраховував на це, але, чесно кажучи, не очікував від тебе такої витримки.

— Я і сама від себе не очікувала, — раптом тихо зізналася Дженніфер.

Коли вони під'їхали до будинку, назустріч їм вийшли і Ніколь, і Моллі. Обидві втупилися на Дженні, ніби побачили перед собою примару.

— Значить, можна тебе привітати, — неголосно сказала Ніколь.

Дівчина лише зараз згадала, що позначена знаком, намальованим Антоніо кров'ю переможеного чудовиська.

Немов тінь, поруч виріс і сам Антоніо.

— Дженні відмінно впоралася. Мені не довелося втручатися. — Дворецький підійшов до дівчини і взяв її за руку. — Тепер ти розумієш, що таке особливий настрій перед боєм. Його джерелом став гнів — зворотний бік твоєї любові до батьків. Заподіяне їм раніше зло пробудило у відповідь зло в тобі, Дженні. Гнів не завжди найкращий помічник у бою, але сьогодні ти зуміла обернути його собі на добро.

— Ти можеш використовувати цей стан — він допоможе тобі боротися з ворогами, — продовжувала тепер уже Ніколь. — Але Антоніо правий: гнів — небезпечне почуття: він зближує тебе з тими, проти кого ти борешся. Цим станом важко керувати, гнів здатний поглинути тебе. Можливо, потім ти відмовишся від нього і знайдеш інший шлях... Але про це подумаєш пізніше. Зараз тобі потрібно відпочити.

Дженні із вдячністю глянула на Ніколь — дійсно, фізична і моральна втома накотили на неї важкою хвилею. Тепер найбільше їй хотілося усамітнитися.

— Дякую, тітко Ніколь, — сказала вона неголосно. — Піду до себе...

Ніколь і Антоніо залишилися сидіти у вітальні, задумливо дивлячись услід Дженні.

— Вона немов подорослішала за цей вечір на кілька років, — тихо сказала Ніколь. — Бідна дитина...

— Вона вже майже готова, — додав Антоніо.

Вони все ще продовжували дивитися на двері, за якими зникла ця маленька, але така сильна дівчина...

Глава 51

Несподіваний іспит

Спустившись вранці в їдальню, Дженні, на диво, не знайшла там Ніколь. Вирішивши не снідати на самоті, дівчина вирушила на пошуки господарки будинку. В камінній (де та часто засиджувалася з книжкою на колінах) її чекав ще один сюрприз: двері кімнати, зазвичай відчинені навстіж, тепер були щільно закриті. За ними чулися неголосні незнайомі Дженніфер голоси.

Дженні вже збиралася було піти, але слова, які долетіли до неї, зупинили дівчину й змусили на час забути про правила пристойності.

— Ти не маєш права ризикувати дівчинкою, Ніколь, — строго пролунав чужий жіночий голос.

— Це її власний вибір. У неї в клініці залишилися друзі, і вона хоче їх врятувати. Якщо я не піду з нею, вона піде одна, — відповідала тітка Ніколь, голос якої був незвично напруженим.

— Парочка божевільних не варті таких жертв, ти повинна зупинити її, — продовжував перший голос — жорсткий та владний, і Дженніфер мимоволі зупинилася під дверима, бажаючи почути, що скажуть далі.

— Кажу ще раз — це її рішення, не моє! — з притиском на кожному слові повторила Ніколь, схвильованість у голосі жінки тепер зросла.

— А ти, замість того щоб зупинити її, хочеш використати наївне дитя у своїх цілях! Ти ж знаєш, ніхто з нас не підтримає тебе у твоїй боротьбі проти Руффа. Ніхто з розумних магів не зважиться протистояти найсильнішому чорному, і тобі це прекрасно відомо. І тепер ти рада, що знайшла собі союзника — недосвідчену дівчинку.

— Але ця дівчинка володіє неабиякими здібностями! Вона навіть сильніша, ніж її мати, і дуже швидко вчиться. Згодом Дженні...

— У неї може не бути цього часу, якщо ти використаєш її у своїх інтересах! — вигукнув третій голос, на цей раз чоловічий.

— Якщо ви не вірите мені, вам краще почути все від неї самої, — відповіла Ніколь.

Її голос тепер вібрував від хвилювання, як натягнута струна, готова в будь-який момент порватися.

Усю цю розмову було прекрасно чути за дверима, не було потрібно навіть напружувати слух.

— Дженні, зайди до нас! — раптом вигукнула Ніколь, і дівчина ледь не підстрибнула від несподіванки.

Як тітка Ніколь дізналася про її присутність? Дженніфер почувалася вкрай ніяково — попалася, як дитина біля коробки з цукерками! Але відступати було пізно. Почервонівши до кінчиків вух, вона все ж зібралася з силами і відкрила двері.

— Здрастуйте, — неголосно привіталася, підходячи ближче до Ніколь і трьох її гостей, чиї погляди зараз були спрямовані на неї.

— Здрастуй, Дженні. Познайомся — це Етель Джонсон, Мелані Гріффіт і Едгар Роу.

Гості по черзі кивнули на знак вітання. Мелані і Едгар були ще досить молодими — можливо, молодші за Ніколь: миловидна жінка невисокого зросту з прямим проділом у густому волоссі й акуратно одягнений чоловік в окулярах, з невеликою борідкою, злегка схожий на шкільного вчителя.

Етель — середніх років повненька дама, виглядала так само доглянуто і бездоганно, як і Ніколь. Вона поставила на столик чайну чашку, яку перед тим тримала в руках, окинула дівчину швидким поглядом з ніг до голови та чемно усміхнулася.

— Здрастуй, Дженніфер. Я рада знайомству. Ми часто бачилися з твоєю мамою...

«Щось не пригадую», — подумала Дженні, проте вголос нічого не сказала. Самовпевнений вид цієї гості чомусь відразу її насторожив — вона поводилася так, немов мала право в чомусь дорікати Ніколь. Хоча незрозуміло, хто їй дав таке право.

— Сідай, дорогенька.

Дівчина слухняно опустилася в запропоноване крісло. Вона все ще відчувала деяку незручність через свою некоректну поведінку, але здавалося, що всі вже забули про це.

— Ніколь описала нам, як ти розправилася з перевертнем вчора ввечері... Це правда? — не обтяжуючи себе продовженням обміну люб'язностями, звернулася Етель до дівчини.

— Правда. Це було не так вже й складно... Якщо добре злякатися, — чесно зізналася Дженні.

Жінка злегка усміхнулася у відповідь.

— Дуже похвально, що ти настільки швидко навчаєшся бойовим практикам. Боротьба з силами темряви — гідне заняття. Але воно не зовсім підходить для юних магів, яким ще належить багато чому навчитися. Не варто наражати себе на ризик, Дженні.

— Ти ще не готова, дівчинко, — у свою чергу відгукнулася Мелані приємним чистим голосом.

Дженні злегка розгублено подивилася на Ніколь, проте наставниця мовчала. Тоді дівчина вирішила вступити в суперечку сама.

— А чому ви так вирішили? — якомога ввічливіше запитала вона, намагаючись, щоб її слова не звучали як заклик.

Уся трійця гостей перезирнулася — на їхніх обличчях промайнуло здивування. Першим усміхнувся Едгар Роу.

— Тобто ти вважаєш, що готова до бою?

— Цілком, — твердо відповіла Дженні, хоча внутрішньо вона не була в цьому впевнена.

— І прямо зараз могла б це довести? — в очах Едгара вже танцювали вогники азарту.

— А чому б і ні?

— Добре. Тоді бийся... Зі мною!

Едгар напав на неї без попередження — щось схоже на чорну сітку промайнуло в повітрі, опускаючись на плечі Дженні. Дівчина встигла відбити атаку, вигукнувши огороджувальне заклинання. А вже в наступну секунду Едгар летів на неї з блискучим мечем у руці, і їй нічого не залишалося, як встигнути дістати свій і знову блокувати удар. Вони то сходилися, то розходилися, щоб знову кинутися один на одного в дикому танці бою. Відчувши себе більш впевнено, Дженні тепер намагалася не тільки оборонятися, а й нападати. Вітальня стала їх полем бою, і кожен силувався відшукати слабке місце в захисті іншого, застосовуючи заклинання і доповнюючи їх стрімкими атаками меча...

Дженніфер не знала, скільки минуло часу, перш ніж сам Роу в примирливому жесті підняв руки вгору, оголошуючи, що бій закінчився. Ніхто з них не завдав шкоди іншому, але, можливо, цього й не потрібно було.

Три жінки із задумливим виглядом неголосно перемовлялися між собою.

Намагаючись вирівняти дихання, Дженні стала прямо перед ними.

— Непогано, дівчинко, дуже непогано, — знову першою відгукнулася Етель. — Ти робиш великі успіхи, але... — жінка сумно похитала головою, — ...твоя підготовка зараз — і як бійця, і як мага — безумовно недостатня. Ти готова відсотків на п'ятдесят, не більше.

Дженніфер переводила погляд з одного мага на іншого, наче шукаючи підтримки, але її не було.

— Я б сказала, твоя основна проблема — у невмінні повністю сконцентруватися на поточному моменті, на «тут і зараз». Ти начебто тут і робиш все правильно, однак... У цей час думки твої далеко. Ти багато думаєш... про своїх батьків, друзів... і втрачаєш силу, розпорошуєш її, замість того щоб накопичувати.

— Так, я погоджуся з колегою, — сказав Едгар Роу. — Як для учениці — ти молодець, але як для дорослого, самодостатнього мага... — він сумно похитав головою.

— І що ж ви мені порадите? — неголосно запитала дівчина, дивлячись у вічі своїй співрозмовниці.

— Не переоцінювати свої сили. Не вплутуватися в бій, з якого мало шансів вийти переможцем, — відповіла Етель.

— Наскільки... мало?

— Гм... Я б сказала, що їх немає, Дженні. Майже немає, якщо проти тебе буде цілий загін посібників Руффа. Кожен з них має силу і готовий загинути за свого господаря.

— Але я буду не одна...

— Цього все одно недостатньо, — м'яко заперечила Етель. — Ти ж розважлива дівчинка і повинна розуміти, що...

— Що безпечніше залишити все, як є. Забути про тих, хто потребує допомоги. І продовжувати радіти життю, знаючи, що десь чорний маг перетворює людей на зомбі й вампірів, витягує душі з тих, хто не хоче стати покірним. Цей маг приносить в жертву демону — своєму господареві — невинних людей, за яких нікому заступитися. І я повинна жити далі так, ніби нічого подібного немає. Так, як живуть «дорослі і розважливі» маги в цьому місті та його околицях... Ви це хотіли сказати мені, пані Джонсон? — голос Дженні звучав тихо, але її слова ніби падали розпеченим камінням з жерла вулкана, така внутрішня пристрасть звучала в них.

Етель Джонсон та інші маги дивилися на неї тепер в усі очі, не знайшовшись на відповідь.

— Якщо ви можете так жити, це ваше право. А у мене не вийде... — Дженні рішуче піднялася з крісла. — Приємно було познайомитися, шановні маги. А тепер — вибачте, я мушу йти. У мене зараз почнуться заняття.

Вона попрямувала до виходу, високо піднявши голову, відчуваючи на собі погляди чотирьох пар очей. Етель і Мелані дивилися на неї з розгубленістю, Ніколь і Роу — із захопленням.

— Так у чому, ви кажете, я повинна її переконати? — запитала Ніколь, коли двері за дівчиною зачинилися.

Вона не приховувала своєї гордості.

Глава 52

Поклик з того боку

Цілий день Дженніфер навмисне уникала розмови з Ніколь з приводу того, що сталося. Вона боялася, що та передумає і спробує переконати її відступитися. Але Ніколь і сама не поспішала щось коментувати. Обидві поводилися так, ніби нічого не сталося. Все як завжди — їжа, заняття, відпочинок. І тільки прощаючись перед сном, Ніколь затримала Дженні:

— Скажи... Ти ж не думаєш, що я хочу тебе використати для помсти Бенджаміну Руффу?

— Тітко Ніколь, це я попросила тебе про допомогу, а не ти мене. І те, що наші цілі збігаються, — лише плюс. Але чи правда... що наші шанси невеликі? — поставила вона запитання, яке турбувало її весь цей день.

Ніколь зітхнула.

— Я не знаю, Дженні. Чесно не знаю. Я зверталася за допомогою до інших... Однак ніхто не погодився допомогти.

— Але чому? Адже лікар Руфф безкарно чинить зло! Невже це нікого не хвилює?

— Ніхто не хотів би бути його ворогом, — чесно зізналася Ніколь, і в її очах з'явилася туга. — Відкрито протистояли йому тільки твої батьки. Однак тепер, коли вони загинули...

— Тепер є я, — рішуче відповіла Дженні і схопила Ніколь за руку. — Ти ж не відступиш, правда?

— Правда, — Ніколь накрила її руку своєю долонею. — І я дуже пишаюся тобою, Дженні...

— У нас все вийде, — сказала дівчина. — Не може не вийти. Наша допомога потрібна їм... Нас чекають.

— Добре, Дженні. Ми поговоримо про це завтра. А зараз — на добраніч!

— На добраніч, тітко Ніколь.

Дженні піднялася у свою кімнату. На душі у неї було тоскно. Ніколь так і не сказала, навіщо приходили гості в її будинок, але це було очевидно: вона просила допомоги у інших магів. Значить, їх шанси й справді невеликі...

Дівчина підійшла до вікна. Білий місяць визирав із-за хмар.

Дженніфер раптом згадала свій біг через оповитий темрявою ліс, у холод та невідомість, але — до свободи. І те, як вони були щасливі, коли тікали геть від лікарні, всі разом... І як сором'язливо ховався від них місяць, коли стало зрозуміло, що їх втеча приречена...

На очі дівчини навернулися сльози... Вона не стала нічого розповідати про свої переживання навіть улюбленій Моллі, яка з'явилася майже відразу слідом за нею і зараз терпляче чекала на неї, сидячи на краєчку ліжка. Говорити не хотілося зовсім. Вловивши настрій Дженні, делікатна Моллі не стала приставати з розпитуваннями.

Згорнувшись калачиком на своєму ліжку, Дженніфер незабаром заснула...

...Такий же напівп'яний місяць дивився божевільним оком вниз. Хмари бігали навколо, ніби виконуючи ритуальний танець на просторі холодних небес. Стіна лісу майже приховує собою стару каплицю, а в її розкритих вікнах видніються вогні. Там, у похмурому залі, де темрява порушена лише місячним світлом і чадним вогнем декількох факелів на стінах, свій ритуальний танець виконують довгі тіні навколо розкладеного на землі багаття. Чотири людини, чиї обличчя сховані під довгими капюшонами, стоять біля вівтаря. До вівтаря прив'язана дівчина — очі її закриті, чорне волосся розкидалось навколо голови, наче промені темного сонця. Але ось дівчина відкриває очі й затуманеним поглядом обводить присутніх. Поступово погляд жертви прояснюється — вона розуміє, що міцно зв'язана... Вона поривається, намагаючись звільнитися від мотузок, але її мучителі не звертають на це жодної уваги. Людина, яка стоїть у головах в довгополій чорній рясі, піднімає вгору лезо кривого кинджала — місячне світло на мить затримується на ньому, немов розглядаючи.

Очі дівчини стають величезними, коли маг із кинджалом повертається до неї.

— Ні! — виривається розпачливий крик з її грудей...

— Ні! Софіє! Софіє! — закричала Дженні, скочивши зі свого ліжка, а перелякана кішка від несподіванки зістрибнула на підлогу.

Із шаленим стуком серця, Дженніфер деякий час сиділа нерухомо. Це лише сон. Сон... Сон, який може здійснитися.

Дівчина схопилася і знову підбігла до вікна. Місяць, встигнувши переміститися далі, висів тепер високо — в самому центрі купола посвітлілого неба, білого від місячних променів, як і в тому сні... Але ще не повний місяць. Ще трошки залишилося місяцю до того моменту, як зробиться круглим його сяючий диск. Ще одна ніч...

— Всього одна ніч, і буде пізно. Її принесуть в жертву, — тихо вимовила Дженніфер, не відриваючи очей від місячного диска.

«Кого „її“?» — запитання прозвучало у Дженні в голові, але відповіла на нього вона за звичкою вголос:

— Софію. Дівчину, яку приносили в жертву, звуть Софія — ми з нею були сусідками по палаті, коли і мене тримали в психлікарні. Я бачила це уві сні... Але чомусь впевнена, що цей сон обов'язково здійсниться.

«А чому ти дивишся на місяць?» — запитала Моллі.

— Повний місяць. У моєму сні був повний місяць.

«Значить, часу зовсім не залишилося, — в голосі Моллі звучав жаль. — Мені шкода, Дженні».

— Тому ми повинні виступати завтра, не чекаючи ночі, — рішуче заявила дівчина. — Ми зобов'язані врятувати Софію.

«Але ти ще не готова! Ймовірно, знадобиться більше часу...»

Однак Дженні перервала її роздуми:

— Скільки б не минуло часу, я не буду готова повністю. Поки залишається страх, ніхто з нас не готовий до бою. А страх... Адже він не проходить сам. З ним треба боротися. Битися так само, як і з темними силами... — Дженні, схилившись, взяла кішку на руки. — Я піду туди завтра, Моллі. Незалежно від того, чи піде хтось разом зі мною. Я зобов'язана врятувати її.

«Уже сьогодні, Дженні. Вже за північ, — відповіла кішка, спрямувавши на дівчину свої чарівні жовті очі. — Ти повинна добре відпочити».

— Ти так думаєш? Тільки навряд чи мені вдасться тепер заснути, — зітхнула Дженніфер, але все ж повернулася в ліжко.

На її подив, сон налетів майже миттєво, закутавши дівчину своїми димними крилами. Тільки на цей раз їй снилися радісні гойдалки, котрі злітають під саме небо...

Закінчивши плести сонні заклинання, Моллі залишилася сидіти над сплячою Дженніфер, дивлячись в її безтурботне обличчя. Кішці було про що подумати...

Глава 53

Фінальні приготування

Ніколь вислухала план Дженні й тепер дивилася, немов крізь неї, на полум'я, котре весело танцювало в темній пащі каміна. Деякий час вона мовчала, роздумуючи.

— Так, з одного боку, напасти вдень, коли ніхто цього не очікує і всі слуги Руффа будуть у своїй людській подобі, — це хороший хід. Але тут можуть бути підводні камені... Руфф — не дурень. І якщо ми до нього з'явимося просто серед білого дня, розмахуючи мечами та пістолетами, перше, що він зробить, — викличе поліцію. А сам у цей час сховається і спокійно почекає, поки нас не відвезуть стражі закону.

— Але хто заважає йому вчинити так само вночі? — здивувалася дівчина, злегка розсерджена тим, що її план виявився не настільки хороший.

Однак радувало вже те, що Ніколь не стала відмовляти її від рішення напасти сьогодні.

Жінка лише загадково усміхнулася.

— Не думаю, що він захоче показувати поліції записи, де видно ікла й пазурі його персоналу. Коли в хід піде магія, їм важко буде зберегти своє людське обличчя. І Руффові нічого не залишиться, як прийняти бій... Але є ще одне, чого варто побоюватися: не забувай, все буде відбуватися в клініці для душевнохворих і більшість з присутніх там — дійсно хворі. А на нестійку або порушену психіку впливати найлегше. Лікар Руфф може залучити всіх своїх пацієнтів, заволодівши їхньою волею і змусивши діяти проти нас...

Дженні, судорожно зітхнувши, почала знову ходити туди-сюди по кімнаті перед носом Ніколь — так, рухаючись, їй легше було міркувати. Дійсно, про особливі можливості лікаря вона не подумала...

— Рожеві таблетки! — раптом вигукнула Дженніфер.

Ніколь кинула на неї здивований погляд.

— Коли ми йшли з лікарні в ліс для жертвопринесення, всім пацієнтам перед цим давали рожеві таблетки. Швидше за все — сильне снодійне, щоб ніхто не міг їм завадити, — пояснила Дженні. — Саме тому в нас тоді майже вийшло втекти... Якби тільки ми не заблукали в лісі...

— Ви не заблукали. Це Руфф вибудував спотворений простір навколо своєї лікарні, і без його дозволу піти звідти вам було просто неможливо. Куди б ви не йшли, все одно повернулися б до лікарні, — неуважно пояснила Ніколь, думаючи зараз про інше.

— Ось воно що! Так я й думала... Але якщо в цю ніч вони планують принести жертву, хворі знову спатимуть. А вивести їх з цього стану зовсім непросто...

— Але ми не знаємо точно, чи дійсно вони планують зробити це. У нас немає жодних гарантій. Єдина вказівка — твій сон, — Ніколь уважно подивилася на Дженні.

Дівчина ще раз судорожно зітхнула, стиснувши до болю пальці. Їй нелегко було приймати рішення. І правда, ця здогадка була слабкою ланкою, бо ґрунтувалася лише на сні... Однак її серце знало, що так воно і є, що сьогоднішня ніч може стати для Софії останньою... І це спонукало до дії.

— Так, я згодна — міркую нерозумно. Але впевнена: цей сон — не просто так. Ще раніше, перед першою нашою спробою втекти, мені теж снився сон. У ньому я побачила третій поверх, де ніколи не бувала раніше, і вікно без решітки, і пожежну драбину... Все виявилося точнісінько, як насправді!

— А раптом хтось спеціально послав тобі цей сон, щоб навести на помилковий слід?

— Час, поки ми будемо припускати, так це чи ні, може коштувати дівчині життя! І зовсім непоганій дівчині, незважаючи на всі її дивацтва! — випалила Дженні, блискаючи очима.

Її спокій вмить зник, а бажання йти, летіти до своїх друзів негайно переважило все інше, навіть залізні доводи розуму.

Ніколь дивилася на Дженніфер запитально.

— Я вважаю, що більше зволікати не можна, — сказала Дженні. — Адже на допомогу розраховувати все одно не доводиться, так?

Ніколь заперечливо похитала головою.

— Тоді що нам потрібно для бою?

На обличчі чарівниці майнула усмішка — вона пишалася своєю ученицею, хоч і не казала про це вголос.

— Що ж, думаю, прийшов час відвідати підвал Антоніо...

— Той самий підвал? — уточнила дівчина, наздоганяючи Ніколь, яка вже рішуче крокувала до сходів.

— Саме так!

Другий візит Дженніфер у підвал був значно прозаїчнішим — там було досить потужне освітлення, щоб почуватися впевнено.

Але і цей похід не розчарував: як раніше й передбачала Дженні, внутрішня стіна коридору мала потайні двері. Навряд чи необізнаний знайшов би тут щось: шорсткі прохолодні камені в кладці виглядали абсолютно однаковими. Дівчина так і не зрозуміла, за якими ознаками Ніколь на дотик відшукала потрібний камінь. Однак жінці вдалося це, і вона натиснула на нього — двері в стіні з тихим шурхотом відсунулися, відкриваючи темну пащу проходу. Темну лише на секунду — потім перед нею запалилася цілком матеріальна електрика.

А в наступну мить Дженніфер могла думати тільки про те, що бачили її очі: такій колекції різноманітної зброї позаздрили б навіть кіногерої якогось шпигунського бойовика.

На вузьких настінних полицях лежали і висіли всілякі арбалети, ножі, якісь неймовірні штуки, про призначення яких залишалося лише здогадуватися. У дорогих піхвах приховували свою смертоносну суть кілька мечів. Трохи віддалік чимало місця займали і всілякі фляги, пляшки та колбочки. Але серед усього цього середньовічного багатства була й цілком сучасна зброя: Дженні розгледіла кілька пістолетів, поруч, в коробках, зберігалися патрони до них.

— Нічогенько! Тітко Ніколь, невже ти готувалася відбивати напад армади темних сил у своєму будинку? Тут вистачило б на цілу армію!

— Ну, на цілу не вистачило б, але дещо є.

Усмішка осяяла обличчя Ніколь, і Дженні немов побачила її з іншого боку. Зараз в цій жінці відкривалося щось таке, про що її вихованка досі лише смутно здогадувалася...

— Так, бери ось це і це. Це теж стане в пригоді. Ну і це не завадить.

Ніколь діловито снувала між полиць зі зброєю і зіллям, вказуючи Дженні, що ще потрібно взяти. Дівчина слухняно виконувала ці вказівки, не ставлячи зайвих запитань. Коли в руках у обох уже громадився майже цілий невеликий арсенал, Ніколь додала зверху ще два пістолети.

— А це ще навіщо? — здивувалася Дженні. — Ми йдемо воювати з чаклуном...

— Саме так — воювати! А на війні всі засоби хороші, й ніколи не знаєш, що саме тобі краще прислужиться — надійне закляття чи звичайна срібна куля.

Дженні у відповідь тільки хмикнула. Звичайно, що може бути більш звичним, ніж срібні кулі!

Разом з Ніколь вони піднялися наверх і вивалили відібране добро прямо на стіл. Ніколь почала його сортувати, попутно пояснюючи Дженні призначення кожного предмета, серед яких, крім зброї, були всілякі еліксири й амулети.

Дівчина лише кивала головою, намагаючись нічого не забути й не переплутати. Громіздкий на вигляд арбалет Ніколь відклала в сторону.

Дженні провела його поглядом:

— А це?..

— Це для мене. Магія магією, але така штука теж не буде зайвою... якщо перед тобою стоїть перевертень, готовий до атаки, — обличчя Ніколь стало відчуженим і серйозним. — Почекай мене тут.

Жінка стрімко зникла за дверима, і Дженні залишилася одна в бібліотеці, котра зараз більше нагадувала склад зброї. Тільки тепер, змішане з радісним збудженням, до дівчини прийшло відчуття, що все це дійсно серйозно. До того були тільки слова і наміри. Зараз уже починалися дії. Ще більше в цьому переконав її вигляд Ніколь, яка повернулася через кілька хвилин. Довге волосся жінки, зазвичай укладене в елегантну зачіску, зараз було просто зібране на потилиці, звичне темне довге плаття, від якого пахло екзотичними квітами, вона змінила на вузькі чорні брюки і вільну блузку з широким паском.

«За яким легко поміститься пістолет», — додумала за Дженні Моллі, котра з'явилася тут як тут.

«Такою я її досі не бачила», — так само подумки відповіла кішці Дженніфер, спостерігаючи, як зосереджено розсортовує Ніколь свій бойовий запас.

«Ти ще багато чого не бачила», — відповіла Моллі, теж поглядаючи на господиню.

Ніколь повернулася до своєї вихованки, тримаючи в руках два пістолети.

— А зараз ми з тобою беремося до потрібної справи: будемо практикуватися зі зброєю. Шкода, я не вчила тебе цьому раніше: думала, ще є час... Ну добре. Робити з тебе снайпера необов'язково, а ось випустити пару куль у супротивника ти повинна вміти... Йдемо?

— Звичайно, — погодилася Дженні.

Їй одночасно було і радісно, і страшно.

Глава 54
В дорогу

Залишок дня вони провели, практикуючись у стрільбі й перевіряючи бойові навички Дженніфер. Як виявилося, Ніколь дуже непогано володіла мечем. І це було для Дженні відкриттям — бачити свою наставницю не вишуканою дамою, а рішучим і швидким воїном. А з арбалетом вона просто творила чудеса — поєднуючи свою вогняну магію зі стрілами, Ніколь змушувала їх перетворюватися на справжні вогняні вихори...

Закінчивши тренування, вони ще раз обговорили план подальших дій. Зараз в нараді також брав участь Антоніо.

— І ти приєднаєшся до нас? — запитала Дженні якомога спокійніше, але його відповідь змусила її не приховувати радість.

— Звичайно, юна леді. Не можу ж я дозволити лише вам двом отримати все задоволення від бою! — пожартував дворецький, примруживши очі.

Тепер і він постав у незвичному образі: замість джентльмена в строгому костюмі й з незмінним метеликом перед Дженні стояв невисокого зросту чоловік із сивиною в темному волоссі, в одязі вільного крою, що нагадувало шати азіатських бійців, які практикують бойові мистецтва. Він уже приладнав до свого вбрання піхви з мечем і зараз розподіляв по кишенях кілька пляшечок і підозрілого виду кульки завбільшки з голубине яйце.

У цей момент серед такої команди Дженні стала почуватися недосвідченим пташеням, яке готується до першого великого польоту.

Отримавши останні настанови від своїх вчителів, дівчина ледве стримувала хвилювання. Це почуття було схоже на передчуття польоту: ось він, той самий один помах крилами, після якого земля більше ніколи не буде для тебе колишньою, навіть якщо ти на неї опустишся знову...

Моллі звично стрибнула на коліна Дженніфер, підставляючи для ласки пружну чорну спинку. Гладячи свою улюбленицю, Дженні дійсно трохи заспокоїлася.

— Ще не пізно відмовитися. Або перенести все на інший день, — раптом сказала Ніколь, підходячи до своєї вихованки.

— Ви це серйозно? — дівчина підняла на неї здивований погляд.

— Цілком. Ти ж розумієш, що це...

— Це не ігри. Це реальна битва. Після якої можна й не повернутися, — в свою чергу додав Антоніо.

Дженніфер переводила погляд з чоловіка на жінку, намагаючись зрозуміти, чи говорять вони серйозно, чи все ще перевіряють, наскільки вона готова.

— Розумію, — кивнула дівчина. — Однак ми не можемо зараз зупинитися. Я не можу. Це буде зрадою, — тихо, але чітко вимовила вона. — Я так вирішила.

— Так, це твоє рішення. Але ж ми з Ніколь... можемо відмовитися! — раптом вимовив Антоніо.

Дженніфер ніяк не розраховувала почути такі слова з вуст свого наставника. Завмерши від несподіванки, вона дивилася на дворецького, намагаючись зрозуміти, наскільки той серйозний. Ніколь теж мовчала, вона не дивилася на Дженні.

За секунду ціла гама почуттів відбилася і згасла на обличчі дівчини. В очах з'явилася холодна рішучість.

— Тоді я піду сама.

Більше ні на кого не дивлячись, вона повернулася і зробила крок до виходу.

— Дженні, стій! — прозвучало їй услід, і ще через дві секунди її обіймали дві пари надійних рук.

— Ми ніколи не залишимо тебе, чуєш?

— Це була перевірка. Нам просто потрібно було знати остаточно, наскільки важливо для тебе піти туди...

— Ми усі разом!

— Разом! — видихнула Дженніфер, ледь стримуючи сльози. Такого полегшення вона ніколи не відчувала раніше...

А ще через кілька хвилин вони покинули ніби вже нежилий будинок, сідаючи в машину Ніколь. І тільки садові ліхтарики біля доріжок всередині двору продовжували горіти. Дивлячись на ці вогники з віконця від'їжджаючого автомобіля, Дженні раптом відчула в самій глибині серця тугу. Вони чекатимуть...

«Вони чекатимуть на нас», — почула вона продовження своєї думки і з подивом обернулася, шукаючи очима «автора». Моллі одразу легко стрибнула до неї на коліна (коли тільки вона встигла шморгнути в салон автомобіля?).

— Моллі, краще сиди тут! Там буде небезпечно!

«Звичайно ж, — кивнула кішка, дивлячись на Дженні своїми медовими, круглими, як місяць, очима. — І тому я їду з вами».

Повний місяць уже купався в піні хмар, повільно простуючи чорними просторами неба. Він то пірнав у них, то знову вислизав на поверхню, виблискуючи бляклим сріблом, немов величезна хижа риба.

У цей же час на самісінькій околиці Ґрінстоун, позаду темної смужки лісу, затріпотіли, піднімаючись вгору, червоно-руді пелюстки на чорних свічках. Чотири тіні схилилися над вівтарем у старій каплиці, простягаючи до вогню розкриті долоні...

Глава 55

Біля жертовника

Машину довелося залишити на узбіччі дороги, котра вела до лісу. Далі вона була їм не потрібна — привертати до себе увагу чотирьом прибульцям зовсім не хотілося. Одній з них, найменшій, сховатися було найлегше — спробуй знайди вночі чорну кішку! Трьом іншим, дівчині, жінці й чоловікові, довелося докласти більше зусиль, щоб не бути викритими.

Ніколь кинула над їх головами перше заклинання — Покров Темряви. Дженніфер і сама була знайома з ним, але наставниця попросила її поки берегти сили і не витрачати їх даремно.

Дрібними іскрами закляття злетіло з пальців Ніколь, і тепер четверо кралися по лісу, ніби тіні, що зливалися з темрявою. Їм не довелося здогадуватися, куди йти: від зануреної в тишу нічної хащі виходила така сила магії, що її вібрації притягували до себе, немов магнітом, будь-кого, хто міг їх відчути.

Поки вони пробиралися по засіяній хвоєю землі далі в ліс, Дженніфер не полишала тривога. Чи правильно вони розрахували час? Сон виявився віщим: в каплиці лікарні дійсно проводили потужний ритуал, котрий неможливо було приховати. І апофеозом всього цього дійства стане жертвоприносення. Людське жертвопринесення, черговий спокутний дар Бенджаміна своєму Демонові — господареві й володарю...

Чи встигнуть вони вчасно? Повинні встигнути, жертва ще жива — інакше пролилися б уже жахливі потоки магії — як завжди, коли душа з примусу залишає своє тіло, стікаючи кров’ю і... енергією. Колосальною, потужною енергією — тією, що не витрачена за все життя. Чим молодша жертва, тим більше сили, яку просто згодовують завжди голодним сутностям, що не мають можливості отримувати життєву силу самостійно...

Звичайно ж, Демон не присутній поруч, чекаючи свіжої крові, — він і так її отримає. А ось вірному його слузі, чорному магу Бенджаміну, необхідно бути зараз біля багаття, керувати ритуалом — жодна крапля дорогоцінної крові не повинна пропасти. Жертві належить вмирати повільно, поступово віддаючи свої сили...

«Не думай про це! — пролунав у Дженні в голові майже обурений голос Моллі. — Ми встигнемо вчасно. Думай краще про те, що це велика удача — той, на кого ми полюємо, буде тут, а не у своєму лігві. Тут його простіше дістати».

«А з ним — цілий полк його перевертнів», — так само подумки відповіла Дженніфер.

Але, крім усього іншого, її гнітила ще одна здогадка: а якщо Джек такий самий? Що він пообіцяв натомість лікарю Руффу, отримуючи незвичайну силу і відносну свободу? Чи тільки майном розплатився колишній пацієнт? Не варто себе обманювати — вона бачила його справжні очі. Таке не забудеш. Але наскільки він відданий лікарю? Ось з ким точно не хотілося б боротися, так це з добрягою-кухарем, який за короткий час став їй другом...

«Він був добрягою, поки залишався людиною», — знову безцеремонно увірвалася Моллі в її думки. З язика Дженні мало не зірвалися різкі слова, проте дівчина вчасно опанувала себе — кішка робила це, щоб допомогти їй прийняти правильне рішення.

«В образі перевертня він може втратити людську пам’ять... Тож нехай тебе не вводить в оману те, що раніше ви були друзями», — продовжувала свої настанови Моллі.

Дженніфер не хотілося думати про це — вона дійсно не знала, що буде робити, якщо в бою доведеться зустрітися з кухарем

Джеком. І від щирого серця сподівалася, що він не опиниться серед підданих лікаря Руффа, до яких вони зараз стрімко наближалися.

Силует каплиці відкрився погляду, коли вони минули останню смужку лісу. Там, далі по дорозі, розташовувалася лікарня, але каплиця стояла окремо, відгороджена смугою дерев.

«Заходимо з різних сторін, — цей уявний наказ віддала вже Ніколь. — Ми з Антоніо нападемо на Руффа. Ти, Дженні, вибирай мету за ситуацією. Щойно я скину заслін, відразу ж виступаємо...»

Дженніфер облизала пересохлі губи. Зараз, прямо зараз, все й почнеться! Заслін, потужний засіб, який на деякий час блокує будь-яку магію, майнув у руках Ніколь. Невеличка кулька, що трохи нагадує горіх, — так подумають про нього необізнані. Не один рік і не два доводиться насичувати його силою, проводячи особливі ритуали, щоб він увібрав волю свого творця і став дієвим захистом від чорної магії... Нехай навіть на кілька хвилин. Але це означає, що під час його дії ніхто не зможе використовувати свої магічні можливості, наскільки великі б вони не були. На цей час вони всі — лише люди... Навіть лікар Руфф.

Дженніфер обережно витягла свій меч з піхов за спиною. Лезо тьмяно блиснуло в слабкому світлі місяця.

Вони підійшли зовсім близько. Невидимі під покровом ночі й захисним закляттям, стояли за кілька кроків від місця проведення ритуалу. Їх досі не викрили. Двері каплиці були відкриті — ніхто не охороняв вхід в неї.

До вівтаря дійсно була прив'язана людина, її приховувала зараз накинута зверху темна тканина, тож вгадати можна було лише контури тіла. Четверо помічників схилилися, витягнувши руки в бік мерехтливих свічок і, здавалося, перебуваючи в стані трансу. І тільки один, п'ятий, не схожий був на зачаклованого: його голос, що кидав у темряву звуки заклять, звучав високо і владно.

«Дивно... Чому їх тільки п'ятеро?» — подумала Дженні, намагаючись вгадати, кого ж вона бачить перед собою, але обличчя всіх учасників дійства були приховані спадаючими капюшонами чорних мантій.

Ні про що більше подумати вона не встигла, бо в повітрі пролунав неголосний глухий стук, немов вистрілила невидима хлопавка. Це спрацював заслін Ніколь!

В ту ж мить, ніби виникнувши з темряви, в бік старшого жерця метнулися дві тіні. Не гаючи часу, Дженніфер теж кинулася в коло світла.

Глава 56

Не принесена в жертву

П'ятеро всередині магічного кола розгубилися — проте лише на деякий час. Швидко оговтавшись, двоє вихопили мечі, які ховалися під широким ритуальним одягом, інші спробували застосувати закляття. Та ба — заслін Ніколь утримував їх магію. Здивовано переглянувшись, вони одразу кинулися до Дженні, на ходу вихоплюючи зі складок одягу вигнуті клинки.

Краєм ока дівчина встигла помітити, як два силуети метнулися до ватажка, який проводив ритуал, — це були Ніколь і Антоніо. Немов за помахом чарівної палички, в руках чорного мага з'явився округлий плоский предмет. Замахнувшись, чаклун кинув його на землю, одночасно вимовивши коротке заклинання. Але все виявилося марно: магію надійно блокував чарівний заслін Ніколь.

Спритно прослизнувши між нападниками, Дженні відбила удар одного і мало не потрапила під лезо клинка іншого. Решта, мабуть, не побачили в дівчині великої загрози, кинувшись на захист свого магістра.

В руках Антоніо блиснуло відразу два леза. Несподівано легко він завдав удар — і маг, упустивши з рук ритуальний кинджал, зігнувся від болю, а дворецький вже бився з наступним темним.

Зійшовшись в поєдинку, Антоніо закружляв у танці бою: блок, випад, відступ, удар...

Ніколь також не бракувало хоробрості — вона билася з фігурами в темних плащах настільки холоднокровно, ніби це був урок фехтування, а не реальний бій. Рухи її здавалися плавними та впевненими. Завдавши точний удар людині з кинджалом, вона одразу, не дивлячись, відбила напад зі спини.

Але всього цього не бачила Дженні, яка люто відбивалася від двох ворогів відразу. На відміну від свого вчителя, вона була не такою досвідченою. І довелося б їй туго, якби чорна жовтоока блискавка з гучним шипінням не стрибнула прямо в обличчя одному з нападників. Той позадкував, оступившись, і завив від болю, намагаючись відірвати від свого обличчя клубок гострих кігтів. Однієї миті — озирнутися на товариша — виявилося достатньо, щоб дівчина встигла завдати удару по іншому супернику. Той хитнувся, а потім знову вступив у бій, але напоровся на підставлений клинок. Глухо зойкнувши, нападник осів на землю.

На виручку Моллі вже поспішала Ніколь. Не даючи часу схаменутися супротивнику, котрий волав і катався по землі, вона проткнула його мечем, влучивши в самісіньке серце...

Все сталося дуже швидко. Дженніфер ледь встигла віддихатися після першої сутички, як на холодній землі вже лежали нерухомо чотири тіла. П'ятий — поранений, але живий, тихо скиглив від болю, відповзаючи до жертовника.

Розширеними очима Дженніфер дивилася на тіло біля своїх ніг. Капюшон сповз із обличчя недавнього супротивника, в якому дівчина впізнала Саймона — помічника кухаря.

Антоніо грізною тінню навис над єдиним уцілілим, приставивши вістря меча до його горла. Той жалібно заскиглив, немов хворий пес: це був зовсім ще молодий хлопець.

— Впізнаєш його, Дженні? — хрипко запитав Антоніо, продовжуючи утримувати свою жертву.

Хлопець, втім, і не думав опиратися — в його очах застиг божевільний страх.

Дженні глянула в обличчя полоненого.

— По-моєму, він один з охоронців — я кілька разів бачила його, — не зовсім впевнено вимовила вона.

Ніколь тим часом відкинула покривало з людини, прив'язаної до вівтаря. Це дійсно виявилася дівчина, зовсім молоденька —

вона, мабуть, спала або перебувала в глибокій непритомності — шум від усього, що відбувалося, так і не привів її до тями.

— Це не Софія, — глянувши в обличчя жертві, помітила Дженніфер, не впізнавши дівчину, хоча та могла бути однією з пацієнток.

Моллі підійшла до нещасної і обережно її обнюхала.

«Вона жива, — поставила свій діагноз чуйна помічниця. — Напевно, її чимось накачали…»

— Де лікар Руфф? — запитав Антоніо у юнака, який корчився на землі.

— Я... н-не знаю, — затинаючись, відповів той, не зводячи очей з блискучого леза біля свого обличчя. — Нам звеліли провести ритуал... Ми не зі своєї волі! Він наказав нам, — жалібно схлипував хлопець.

Антоніо скривився.

— Руффа серед них немає, — озвучила Ніколь те, що Дженні вже встигла зрозуміти й сама. — Усі п'ятеро, які проводили ритуал, — дрібні сошки. Навіть не підмайстри — просто учні, чаклуни найнижчого посвячення. Дивно, що ритуал довірили проводити саме їм, — повільно вимовила Ніколь, по черзі вдивляючись в обличчя нерухомих чоловіків.

— Хіба що тільки нас чекали, — зітхнув Антоніо, забираючи меч від тремтячого учня. — Що будемо робити далі?

Дженні схилилася над дівчиною, яка нерухомо лежала на вівтарі.

— Не розумію... Уві сні я бачила на її місці Софію...

— Сон — ненадійна підказка... Але ця дівчина жива лише завдяки тому, що ми нагодилися вчасно.

Порадившись, що робити з пораненим магом, вони вирішили залишити його тут, перед тим міцно зв'язавши. На нерухому дівчину Ніколь наклала охоронне закляття.

Залишивши двох у розореній каплиці, всі четверо вийшли на вулицю. Антоніо озирнувся: на відміну від своїх супутниць, він ніколи тут не був.

— Куди тепер? — запитав дворецький.

— До лікарні, — коротко скомандувала Дженніфер, і решта пішли за нею.

Через пару хвилин попереду, на тлі рідких сосен, вималювалися контури громіздкої будови.

— Лікарня, — майже пошепки промовила Дженні.

Подорожні мимоволі зупинилися, вдивляючись, — від будівлі віяло такою енергією зла, що ноги відмовлялися рухатися до неї. Але вже через мить всі троє рішуче вирушили далі: як би там не було, відступати пізно. Вони оголосили війну Бенджаміну Руффу, а це значить — битва буде тривати, поки одна зі сторін не визнає свою поразку. Або — поки не загине...

Глава 57

Несподіване відкриття

Коли останні безладні ряди дерев, що відокремлювали чотирьох прибулих від території лікарні, залишилися позаду, подорожні зробили зупинку. Ніколь опустила долоню на плече Дженніфер.

Величезна будівля клініки здавалася порожньою, лише кілька слабких вогників тремтіло всередині вікон. Занурена в похмурий сон, лікарня здавалася ще більшою. Високі кам'яні стіни на тлі ночі нагромаджувалися неприступним бастіоном.

Перехопивши напружений погляд своєї вихованки, Ніколь немов прочитала її думки.

— Загрозливо виглядає, чи не так? Але ти ж пам'ятаєш, що зовнішність може бути оманливою...

— Так, хіба може бути страшніше! — зітхнула Дженніфер. — Лише вигляд цих стін викликає у мене тремтіння...

— Кинь Каблучку Привидів на землю, — вимовив Антоніо. — Тепер важливо бачити все таким, яким воно є насправді. Так нам буде простіше розібратися, хто ворог, а хто друг...

«Невже це місце може бути ще гірше, ніж виглядає зараз?» — подумала Дженні, кидаючи каблучку.

Круглий золотий обідок, торкнувшись землі, покотився по засіяній хвоєю стежці.

Світ навколо одразу став іншим: замість акуратних доріжок навколо будівлі очам відкрився занедбаний пустир з невисокими

пагорбами, котрі скупчилися мало не один на одному. Скрізь із землі стирчали вивернуті камені й уламки дерев'яних та кам'яних хрестів. Розбита труна лежала неприкритою, розпавшись і показуючи всім своє гниле нутро...

Дівчина зойкнула, насилу приймаючи цю картину.

Навколо, наскільки було видно оку, простягалося величезне занедбане старе кладовище. Подібно дивовижному камінню, із землі в різних місцях стирчали людські кістки... А посеред усієї цієї моторошної обстановки сірим монолітом височіла будівля... Не дарма лікарня здавалася Дженні бастіоном — вона була чимось на зразок фортеці з великою кам'яною кладкою, високими стінами й вежами над ними. Напевно, тільки сталеві ґрати на вікнах були, як і раніше, — вони й без перетворень залишалися такими ж непроникними...

— Я ніколи не чула про кладовище на вулиці Роуз... — прошепотіла Дженніфер.

— Це кладовище не тільки старе, а ще й опоганене, — зітхнула Ніколь. — Ідеальне місце для лігва чорного мага та його слуг... Дженні, я прошу тебе бути гранично обережною. Те, що ритуал у лісі проводив не Руфф, дуже мене турбує... Ми витратили силу дорогоцінного артефакту на недостойних супротивників. Тепер у нас залишився лише один магічний заслін. Я хочу, щоб він був у тебе...

Ніколь дістала невеликий округлий предмет і передала його Дженні. Той нагадував волоський горіх у шкаралупі, тільки більший за розміром.

— Бережи його. Використовуй у крайньому разі, проти потужної магії, яку ти не в змозі будеш відбити. На дві хвилини він заглушить будь-яку магічну силу — за цей час ти повинна зуміти напасти або втекти...

Дженні кивнула, стискаючи дорогоцінний артефакт в кулаку.

— Нам треба триматися разом, — неголосно продовжувала Ніколь. — Наша мета — Руфф. Впораємося з ним — і всі його поплічники позбудуться сили...

— Щасти нам, — прошепотів Антоніо.

Його погляд, спрямований до ґратчастих вікон, був похмурий і задумливий.

— Он там — пожежна драбина, — Дженніфер вказала рукою на сіру стіну. — По ній ми зможемо потрапити в лікарню...

Невелика група побігла до темної стіни. Сходи виявилися досить високо від землі, однак Дженні це не зупинило: спритно піднявшись на першу сходинку, вона швидко ковзнула вгору. Дівчина змусила себе вгамувати зрадницьке тремтіння в руках і приборкати шалене биття серця: хвилюватися можна буде потім, коли все закінчиться. Але тільки не зараз.

Дібравшись до верхнього поверху, Дженніфер обережно натиснула на скло вікна — без сумніву, воно було закрите. Однак решіток не виявилося — дивно, що їх не поставили відразу ж після тієї спроби втечі...

Моллі легко стрибнула на підвіконня й поскребла скло лапкою. На хвилину вона прикрила свої жовті очі, накладаючи на вікно закляття... Скло тихо скрипнуло і раптом із шипінням розтануло прямо на очах, немов було зроблене з льоду. Кішка прослизнула у віконний отвір. За нею рухалися й всі інші...

Глава 58

Зустріч

Опинившись всередині, вся компанія вирішила не затримуватися на третьому поверсі й кинулася по сходах вниз. Четвірка відчайдушних магів приготувалася зустріти рішучу відсіч, тому їм було дивно чути тишу. Їх ніхто не зустрічав. Більш того, в лікарні було надзвичайно порожньо — ні санітарів, ні лікарів, ні хворих... Навіть пульт охорони сумно блимав зеленим вогником в повній самоті.

— Я не відчуваю тут ніякої магії, крім тієї, що властива цьому місцю, — тихо сказала Ніколь.

— Так було й тоді, коли мені майже вдалося втекти, — у відповідь прошепотіла Дженні. — Можливо, ритуал, який ми бачили, не єдиний, тому лікар Руфф і його поплічники зараз зібралися в іншому місці...

— Хотілося б вірити в таку удачу, — зітхнув Антоніо.

Чоловік не випускав із рук своєї зброї, в будь-який момент готовий до нападу.

— Тоді, ймовірно, у нас є час, щоб вивести їх звідси...

Ніхто не запитав, кого саме Дженніфер має на увазі, — це було очевидно.

Напружено вслухаючись у тишу, четвірка рушила в бік сходів, коли пролунав звук — різкий, хльосткий, немов скажений батіг розсік тремтяче повітря... І навалилася тьма. Густа, в'язка, вона липнула до тіла й заважала дихати. Здавалося, вона заповнила собою весь простір. Дженніфер не встигла навіть скрикнути, як залишилася в цій імлі одна.

Кілька кроків у повній темряві, потім ще кілька... Похитуючись, немов у забутті, дівчина брела кудись несвідомо. Минуло десять хвилин, двадцять, година... Або дві години, а може, рік? Час, здається, схопив себе за хвіст, згорнувшись чорним клубком, і разом з ним Дженніфер рухалася по колу... Завжди тільки по колу... У голові було порожньо, лише смутна тривога на серці не давала їй повністю розчинитися в цій пітьмі, захлинутися нею...

— Дженні! Дженніфер, це погана гра! Досить у неї грати! — крикнув хтось зверху, і дівчина з подивом підняла очі.

Її звали? Звали по імені? Значить, у неї є ім'я...

— Прокинься! — велів чистий, дзвінкий голосок, і немов золотий клубочок хитнувся раптом над її головою, розганяючи темряву. — Йди за мною!

Чорний липкий дим, здається, навіть сичав, не сміючи доторкнутися до маленького блискучого сонечка.

— За мною!

Перебираючи кволими ногами, Дженні пішла за маленьким сонцем, швидше відчуваючи, ніж усвідомлюючи, що там — порятунок, там — свобода...

Прокинулася вона вже на підлозі — на тому ж безлюдному третьому поверсі лікарні. Над її головою кружляла жовта кулька.

— Промінчик! Це ти... Що зі мною сталося?

— Поганий дядя зачарував вас. Якби не я, ти б заблукала і не знайшла вихід!

— Дякую тобі, Промінчику... А де решта?

— Вони ще там, їх потрібно врятувати! Тільки я більше туди не хочу — там страшно, — тихо зізнався дитячий голосок.

— Ти й так вже зробила неймовірно багато! Ти дуже хоробра дівчинка.

Промінчик засяяла і знову зникла, як завжди — раптово.

Дженніфер дістала свій меч і, зітхнувши, сказала вогняне закляття. В ту ж секунду вона вже світилася не гірше Промінчика.

— Ніколь! Антоніо! Моллі! Я тут! Ідіть на світло!..

Однак минуло не менше десяти хвилин, перш ніж до сліпих магів повернулися пам'ять і зір. Поступово вони приходили до тями...

— Ніколь, що це було? Ти знаєш? — запитала Дженні у своєї наставниці.

— Так... Це страшне закляття. «Забуття і тьма» — так воно називається, і горе тому, хто потрапить у його сіті. Той забуде себе, забуде про все і стане вічно блукати в темряві між світами, залишаючись невидимкою для інших... Це була пастка Руффа — тільки у нього вистачило б сил накласти подібне закляття. І ця пастка була вже приготована для нас... Але як тобі вдалося звільнитися від його чар? Це майже неможливо!

— Мені допомогли, — посміхнулася Дженні, знову згадавши Промінчика. — Я розповім потім...

— Так, твоя правда, зараз не час, — погодився з дівчиною Антоніо. — Ймовірно, він не чекає, що ми виберемося з його пастки так швидко. Тому в нас є шанс — хоч невеликий — застати цю зграю зненацька.

— Звичайно, треба йти!

Опинившись у коридорі стаціонарного відділення, вони, як і очікували, не зустріли нікого. Хворі, мабуть, спали, але їх спокій ніхто не охороняв.

— Іди до них. Я залишуся в коридорі, — кивнула Ніколь учениці, і дівчина кинулася до дверей вісімнадцятої палати.

Антоніо разом з Моллі в цей час оглядали дальній кінець коридору.

Справитися із замком виявилося не дуже важко — нехай пізнання Дженні в магії, як і раніше, залишалися скромними, але на таку штуку, як електронний замок, їх цілком вистачило.

Її друзі були на місці. Крива решітка на вікні пропускала всередину нічний холод. Три прив'язаних до ліжок тіла тримали не тільки ремені: над кожним колихалися гігантські щупальця, котрі одним кінцем ішли в стіну. Вихопивши свій меч, дівчина кинулася рубати жахливі відростки. Звиваючись, з гучним шипінням, щупальця невидимого величезного чудовиська розсипалися в пил під ударами її клинка.

— Дженні? Це ти?

Слабкий голос, що позвав її, належав Раяну. Як же вона була рада його чути!

— Звичайно я! І я тут, щоб звільнити вас! Зараз, потерпи...

Інші теж приходили до тями і відкривали очі. Нарешті!

Вона кинулася до юнака, намагаючись звільнити його руки від стягуючих пут. Ремені не піддавалися, і тоді Дженніфер обережно почала розрізати їх лезом меча.

— Дженні! — придушено пискнула Емма, і дівчина обернулася на голос якраз вчасно, щоб помітити, як від протилежної стіни до неї кинулася величезна тінь.

Неймовірних розмірів вовк зі спутаною бурою шерстю опинився в декількох кроках від Дженніфер. Люто загарчавши, монстр кинувся на дівчину.

Яким би страшним звір не був, Дженні відразу ж впізнала його. Перед очима виникла картина: вовк у місячному світлі мчить по нічній доріжці до будівлі лікарні, а Дженні — у свою палату, тому що відчуває: якщо не встигне, врятувати її ніхто не зможе...

Страшні ікла блиснули у вишкіреній пащі, загнуті пазурі зі скреготом дряпнули підлогу. Червоні очі горіли несамовитим вогнем...

Одразу за ним з'явилася інша тварина — вона була менших розмірів, з чорною шерстю, але в лютості й злобі не поступалася бурому вовку...

Бурий вовк стрибнув — Дженні зустріла його ударом меча.

Однак важке тіло нелегко було поранити: ухилившись від страшних іклів, дівчина з розвороту полоснула звіра по шиї, а потім вдарила наосліп прямо в закривавлену морду... Пролунав жахливий крик — удар Дженніфер припав в злі, палаючі ненавистю очі вовка. Монстр забився в конвульсіях, стікаючи кров'ю.

«Дженні, зверху!» — прозвучало в голові дівчини.

Приголомшена видом здихаючої тварюки, Дженніфер не відразу зрозуміла, про що попереджає її Моллі. Глянувши вгору, вона застигла від подиву і жаху: прямо над її головою, на стелі, приготувався до стрибка чорний вовк. Він поводився так, ніби сили гравітації для нього не існувало. Дженніфер на секунду забарилася — зуби вовка клацнули прямо біля її шиї.

Дівчина встигла відскочити вбік, однак, зачепившись за нерухоме тіло на підлозі, покотилася шкереберть. Було схоже на те, що смерть насувається неминуче і безповоротно.

Світ навколо на секунду завмер, а потім постав у своїй жорстокій реальності — ніби у сповільненій зйомці Дженніфер побачила своїх друзів — вони лише безпорадно спостерігали за тим, що відбувається, не в змозі допомогти: лікарня висмоктала з них всі сили.

Ще вона побачила... мертвого Мерлока, він лежав на підлозі поруч з нею. Кров заливала обличчя колишнього охоронця, а замість одного ока було страшне місиво. Саме він переховувався під шкурою бурого вовка. Прямо на очах Дженні його тіло розсипалося в прах, не залишивши сліду.

У повітрі пролунало шипіння, а потім почувся хлопок, ніби щось розірвалося, і фігура чорного вовка застигла в метрі від дівчини. Тільки це врятувало її від страшної неминучої смерті — чари Моллі. Маленька кішка стала ангелом-хранителем Дженніфер.

Вампір-перевертень застиг лише на кілька секунд, яких, проте, вистачило на те, щоб Дженні прийшла до тями і зайняла бойову позицію. Перевертень стрибнув на стіну, а потім — на стелю, намагаючись збити ворога з пантелику, але Дженніфер вже була готова до цього. Зробивши помилковий випад, вона змусила вовка відскочити вбік — і там на нього чекав смертельний удар. Видавши передсмертний хрип, звір важко впав на підлогу. А через хвилину замість чорно-сірої тварюки на підлозі розляглося тіло тієї, кого ненавиділи й боялися всі пацієнти клініки, — медсестри Голки. Ще мить — і труп так само розсипався на жменю праху...

З коридору долинали звуки бою — стало зрозуміло, що Ніколь і Антоніо були там вже не одні. Дженні вибігла туди і... на мить розгубилася: обидва її наставники билися тепер поруч, пліч-о-пліч, з цілим виводком нечисті. Вихопивши меч, дівчина кинулася на виручку...

Усе подальше відбувалося немов у страшному сні. Вампіри й перевертні живим клубком кидалися з усіх боків в надії встромити ікла в живу плоть, їх пазурі рвали повітря...

Угорі над їх головами спалахували іскри чергового кинутого закляття — це Моллі старалася з усіх сил. Однак у боротьбі проти лютої сили створінь темряви магія — не найкраща підмога. Тепер усі надії покладалися лише на твердість клинка і волі... Брязкання та скрегіт металу, скажений танець клинків, стогони й передсмертні крики — все змішалося, і, здається, навіть повітря тремтіло від лютої сили, випущеної на волю в дикій сутичці...

Дженні бачила, як похитнулася Ніколь, потрапивши під удар звіра, але одразу піднялася, продовжуючи відбиватися. Бачила, як істота з палаючими очима накинулася на спину Антоніо, котрий відчайдушно боровся відразу з двома перевертнями. Однак зараз вона не могла йому допомогти, сама насилу відбиваючи шалену атаку величезної істоти з такими ж очима... Дівчина не помічала ран на своєму тілі, хоча весь її одяг був забруднений кров'ю.

— Ніколь! Ззаду! — викрикнула Дженні, помітивши в повітрі тінь.

Тінь, котра була схожа на пляму нічної мли, у стрибку відштовхнулася від стіни й тепер стрімко падала зверху, намагаючись дістати зубами шию Ніколь. Попередження трохи запізнилося — жінка обернулася, але занадто пізно — не встигнувши ухилитися, вона стрімголов покотилася по підлозі разом з волохатою тварюкою.

— Дженні! — почула дівчина вже за своєю спиною здавлений голос і звук удару.

Одночасно дико заревів перевертень, і Дженніфер обернулася на цей рев. Відчайдушним ривком вона всадила меч в горло монстру, перш ніж той встиг встромити в неї пазурі. Видавши ще один крик, звір важко впав на підлогу. Позаду стояла Софія, все ще стискаючи в тремтячих руках важкий табурет. Звідки у ослабілої пацієнтки вистачило сил опустити його на голову лютому чудовиську, невідомо, але цей удар врятував Дженніфер життя. Здавалося, Софія не розуміла, що сталося. Очі її були сповнені жаху.

Дженні поспішила на виручку Ніколь — тварюка, яка напала на жінку, навалилася зверху і вже визвірила ікла... Вихопивши пістолет, дівчина вистрелила, не цілячись.

Постріл пролунав несподівано голосно. Перевертень, здригнувшись, втупився на неї налитими кров'ю очима. Тієї ж миті Ніколь пронизала його шию вістрям кинджала... Тварина завила й повільно осіла на підлогу.

Дженні підскочила до Ніколь. Слава небесам, та була жива! У дзеркалах очей вмираючого перевертня раптом згасли вуглинки люті та з'явилася свідомість. Дженні разом з Ніколь спостерігали, як обриси напівтваринного тіла почали змінюватися. Втягнулися пазурі, і ось вже замість лапи позначилася красива закривавлена рука. Двометрове шерстисте тіло — клубок сталевих м'язів — розтануло, тепер перед ними лежала жінка, на її обличчі застиг подив. Дженніфер повільно опустилася поруч з нею. Вона не вірила своїм очам — це була...

— Олівіє! Олівіє...

Вона не знала, що сказати їй, колишній приятельці, з якої життя тепер швидко витікало червоними струменями з ран.

— Дженні... Дженні, це ти?

Дівчина, піднявши, обхопила руками голову вмираючої. По щоках Дженніфер побігли сльози. Зараз вона нічим, нічим не могла їй допомогти.

— Дженні... Я не хотіла... Я мріяла... зніматися в кіно... Але вже... напевно, не вийде... — Очі Олівії повільно закрилися.

Притиснувши долоні до обличчя, Дженні плакала над нею, страждаючи від свого безсилля.

— Олівіє... як же так... що він з тобою зробив?..

На її плече опустилася рука. Ніколь насилу стояла на ногах, вона була бліда, волосся її розтріпалося. Дженні піднялася і встала поруч з жінкою. На підлозі лежали тіла вбитих ними тварюк — їх було не менше десятка. Кожен з монстрів перед смертю проходив трансформацію, перетворюючись в людину — співробітника клініки лікаря Руффа або його пацієнта. Через кілька хвилин мертві тіла розсипалися попелом, наче нічого й не було. Але одне тіло не зникло... Обидві жінки кинулися до нього.

— Антоніо!

Однак вони були безсилі допомогти вірному дворецькому: життя залишило його, і жодне чаклунство не змогло б повернути чоловіка в це понівечене тіло... Вампір, що вмирав біля його ніг, раптом видав абсолютно людський стогін. Дженні глянула в його бік, і побачене знову пронизало болем серце дівчини: лежачи в калюжі власної крові, на неї дивився колишній знаменитий боксер...

— Джастіне! Та що ж це?! Як, як таке може бути?

Вона кинулася до вмираючого Джастіна, проте меч Антоніо, що стирчав з його грудей, не залишав сумнівів. Ще мить — і погляд колишнього друга затуманився — уже назавжди...

Ніколь піднялася. Очі її залишалися сухими, але гарячковий блиск видавав почуття жінки. Вона мала зараз злегка божевільний вигляд.

— Йдемо, Дженні. Антоніо ми тепер не допоможемо... Нам потрібен Руфф. Якщо йому вдасться вислизнути, все буде марно. Як і ця жертва...

Похитуючись, вона рушила в бік дверей, що вели до сходів. Дженні підняла важкий погляд на Софію, котра все ще стискала свій табурет, — так, ніби він був єдиною рятівною ниточкою, яка зв'язує дівчину з реальністю.

— Софіє... Закрийте двері й чекайте мене тут, добре?

Вона тільки закивала у відповідь, все ще не відриваючи погляду від купок попелу, на які вже встигли перетворитися тіла убитих перевертнів.

— І... дякую тобі!

Софія знову кивнула, ніби не знаходячи слів, щоб відповісти, і, трохи похитуючись, повернулася в палату.

Не гаючи часу, Дженні пішла за своєю наставницею. Вона занадто пізно почула звук в іншому кінці коридору. Обернувшись, дівчина встигла побачити ще одну тварюку — та стрімко летіла до них. Однак Ніколь відреагувала раніше: стріла з її арбалета вже була пущена назустріч чудовиську. Ще кілька секунд — і все закінчилося.

Тиша знову огорнула коридори, за дверима яких продовжували спати непробудним сном хворі, котрі нічого не підозрювали. Це було на краще — навряд чи їх змучений мозок переніс би те, що відбувалося зараз у клініці лікаря Руффа...

Глава 59

Істинний вигляд Бенджаміна Руффа

На другий поверх вони піднялися сходами — на цей раз їх ніхто не зупинив. Двері в кабінет лікаря Руффа виявилися відкритими. Дженні спробувала згадати, скільки всього персоналу обслуговувало лікарню: треба бути готовою до того, що всі вони перетворені на перевертнів і сліпо коряться своєму господареві...

Кабінет був порожній, навіть у клітці не було папуги. Але зараз дівчина побачила те, що не могла бачити раніше: це місце оточував могутній захист. Силові лінії, подібно сітці, оперізували все приміщення. Зловісні чорні свічки палали в кованих свічниках, огортаючи територію навколо різким запахом диму.

— Де ще може бути Руфф? — запитала Ніколь і з надією подивилася на Дженні.

Було помітно, що сили її закінчуються, — поранення давалися взнаки. Але про те, щоб відступити, не могло бути й мови.

Раптовий здогад кольнув Дженні, немов шпилькою.

— Йдемо нагору, на третій поверх. Туди, де сталася пожежа...

Дівчина відчула, що занурюється, як у хмару, в стан незрозумілої відчуженості. Ніби хтось інший керує зараз її рухами, огортаючи свідомість...

Ніби уві сні, вона пішла сходами на третій поверх, Ніколь — за нею. Все тут виглядало зовсім не так, як раніше: одне велике страшне приміщення зі слабим мигтінням старих ламп по кутках. Внизу, на дощаній підлозі, виднілися магічні візерунки, хитросплетіння рун прикрашало похмурі стіни.

Двері були тільки одні — саме такі бачила Дженні у своєму сні. Без страху дівчина штовхнула їх і переступила поріг кімнати. Полиці з архівами стояли на своїх місцях. Напевно, саме так і виглядала ця кімната до пожежі.

— Нарешті! — видихнув слабкий голос, і негайно перед ними з'явився привид жінки, яку Дженніфер бачила на фото в кімнаті Олівії. Тієї самої, що намагалася допомогти Дженні втекти...

— Звільніть нас! — прошепотів привид благально, стаючи між Ніколь та Дженніфер. Її напівпрозоре, немов виткане з повітря тіло повільно хиталося.

— Вас? Про кого ти говориш? — не зрозуміла Дженні.

— Озирнися! Хіба ти нічого не помічаєш?

І тільки зараз дівчина побачила те, що досі таїлося за спиною привида: округлі чорні камені, схожі на шматки обгорілого дерева, — в кожному з них була жива істота, живий дух, який нудиться і не знаходить виходу.

— Але... Як ми можемо допомогти вам?

— Убийте лікаря Руффа! Це він перетворив нас на своїх вічних бранців. Поки він живий, ми не зможемо піти звідси...

— І так буде завжди! — немов грім серед ясного неба пролунав з нізвідки голос Руффа.

Він наповнив собою все навколо, здавалося, навіть повітря тремтіло від його слів.

— Це жалюгідне дівчисько?..

Невидима сила підхопила Дженні й кинула на стіну, де вона і залишилася висіти нерухомо, утримувана незримими кайданами.

— Або ця нещасна, що посміла з'явитися сюди та знищувати мої створіння?

Та ж доля спіткала й Ніколь — припечатана до іншої стіни, вона навіть не намагалася чинити опір. Тільки тепер він показався їм — страшне напівлюдське створіння двометрового зросту. Сіра шкіра обтягувала деформований лисий череп, очі розжареними вуглинами виблискували на спотвореному злістю обличчі. Довгі чорні шати покривали витягнуте тіло, а в скорчених пальцях світився магічний посох. Якби не знайомий голос, Дженніфер ні за що не впізнала б в цьому чудовиську лікаря Руффа.

Поруч з ним, готова до стрибка, пригнулася до підлоги величезна кудлата тварина. На плечі мага сидів великий чорний ворон — той самий, що так налякав дівчину в першу ніч у лікарні...

Круглі злісні очі ворона здалися знайомими... Звичайно! Такі ж були у папуги в кабінеті Руффа! Всі слуги лікаря мали кілька масок.

Дженні сіпнулася щосили, намагаючись звільнитися... І одразу відчула, як страшна сила невидимою рукою стиснула її горло. В очах потемніло... З палиці Руффа, спрямованої на Ніколь, вирвалося фіолетове полум'я. Воно повинно було спопелити ту, що колись врятувала чорного мага від смерті, а тепер прийшла для того, щоб виправити свою помилку. Маленька кішка чорною блискавкою злетіла в повітря і відчайдушно кинулася прямо в зраділе обличчя мага. Рука Руффа сіпнулася, полум'я пішло вбік, і одразу в кутку кімнати спалахнули старі паперові папки. На секунду маг відвів очі від своїх жертв, щоб направити посох зі згасаючим полум'ям на чорну кішку. Ще мить — і хоробра Моллі безвольною обпаленою грудочкою впала біля його ніг... Але цієї миті збентеження Руффа виявилося досить, щоб дівчина і жінка звільнилися від його сталевої хватки.

Сухо свиснула стріла, випущена Ніколь, — і одразу зависла в повітрі, зупинена заклинанням мага. Вони дивилися один на одного — бліда жінка в закривавленому одязі та слуга темряви, що втратив не тільки власне людське тіло, а й свою людську суть... Зараз він вдарить ще раз, і тоді вже ніхто не прийде їм на допомогу...

Отямившись, Дженні кинула на підлогу округлий предмет, схожий на волоський горіх. В ту ж мить бляклі уламки рожевого туману наповнили повітря, блокуючи будь-яку магію, і нова блискавка, що злетіла з посоха Руффа, розчинилася, втрачаючи силу, за півкроку від голови Ніколь. Здивований, Руфф різко обернувся до дівчини, вочевидь, не чекаючи такого підступу, і в ту ж мить пролунав постріл.

Не вірячи своїм очам, Бенджамін Руфф приклав пальці до рани на грудях. З-під них потекла струмком чорна кров.

Скрикнувши, немов поранена тварина, чорний маг направив у бік Дженні свою смертоносну зброю. Фіолетовий батіг злетів угору, щоб вразити дівчину новою блискавкою... і обсипався вниз безвільними іскрами. Магія все ще не діяла.

— Убий її!

Слова наказу хльоснули наелектризованими чарами і ненавистю повітря, коли величезне тіло звіра здійнялося в стрибку, в одну секунду збивши Дженні з ніг і притиснувши її до підлоги. Від удару в неї потемніло в очах.

— Убий!

Моторошні щелепи клацнули над її горлом. Звір тремтів від спраги крові. Дженніфер зрозуміла, що все скінчено. Однак вона знайшла сили, щоб поглянути близькій смерті в обличчя... Очі перевертня дивилися прямо на неї...

— Джеку... — ледь вирвався з її рота напівсхлип-напівстогін.

Погляд перевертня, затягнутий кривавою каламутною пеленою, раптом став світлішати. Сліпа ненависть в ньому змінилася подивом.

— Убий її! Я наказую тобі! — знову заревів Руфф.

— Джеку... Не треба...

Розгубленість і відчай відбилися тепер в очах перевертня. Але замість того щоб коритися наказу, він прибрав важку лапу і відсторонився від дівчини.

— Жалюгідна тварина!

Рожева хмара диму зникла, і посох знову отримав свою силу. Закляття, що блокує чорну магію, вичерпалося, а смертоносне жало палиці повернуло свій роздвоєний язик у бік Дженніфер, щоб... пронизати наскрізь звіра, який закрив її власним тілом. Перевертень кинувся на свого господаря. Його ікла зімкнулися на шиї Руффа, величезну пащу звело в передсмертній судомі...

Жар від полум'я, що перекинувся з паперу на дерев'яні полиці, обпікав обличчя. Нічого не розуміючи, уражена Дженні встигла помітити, як злетів під високу стелю ворон. Як безвольно, немов лялька, впала раптом на підлогу її наставниця. Як зчепилися в останній сутичці, вмираючи, два монстра...

Бенджамін Руфф ще простягав руку, щоб дотягнутися до свого посоха, але потужне тіло перевертня міцно притискало його до землі. Переривчастий хрип — і рука мага застигла, опускаючись.

Не вірячи своїм очам, Дженні підійшла ближче — щоб побачити, як змінюється в передсмертній агонії її рятівник.

— Джеку!

Очі монстра дивилися на дівчину із сумною ніжністю — це був його останній погляд. Джек хотів було щось сказати, але слова так і залишилися не виголошеними...

Повільно, викидаючи вгору струмені блакитного світіння, один за одним піднімалися в повітря мініатюрні істоти. Вони нагадували дивовижних птахів — розправивши крила, злітали до стелі й розчинялися в просторі.

— Дякую, Дженні! Ми вдячні тобі... — почула дівчина над своєю головою, перш ніж останній звільнений дух зник з очей, але їй зараз було не до них.

Ніколь лежала нерухомо. Не в змозі вгамувати гарячкове тремтіння й хвилювання, Дженніфер схилилася над жінкою і схопила її за руку.

— Ніколь! Тітко Ніколь, прокинься!

Спочатку затремтіли повіки, повільно, через силу та відкрила очі. І це було найщасливішими чарами за всю божевільну ніч.

— Тітко Ніколь! Слава небесам! Ти жива...

Дженні плакала, нітрохи не соромлячись своїх сліз, адже це були сльози радості.

Ніколь видавила з себе сповнену страждань усмішку.

— Дженні... Треба йти звідси. Все позаду! Все скінчилося...

«В основному, завдяки тобі...» — прозвучало у неї в голові, і дівчина обернулася. Поруч стояла Моллі, змучена, з обгорілою шерстю, але все-таки жива.

— Ні, Моллі, завдяки тобі! Якби не ти...

«У кішок дев’ять життів... Одним можна й пожертвувати...»

— Якби не цей перевертень... — Ніколь підвелася і тепер за допомогою Дженні робила спроби встати. — Чому він врятував нас?

— Це Джек... Той самий Джек, про якого я тобі розповідала... Він і в образі перевертня залишився людиною...

Тіло кухаря стрімко тануло, розсипаючись пилом. На підлозі, розкинувши руки, залишився лежати тільки Руфф.

— Швидше йдемо звідси! — прокричала Ніколь.

Тріск від палаючих стелажів заглушав звуки її голосу. Вона намагалася не дивитися на мертвого мага. Але все ж, коли йшла, її останній погляд був звернений до нього.

— Чи залишився тут... хто-небудь ще? — запитала Дженні.

— Ні... Всі тварюки вбиті. Ворон лікаря Руффа зник, кинувши свого господаря, не думаю, що нам варто його шукати.

Ніколь простягнула руку в бік вікна — скло лопнуло, розсипавшись міріадами уламків. Дим пожежі кинувся у віконний отвір.

— Будемо вважати, що я викликала пожежників... — пробурмотіла вона сама собі. Все, що відбувалося далі, Дженні бачила ніби здалеку, хоча й брала в цьому участь. Занадто великими були пережиті потрясіння, і тепер її почуття немов завмерли, поступившись місцем тверезим думкам і діям.

Ось Ніколь дає їй і Моллі порошок з лікувального зілля — і Дженні відчуває, як сили потроху повертаються в її змучене тіло. Потім всі разом вони йдуть у вісімнадцяту палату, де, скуті вже не путами, але страхом, їх чекають друзі Дженні. Ось вони кидаються до неї з обіймами, не вірячи, що все вже позаду.

— Потрібно йти звідси... Скоро прибудуть пожежники, а разом з ними — і поліція, — застерегла всіх Ніколь.

— Але, тітко Ніколь, а як же хворі? Раптом вогонь пошириться швидше, ніж встигне пожежна команда?

Жінка на секунду задумалася.

— Мабуть, твоя правда... — Вона опустила голову, щось неголосно промовила, а потім зробила складний пас руками. —

Ну, от і все! Це заклинання звільнення, здатне відкрити будь-які замки.

Похитуючись від утоми і пережитих хвилювань, всі попрямували до виходу. Тепер уже ніхто не міг зупинити їх.

Зоряна ніч зустріла їх своїм поривчастим диханням — здавалося, вона так само захоплено вдивлялася зараз у невелику групу людей, які покидають стіни лікарні, як і вони дивилися в безкрайню висоту нічного неба.

— Невже... ми вільні? — пробелькотів раптом Раян тремтячим від хвилювання голосом, і ці кілька слів, сказаних юнаком, прозвучали немов чарівна музика.

— Вільні! — ніби відлуння відгукнулися Софія і Емма.

Обернувшись, вони востаннє глянули на громаддя похмурого будинку, де змушені були нудитися стільки часу. Більше він не мав над ними влади.

— Ми все-таки вибралися, — сказав Раян, який, здавалося, переконував сам себе.

Він схопив Дженні за руку і до болю стиснув її. В його очах блищали сльози.

— Так, ми зробили це, — Дженні у відповідь теж стиснула хлопцеві долоню і потягнула його за собою — вперед, туди, де за рядами дерев їх чекав чорний автомобіль Ніколь. — Більше ніхто не посміє розпоряджатися нашими життями.

— Але як... Поясни мені, що це було? Це все...

— Ви обов'язково дізнаєтеся, тільки трохи пізніше. Якщо ваша свобода вам дорога, нам слід їхати звідси якомога швидше: я вже чую звуки пожежної сирени — через пару хвилин сюди прибудуть екстрені служби, і нам зовсім необов'язково потрапляти їм на очі, — голос Ніколь повернув молодь з небес на землю. І вона була тисячу разів права.

Дружно втиснувшись в автомобілі, вся переповнена емоціями компанія покинула місце, яке завдало їм стільки страждань.

Через деякий час авто, звернувши на Спрінгсайд, під'їхало до будинку Ніколь. У цей же час велика пожежна машина в супроводі двох поліцейських автомобілів в'їхала на територію лікарні.

Здавалося, в старому будинку на Спрінгсайд нічого не змінилося, але дворецький Антоніо, котрий був частиною цього будинку, не вийшов, як завжди, зустрічати гостей. Лише слабкі палаючі вогники садових ліхтарів чекали їх у досвітній імлі. На посвітлілому небі розливалися перші фарби ранку. Невже минуло лише кілька годин з того моменту, як вони виїхали звідси цієї ночі?

Тільки влаштувавшись на великому килимі біля каміна, Ніколь і Дженні дозволили собі розслабитися й відпустити почуття на волю. Сльози самі текли по їхніх обличчях — дівчина і жінка оплакували людей, які стали їм близькими, які загинули для того, щоб змогли вижити вони...

Моллі нерухомо, ніби чорна статуетка, дивилася на вогонь, і полум'я відбивалося в бурштинових очах кішки.

Друзі з клініки не поспішали ставити запитання: вони бачили, що Дженніфер і Ніколь зараз потрібен відпочинок. У великому будинку місця вистачило всім, після лікарняної палати затишні кімнати здавалися найрозкішнішими...

Розтягнувшись на ліжку, Дженні закрила очі. Бурхливі події сьогоднішньої ночі яскравими картинками крутилися в її пам'яті, не даючи заснути. Руфф у своєму справжньому вигляді, битва з натовпом божевільних перевертнів, смерть Антоніо, згасаючий погляд Олівії, Джека... Що б не сталося потім в її житті, цей день вона не забуде ніколи. Двері тихенько рипнули — м'якою ходою до кімнати увійшла Моллі. Застрибнувши на ліжко, вона згорнулася калачиком в ногах дівчини. Затишне муркотіння наповнило темну кімнату. Дженні раптом стало дуже спокійно.

— Тепер все буде добре... — прошепотіла Дженніфер чи кішці, чи собі.

Усміхнувшись в темряву, вона заснула.

Глава 60

У лабіринтах між світами

Здавалося, цей простір був безмежним: вона літала високо в небі над незвичайними просторами. Внизу миготіли міста, річки, а Дженніфер летіла далі, все більше віддаляючись від своїх спогадів. Вона купалася в нескінченності, і так добре, так вільно було в небі, що повертатися на землю зовсім не хотілося...

Дженні прийшла до тями, коли побачила, що сидить у кімнаті, зовсім порожній, без єдиного стільця. Тільки величезне, до підлоги, вікно відкривало вид на чудовий сад. Прекрасні квіти викликали смуток: її загиблі друзі — Антоніо, Джек, Олівія — вже ніколи не зможуть насолодитися цими яскравими фарбами і ароматними пахощами...

— Дженні! — покликав її раптом хтось знайомим голосом, і дівчина здригнулася від несподіванки.

Поруч з нею, усміхаючись, стояв Джек — той самий Джек, який готував їй тістечка і так мріяв про коронну страву, зроблену за допомогою японських ножів...

— Джеку! Але ж ти... помер... Тебе немає! — сказала вона привиду.

Сльози прокладали доріжки по її щоках.

— Кому, як не тобі, знати, що смерть — просто двері в інше життя, — усміхнувся Джек, простягаючи до неї руки.

Вхопившись за його долоню, дівчина піднялася до нього.

— Дякую тобі, крихітко! — знову усміхнувся колишній кухар.

— За що?! Ти загинув через мене. Це я в боргу перед тобою...

— Жодних боргів! Ти повернула мені мою душу, маленька безстрашна чаклунко, яка не побоялася викликати на поєдинок найсильнішого мага. Ти допомогла тим, кого вважала друзями, і змусила згадати мене про мою істинну суть... Останнім вчинком я спокутував свої минулі помилки, і тепер... Тепер я вільний! — Джек підхопив Дженніфер на руки і закрутив її, немов маленьку дівчинку.

Вона перестала плакати.

— Ти кажеш правду, Джеку?

— Ну звичайно! І я радий, що знайшов тебе. Тепер ми можемо попрощатися, як старі друзі. — Він нарешті опустив її на землю, але затримав долоні у своїх. — Прощавай, моя маленька хоробра Дженні! Я завжди буду пам'ятати тебе.

— І я тебе, Джеку! Прощавай...

Вона дивилася, як він неспішно йде до розкритих перед ним дверей. Несподівано поруч із Джеком у дверях постав Антоніо. Нічого не кажучи, він лише усміхнувся і помахав Дженні рукою. Разом вони зникли в потоці сяючого світла.

«Так це і є... смерть? — думала дівчина, дивлячись услід цим двом людям, що встигли стати для неї дорогими. — Значить, я теж колись піду через ці двері... Але куди?..»

Двері зачинилися, і Дженні знову залишилася одна. Однак тепер на душі у неї посвітлішало, як світлішає небо після відшумілої грози.

— Я буду пам'ятати вас, пам'ятати завжди, — промовила вона, все ще дивлячись на зачинені двері.

— І не тільки їх. Мене ти теж не забудеш, маленька вбивце, — прошелестіло прямо над вухом Дженніфер, і вона з жахом обернулася.

Рука сама по собі потягнулася за мечем. Меча не було, але й її ворог теж стояв беззбройний.

Бенджамін Руфф змінився з їх останньої недавньої зустрічі — тепер перед нею постав середніх років чоловік зі сріблястими ниточками сивини у волоссі. Майже такий, яким вона запам'ятала його в розкішному кабінеті головлікаря ще до бою, будучи пацієнткою клініки. Тільки зараз лікар Руфф вже не викликав у неї того прихованого жаху, ореол якого зазвичай оточував його особу. Тепер перед нею стояла звичайна людина із втомленими очима. Дженні відчувала, що більше не боїться його.

— Зустрінемося у твоїх кошмарах, дорогенька, — уїдливо прошелестів його голос.

Дженніфер сама здивувалася своєму спокою.

— Ні! У мене більше не буде кошмарів. Ти був моїм кошмаром, але я перемогла тебе, і він закінчився. Ти мертвий!

Руфф хитнувся і вмить немов вицвів на яскравому сонці, ставши майже сірим, втрачаючи колір. Тепер і обличчя, і волосся темного мага здавалися попелясто-димчастими.

Високий силует чоловіка віддалявся від неї, наближаючись до тих самих дверей, відкритих в іншу реальність, але замість потоків світла за ними зараз піднімалася, сплітаючись жадібними клубками, біла імла. Він віддалявся, несучи з собою запитання, відповідь на яке їй так необхідно було знати...

— Але чому, Руффе? Чому ти зробив все це, навіщо? Адже ти колись любив її! — викрикнула раптом Дженні.

Бенджамін, зупинившись, кинув на дівчину погляд через плече. Одна його брова здивовано підвелася.

— Чому? Ти дійсно хочеш знати це?

Він раптом опинився поруч з нею. Його голос звучав звідусіль, і вся гама почуттів цього голосу передалася раптом і їй. Немов межа між ними стерлася і на якусь мить вона сама стала Бенджаміном Руффом...

— Я рано відчув смак сили... Мене завжди супроводжували успіхи і досягнення, проте я хотів більшого, поки в якийсь момент не відчув, що перешкод немає взагалі... Розумниця Ніколь... Вона була занадто юною, занадто наївною. І ніколи не вміла приховувати своїх почуттів. Про її кохання до мене не знав хіба що сліпий...

Прийняти цей подарунок було б занадто просто... Хоча, можливо, я оцінив би її інакше,, якби не було поруч іншої — Елісон... Дівчина, в яку закохувався майже кожен, хто її бачив. Розумна, красива, недоступна... Краща за всіх. Вона просто зобов'язана була стати моєю! Але обрала іншого... Невже ти думаєш, що я пробачив би їй цю образу, цей ляпас? Я мав будь-що-будь довести їй, собі та іншим магам, що вона зробила помилку... Заради цього я наважився на таке, про що раніше не наважувався навіть подумати... Я продав свою душу самому виплодку зла — Чорному Демонові. Ставши його рабом, тільки щоб роздобути невідому раніше силу. Але він обдурив мене — особливої сили я не отримав, зате назавжди потрапив у полон. І я змушений був прийняти нові умови гри, щоб повернути собі могутність. Я бачив, що з кожним днем душа моя мертвіє, але мене це не турбувало. Навпаки, мені хотілося скоріше звільнитися від усього людського, щоб ніякі емоції не заважали мені жити... Я мав постійно приносити йому все нові й нові жертви. І одного разу мені знадобилося вбити дитину. Я був готовий до цього, але вони вистежили мене — купка цих нікчемних магів. Я з легкістю міг би знищити їх, але мій меч зрадив мене. Якби не він, усі вони давно гнили б у потойбічному світі. Я втратив всю свою силу і ледь не помер. Мене врятувало тільки кохання Ніколь... Вона думала, що я знову буду колишнім. Яка дурна наївність! Усі ці роки я хотів здобути одну лише Елісон, вона стала для мене ідеєю фікс. Вона повинна була обрати мене, мене! Розумієш?.. І тоді, в нападі люті, я вирішив убити їх — Елісон і її коханого.

Він замовк.

— Але навіщо ти приносив людям стільки зла? Невже лише з примусу?

Бенджамін посміхнувся зневажливо і гірко.

— Примусово? Звичайно ж ні! І що називаєш злом ти, відьмо-недоучко? — Очі його блиснули холодним вогнем, і посмішка зникла з обличчя. — Тобі не зрозуміти цього. Грати у свою гру, де твоїми маріонетками стають інші люди. Керувати їхніми долями, будувати навколо себе свою власну реальність, свій світ! Відчувати себе богом, творити і знищувати за власною волею… Немає нічого, що могло б зрівнятися з цим! Я був щасливий по-своєму… І не тобі мене судити за мої вчинки. Як і нікому іншому. І це я заберу з собою… в той світ, — він кивнув туди, де хижо клубочився туман.

Бенджамін знову став віддалятися, на нього чекав розкритий прохід, немов хижак із відкритою пащею. Але за кілька кроків від нього він знову зупинився і обернувся до неї, ніби роздумуючи, чи варто говорити те, що хотів сказати.

— І останнє… Я знаю, що ти мене не забудеш. Як і спогади про тебе не зітруться з моєї пам'яті навіть там, — хижа посмішка-напівоскал знову промайнула на обличчі Руффа.

Зараз, дивлячись на нього, разом зі згасаючою в серці ненавистю, дівчина відчула щось схоже на частку поваги: він не боявся! І тепер, йдучи за межу, в невідомість, не боявся того, що чекало на нього попереду.

— Ми ще зустрінемося, Дженні! В наступному житті або після нього. Адже вбивця і жертва пов'язані — більше, ніж хотілося б. Хоча я ніколи б не подумав, що доля розподілить нам такі ролі. Але так навіть цікавіше… Загалом — до зустрічі!

Він зробив крок. Потім ще один — і біла імла простягнула до нього свої жадібні щупальця.

Тремтячи, Дженні спостерігала, як розчиняється в ній знайомий силует.

— Передай їй… Ні, не треба. Нехай залишається все, як є…

Ці слова долетіли вже з туману, який став повільно танути, поглинаючи Бенджаміна Руффа. Прохід зачинився, і в сутінковому царстві Дженніфер залишилася одна… щоб відразу ж перенестися в залиту сонцем долину, де більше не було ніякого Руффа, жодних хвилювань, а тільки свіжі пориви вітру та радісний скрип гойдалок. Піднятися на них, весело розгойдуватися, дістаючи до нескінченно блакитного неба, такого блакитного, як у дитинстві… І хто це поруч?

— Мамо! Тату! Як же я скучила!..

Глава 61

Пробудження

Неприємний звук, що дзижчав звідкись зверху, трохи дратував. Не поспішаючи відкривати очі, Дженні спробувала уявити собі, що саме могло б видавати таке дзижчання. Може, будильник? Але у неї не було будильника. На крильця комахи — теж не схоже. Звук здавався механічним, і тепер він випробовував на міцність її терпіння: жжжж... жжж... жж...

Що за нестерпна жужжалка? І котра година? Дивно, що її ніхто не будить. Напевно, просто не турбують, чекають, поки прокинеться сама...

Цікаво, як там Ніколь? Напередодні ввечері вона була дуже слабка після отриманих поранень. Чи зуміє сама вилікувати себе, чи їй знадобиться допомога?

Жжж... жжжжж... Дзижчання ніяк не замовкало, і Дженні нарешті роздратовано відкрила очі. Над узголів'ям її ліжка висіла невелика електронна коробочка — якийсь прилад, що видавав цей звук. Дивно... Навіщо він і хто його тут помістив?..

Озирнувшись навсібіч, дівчина здивувалася ще більше. З маленького вікна, завішеного світлими жалюзі, проникало приглушене денне світло. Кімната була невеликою: у ній містилися тільки її ліжко і тумбочка з якимись апаратами. Заспокійливий зелений колір стін та особливий запах, що не переплутаєш ні з чим...

Лікарня! Дженні хотіла було схопитися з ліжка, але при всьому бажанні не змогла навіть поворухнути головою. О небо! Страшна здогадка пронизала її наскрізь, змусивши заплющити очі від страху. Невже все, що сталося за останній час, — тільки марення її хворої уяви, яке вирішило сховатися від жорстокої дійсності у свій вигаданий світ мрій? Невже вона ніколи не покидала стін психлікарні й зараз — досі — прив'язана до ліжка?

Зі скаженим серцебиттям дівчина все ж змусила себе знову відкрити очі й поглянути на свої руки, це вдалося їй важко. Можна було хіба що скосити погляд — але і цього досить було, щоб побачити свою ліву руку, котра вільно лежала уздовж тіла. Руки не прив'язані? Тоді чому вона не може ними рухати?

Дженні спробувала поворухнути пальцями — це їй вдалося через силу, але все ж долоня цілком мала чуттєвість. Ноги так само відчувалися, однак рухати ними не виходило. Може, їй ввели якісь особливі ліки, що послаблюють настільки, що при цьому про втечу залишалося лише мріяти?

Дженніфер ще раз оглянула приміщення: швидше за все, це дійсно лікарня. Тим часом це ніяк не могла бути та сама вісімнадцята палата, з якої вчора вночі вона вивела своїх друзів... Тоді що ж з нею сталося?

Новий страх слизькою змією обплутав серце, але вона вирішила ігнорувати його, поки точно не дізнається, що сталося. Можливо, вона втратила занадто багато сил напередодні в битві й Ніколь вирішила відвезти її в лікарню... У будь-якому разі вона скоро все дізнається. А поки — слід просто перестати хвилюватися.

— Гей, хто-небудь! — крикнула Дженніфер, і звук власного голосу здався їй чужим і слабким. — Хто-небудь! Допоможіть мені!

Двері трохи прочинилися, в отворі майнуло веснянкувате дівоче личко. Здивований погляд, приглушений зойк — і двері знову зачинилися. Дженні тільки встигла помітити зелений халат і чепчик на рудій гриві неслухняного волосся.

— Вона прокинулася! — пролунав по той бік схвильований голос. — Кажу ж вам, вона прокинулася! Я бачила, вона відкрила очі!

«Ну, прокинулася, велика подія! — з деяким роздратуванням подумала Дженні. — Кричить так, ніби побачила привида...»

Двері відчинилися знову, впускаючи в себе відразу кілька людей у зелених халатах. Дві жінки різного віку і та сама руда дівчина, яка заглянула першою. За ними на порозі виросли ще двоє медпрацівників-чоловіків. Всі дивилися на неї з неприхованою цікавістю.

«Нічого собі делегація!» — здивувалася Дженніфер, але вирішила не висловлювати думки вголос.

— Здрастуйте, — ввічливо привіталася вона, коли медики наблизилися, оточуючи кільцем її ліжко, що дівчині стало аж трохи ніяково.

— Доброго дня! — першою відгукнулася жінка праворуч.

Вона усміхалася, але за цією усмішкою було приховано здивування.

— Скажіть... чому я не можу рухатися? Зі мною щось не так? — нерішуче запитала Дженні, проте цього разу їй ніхто не відповів, тільки кілька прийшлих переглянулися між собою. — Я можу дізнатися, що зі мною? — більш вимогливо запитала Дженніфер.

Її вже почала дратувати мовчазна увага з боку п'ятьох представників медперсоналу, які поводилися дуже дивно.

— Так, звичайно... Ось прийде лікар, він все і розповість, — трохи зніяковіло усміхнулася молоденька дівчина з рудим волоссям.

Ймовірно, це була медсестра.

— Лікар?.. Але ж я поставила просте запитання — невже ніхто з вас не може на нього відповісти?

Дженніфер почала вже не на жарт сердитися, коли люди біля її ліжка розступилися, пропускаючи вперед невисокого абсолютно лисого чоловіка в просторому халаті й великих окулярах.

— Що тут у нас? Так... — Лікар (ймовірно, саме про нього говорила руда медсестра) теж зупинився, роздивляючись її, немов якусь дивину. — Дженніфер Паркер? — чи то запитував, чи то констатував він.

— Так, Дженніфер Паркер, — відповіла дівчина, з усіх сил намагаючись залишатися ввічливою. — І я не можу зрозуміти, чому всі так на мене дивляться? У мене що, якась рідкісна хвороба?

— Та ні... Треба думати, раз ви вже прокинулися, тепер все буде дуже навіть добре, — задумливо протягнув лікар, все ще здивовано дивлячись на Дженні.

Але його незрозуміла відповідь мало що пояснила їй.

— Я хотіла б побачитися з тіткою Ніколь. Ви не могли б передати їй моє прохання? — попросила дівчина.

Ті, що стояли, немов варта, знову перезирнулися, проте відповів за всіх лікар:

— Бачите, дорогенька... Боюся, зараз не час...

Жорстокий здогад наповнив її серце новою тривогою: невже в лікарню вони потрапили разом? Що сталося з Ніколь?

— З нею щось трапилося? Та кажіть же! — тепер Дженні було наплювати на ввічливість, і вона не приховувала свого хвилювання. Дівчина кілька разів безрезультатно спробувала підвестися на ліжку. — Що ви зі мною зробили? Чому я не можу рухатися?

— Тихіше, тихіше, вам протипоказано хвилювання! І рухатися теж поки ще рано... — кинувся до неї лікар, зупиняючи пацієнтку.

— Але чому? Що з моїм тілом?.. Що зі мною не так? — сльози злості виступили на очах Дженніфер.

Від неї щось приховують, якусь жорстоку правду... І чому, чорт забирай, вони нічого не кажуть про Ніколь?!

— У мене... якісь серйозні пошкодження? Я — каліка? — майже викрикнула Дженні, відчайдушно дивлячись на лікаря, який і сам, здавалося, був здивований.

— Ні-ні, заспокойтеся! Ваші м'язи просто... Вони трохи... атрофувалися.

Дженніфер нервово засміялася.

— Що ви таке кажете? Як вони могли атрофуватися за одну ніч? Увечері я не тільки бігала, а ще й... — дівчина різко перервала свою промову, боячись бовкнути зайве.

Не буде ж вона розповідати цим людям про бійню в психлікарні і про те, що власними руками вбила кількох перевертнів та вампірів, а потім ще й застрелила головлікаря...

— Зі мною було все в порядку! Чим ви мене накачали? Що ви від мене хочете? Чому мені ніхто не каже, де тітка Ніколь? І де мої друзі, з якими... Які були разом зі мною? — Дженні відчувала, що у неї починається справжня істерика. — Чому ви всі мовчите?! — викрикнула вона.

— Заспокойтеся! Те, що я скажу, може здатися вам дивним, але можете бути впевнені, це — правда... — лікар на секунду замовк, поправляючи окуляри. — Справа в тому, що... ви... ви пролежали в комі двадцять років.

Слова застигли в горлі Дженні.

— Це що... у вас жарти такі? — мовила вона вже не зовсім впевнено.

Лікар мовчки дивився на неї.

Глава 62
Відродження

Те, що їй відкрилося, просто не вкладалося в голові. Спогади Дженні обривалися в будинку Ніколь, у спальні, куди вона, знесилена, повернулася під ранок після важкого бою.

Сон, в якому Дженніфер попрощалася з Джеком, Антоніо і навіть лікарем Руффом, не брався до уваги — це дійсно був лише сон.

Вона допускала, нехай і з труднощами, що сном могли бути також всі її спогади про тітку Ніколь і про битву з нечистю — надто вже фантастичними виглядали тепер ці події. Але якщо з таким припущенням Дженніфер ще могла змиритися, то інше... Звідки виникли ці жахливі двадцять років, які пролетіли повз, пройшли крізь неї, як проходить сонячне світло крізь порожній космічний простір, зникли назавжди? Вона ніяк не могла прийняти настільки жахливу правду.

Із завмиранням серця Дженніфер чекала моменту, коли її прохання виконають — принесуть дзеркало. Вона боялася побачити там... Кого? Стару зі зів'ялою шкірою і мішками під очима?

Обличчя в дзеркалі було, безперечно, її обличчям — ніякої баби в ньому не відбилося. Бліді запалі щоки, втомлений вигляд... Може, виглядала вона трохи інакше — більш дорослою, чи що? Але все ж Дженніфер залишалася сама собою, і це трохи втішало. Але ось дещо інше розради не принесло.

Через кілька годин після пробудження до неї повернувся той самий лікар у великих окулярах, щоб поставити запитання. Щоб не здатися божевільною, вона не ризикнула розповідати про всі свої пригоди, і розказане нею виглядало цілком благопристойно: потрапила в психлікарню, де головним лікарем був лікар Руфф, через деякий час відчула себе краще, і її виписали з лікарні. Тітка Ніколь забрала її до себе, у неї вона одужала остаточно. Потім вони з Ніколь приїжджали в лікарню, щоб провідати знайомих — колишніх сусідів по палаті. Увечері того ж дня вона лягла спати... І прокинулася тут.

Ні про що більше дівчина не розповідала, запевнивши лікаря, що на цьому її спогади обриваються. Чоловік слухав мовчки, час від часу щось записуючи у свій блокнот. Він був обережний і ввічливий, але те, що дізналася від нього Дженні, викликало в неї тихий шок.

Якщо вірити лікарю, ніколи з лікарні вона не виписувалася — щось у лікуванні пішло не так, і дівчина впала в кому. У цьому стані вона була двадцять років (кожен раз, чуючи таку цифру, Дженніфер мимоволі здригалася). За весь цей час про її здоров'я запитували тільки соціальні працівники.

Ніякої тітки Ніколь ніколи не було, інші родичі також жодного разу не з'явилися. Пацієнтка Дженніфер Паркер була сиротою, і її лікування здійснювалося за рахунок держави.

Лікарі намагалися розібратися в причині того, що сталося з нею, однак точної відповіді так ніхто і не знайшов. Можливо, це було пов'язано з масштабною пожежею, яку пережила клініка в той час, коли Дженніфер вже перебувала в ній. Тоді у вогні загинули кілька пацієнтів і дехто з персоналу, включаючи лікаря Руффа.

Пізніше лікарню відремонтували, і «спляча красуня», як стали називати Дженні, залишилася тут. На її повернення до життя вже ніхто не сподівався, але... Такий стан, як кома, дуже непередбачуваний. Тепер Дженніфер прокинулася, і все знову буде добре... А її «спогади» про те, чого ніколи не було, можна вважати просто реалістичним сном — останнім, що запам'ятався, перед періодом повного безпам'ятства...

Лікар пішов назустріч Дженніфер і попросив знайти в архіві інформацію про долю чотирьох пацієнтів з вісімнадцятої палати. Лікарняний архів теж сильно постраждав у вогні, але все ж деякі записи залишилися. Всі, крім неї, пацієнти з вісімнадцятої палати були виписані — швидше за все, ще до пожежі, тому що ні в списку хворих, ні серед жертв їх імена не згадувалися...

Це стало єдиною розрадою для Дженні. Довгими ночами (спала вона тепер погано, як казала сама, намагаючись жартувати, — виспалася вперед на все життя), вона згадувала все, що сталося, і думала, що всупереч усьому зуміла врятувати своїх друзів. І стримати свою обіцянку... Що б там не говорили їй хоч тисяча лікарів, у неї була своя правда...

Жахливо гнітила Дженніфер думка про те, що вона все ще залишається пацієнткою ненависної психіатричної клініки, про яку хотіла б забути найбільше на світі. Але лікар виявився розуміючим і добрим, а персонал — турботливим і уважним. Вона навіть подружилася з тієї самою рудою медсестрою — її звали Рита, і тепер вона часто заходила до Дженні, щоб просто поговорити. Їй подобалося розповідати новій подрузі про все, що змінилося у світі за двадцять років.

Дженніфер з подивом слухала про маленькі, але дуже потужні комп'ютери, які були тепер практично у кожного, про Інтернет, що дає можливість дізнаватися майже про все на світі. За допомогою Рити вона навчилася користуватися планшетом і смартфоном — руденька медсестра із задоволенням давала Дженні такі уроки.

Але і сама лікарня змінилася до невпізнання: просторі світлі коридори, процедурні кабінети і кімнати відпочинку, великі ванни, прогулянки на повітрі... Посадивши Дженні в інвалідне крісло, медсестри вивозили її на прогулянку, щоб вона могла подихати свіжими весняними ароматами, що долітали з близького лісу, і погрітися на сонці...

Жодних жахливих таблеток більше не було. Їй давали тільки вітаміни і якісь препарати для відновлення сил, а ще вона отримувала загальну терапію і масаж, що був особливо приємний для її знесиленого тіла.

Відновлювалася Дженніфер напрочуд швидко. Через місяць вона вже стала пересуватися самостійно — спочатку з ходунками, а потім і без їх допомоги. Ослабле тіло наче раділо першій-ліпшій можливості рухатися, і Дженні ходила, скільки могла, — спочатку важко, роблячи паузи на відпочинок, а потім — все легше й вільніше.

Лікувальна фізкультура «творила чудеса», як відгукувався лікар про зміну стану своєї пацієнтки, і хоча Дженні підозрювала, що справа тут не тільки в ефекті фізкультури, все ж ввічливо погоджувалася з ним. Працюючи з психологами, вона переконалася — краще не думати про минуле і не дуже зациклюватися на пережитих потрясіннях. Адже все могло скластися гірше — реальною була можливість не прокинутися... І якщо небо дарувало їй шанс знову знайти життя, вона має використати його на сто відсотків. З цим Дженніфер була повністю згодна. Найсильніше вона мріяла про момент, коли зможе нарешті отримати свободу...

Тим більше, крім фізичної слабкості, більше жодних перешкод для цього не було — Дженні визнали повністю психічно здоровою.

Ще однією віддушиною стало малювання: його лікарі називали арт-терапією і надали в розпорядження своїй пацієнтці альбом, олівці і фарби. До того ж такі заняття розвивали моторику рук... Але для Дженніфер, яка занудьгувала без свободи — свободи без жодних обмежень, білий аркуш і танцюючий на ньому олівець став чимось більшим, ніж просто розвага і корисні вправи. Там вона творила свій світ — той, уламки якого назавжди загрузли в її пам'яті. Той, який хотіла бачити навколо себе...

Психологи розглядали малюнки Дженніфер з розумним виглядом, похитуючи головами і обговорюючи з колегами значення того чи іншого сюжету. Зображену дівчину з мечем, що вбиває чудовиськ, вони вважали символом її перемоги над хворобами і казали, що це добре. Але поступово сюжети змінювалися, все частіше на аркуші оживали квіти і дерева, і затишний будинок на тихій вуличці, а ще — величезне, безмежне, прекрасне море... Саме воно стало для Дженні символом нового світу, в який так хотілося повернутися...

І вона невтомно малювала його — воно чекало її десь там, за воротами лікарні, і колись його ласкаві теплі обійми обов'язково підхоплять її, немов заблукалу дитину...

Дженніфер більше не боялася. Вона перемогла свої страхи давно, залишки ж їх зникали тут, в цьому місці, що колись принесло їй стільки страждань.

А там, куди вона піде, буде нове життя. І море — її море, поїздку на яке вони весело планували разом з батьками, сидячи в автомобілі... Як давно це було! Здається, минула ціла вічність... Тепер Дженні треба вчитися жити заново — в новому, невідомому їй світі. Звичайно, у неї з'являться нові друзі та знайомі. Але ці спогади з дитинства, як коштовності, заховані в скриньці, вона забере у своє майбутнє життя.

Глава 63
Додому

Ніхто не звертав уваги на світловолосу жінку в старомодному одязі, котра самотньо блукала вулицями Грінстоуна. Задумлива усмішка освітлювала її злегка бліде обличчя. Занурена у свої думки, вона просто йшла, насолоджуючись картинами розміреного, мирного життя навколо.

Як змінилося місто! Строкаті рекламні вивіски, розсип маленьких вуличних кафе, ароматний запах кави на відкритих терасах... Все було новим і незнайомим — вона відчувала себе майже привидом, що виник з минулого.

Дженніфер попросила підвезти її до центру, хоча люб'язний лікар пропонував доставити незвичайну пацієнтку прямо додому, на вулицю Канталь. Але їй хотілося знову опинитися в місті, знову відчути себе частиною вируючого життя...

Грінстоун змінив своє обличчя і прискорив рух — Вінд-роуд заповнювали потоки блискучих автомобілів і натовп мешканців міста, які поспішають у своїх справах. Дивно було бачити, як перехожі розмовляють ніби самі з собою — Дженні ще не звикла до того, що маленький навушник замінює тепер телефонну будку і можна спілкуватися з невидимим співрозмовником, залишаючись у людському потоці...

День, коли двері лікарні відкрилися перед Дженніфер, випускаючи її на свободу, був одним з найщасливіших для неї. Всю дорогу вона стискала в руці потьмянілий від часу ключик з кумедним брелоком-метеликом, який разом з іншими речами зберігався в стінах лікарні, в її старій сумці. Це був ключ від її будинку.

Втомившись від блукання вулицями, Дженні повернула в невеликий скверик з фонтаном, яким закінчувалася Гарден-стріт. Присівши відпочити на лавку біля глибокої мармурової чаші, вона довго вдихала свіжий аромат води, милуючись танцем струменів, котрі виблискували на сонці.

Саме тепер Дженніфер раптом зрозуміла, що остаточно звільнилася від каменю, який довго носила у своїй душі. Біль втрати перетворився на світлий смуток. Вона ще пам’ятала обличчя батьків, які усміхалися їй в тому сні, де вони знову були разом.

Тепер же знала — вони чекають її там, за межею цього світу, і колись вона обов’язково зустрінеться з ними...

— Мяу! — почулося раптом поруч, і Дженні, здригнувшись, обернулася на звук.

Неподалік від неї сиділа на землі... О небо!

— Моллі! Це ти?!

Невелика чорна кішка дивилася на неї розумними бурштиновими очима, злегка мружачись від яскравого весняного сонця. Дженні кинулася до неї, і та, на диво, не злякалася й не втекла. Вона ще раз пильно подивилася на Дженніфер і підійшла до неї, довірливо потерлася мордочкою об простягнуту руку.

Дженні, підхопивши кішку, посадила її собі на коліна. Сльози виступили на очах жінки.

— Моллі, поговори зі мною, будь ласка, — прошепотіла вона, обережно торкаючись пальцями шерсті на чорній спинці, гладячи за вушком.

Кішка здавалася безтурботною. Вона муркотіла, не ухиляючись від ласки, й дозволяла себе гладити. І, звичайно ж... не сказала ні слова.

— Ти не можеш бути Моллі, ти просто не можеш бути нею. Кішки не живуть стільки, — прошепотіла Дженніфер, не випускаючи з рук теплий клубочок.

Тварина не чинила опору, коли Дженні посадила її в сумку, перед тим безжально витрусивши звідти якісь речі. Здається, кішка не збиралася тікати і була зовсім не проти подорожувати прямо в сумці до свого нового дому.

Тепер уже ніщо не утримувало Дженні в місті — походивши ще трохи, вона знайшла потрібний автобус, який їхав на вулицю Канталь.

Дивлячись з вікна на мирні пейзажі, жінка не дуже здивувалася, помітивши, що знайомий район розширився, вулиця обросла новими затишними будиночками.

Її будинок виглядав, мабуть, так само — тільки трохи занепав і потьмянів від дощів і невтомного сонця. Вона зловила кілька зацікавлених поглядів, поки йшла до нього по викладеній камінням доріжці.

Але зараз її не цікавили сусіди — найбільше Дженні хотілося нарешті переступити поріг рідної домівки...

Глава 64

Сон і дійсність

Будинок зустрів її тишею. Усе залишилося в ньому незмінним, таким же, як і в її пам'яті... Невже і справді минуло стільки років?

Увійшовши сюди й закривши двері, вона знову стала колишньою Дженні — дівчинкою, яка каталася на гойдалках за будинком і вранці весело збігала вниз сходами, відчувши аромат свіжозвареної кави, що готувала на кухні мама...

Вистрибнувши із сумки, кішка почала обстежувати приміщення, перебігаючи з кімнати в кімнату.

Сходи, вкриті товстим шаром пилу, вивели їх на другий поверх. Затримавшись трохи в коридорі, немов прислухаючись до чогось, кішка лише фиркнула і побігла далі.

Дженніфер відкрила двері у свою спальню: те саме ліжко, те саме високе вікно, завішене важкою портьєрою... Їй захотілося більше світла і повітря: вона відвела запилену штору й відкрила вікно, впускаючи в нього легке дихання теплого вітру.

Кішка, не чекаючи особливого запрошення, вже зручно влаштувалася посеред ліжка, згорнувшись в акуратний клубочок.

Дженні сіла поруч, щоб знову погладити цю тендітну, злегка таємничу істоту, що зуміла однією своєю появою додати затишку у вкритий пилом минулих днів куточок. Голова у неї злегка паморочилася: все ще давалася взнаки слабкість після довгого шляху.

Але це не страшно — лікарі запевнили, що скоро вона остаточно відновиться і зможе жити нормальним життям. Дженніфер не те щоб вірила — вона просто знала, що саме так і буде...

Опустившись поруч з кішкою на покривало, жінка закрила очі, не намагаючись боротися з підступаючою сонливістю...

...Бурштиново-жовті й світло-помаранчеві, золотисті й зелені з відтінком коричневого листя купою сипалися крізь розчинене навстіж вікно. Дженні стояла посеред кімнати, спостерігаючи, як золота лавина з листя вистилає підлогу химерними візерунками. Листя множилося прямо на очах, стаючи продовженням сліпучого сонячного світла, що заповнювало собою весь простір... Великий білий птах з чорною міткою на грудях влетів у вікно стрімко, як сонячний промінь, і, склавши красиві крила, перетворився на яскравий силует...

— Ну, здрастуй, Дженні!

Розплющивши очі, Дженніфер не відразу зрозуміла, де вона: вже згасаюче денне світло вливалося через відкрите вікно. Аромати свіжого вечора наповнювали весь простір кімнати, і до них домішувався ще один — неяскравий, легкий запах екзотичних квітів.

Красива жінка в довгій чорній сукні сиділа на краю ліжка і усміхалася. Вона аж ніяк не могла бути привидом, породженням уяви Дженніфер — вона була справжньою. Її волосся, як завжди, було укладене в акуратну зачіску. А очі, добрі й трохи втомлені, усміхалися їй теплими вогниками. У простягнутій долоні блиснув давно знайомий предмет.

— Здрастуй, Дженні! — вимовила Ніколь. — Ось твоя каблучка...

Кінець

Зміст

Літературно-художнє видання

Волкер Віктор

Дженніфер
Оселя скорботи

Ілюстрації SPACE ONE
Переклад *Н. Бєлодєд*
Верстка *С. Даневич, Ю. Дворецька*
Відповідальний за випуск *В. Волкер*

Підписано до друку 13.08.2020
Формат 60x90/16. Гарнітура Академія
Папір крейдований. Друк офсетний.
Ум. друк. арк. 18,5

Видавництво «СПЕЙС ВАН»
Свідоцтво про внесення до Державного реєстру видавців
ДК №7056 від 18.05.2020
04070, м. Київ, вул. Іллінська, 8
+38 (063) 677-64-16, space-one@ukr.net